大魚讀品
BIG FISH BOOKS

让日常阅读成为砍向我们内心冰封大海的斧头。

他的秘密

THE HUSBAND'S SECRET

[澳大利亚] 莉安·莫里亚蒂——著
刘昭远——译

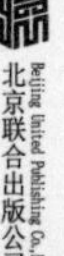

北京联合出版公司
Beijing United Publishing Co.,Ltd.

献给亚当、艾米莉亚、乔治与安娜。

人孰无过，宽恕为上。——亚历山大·蒲柏可怜的潘多拉，宙斯命她嫁给“后觉者”厄庇墨透斯，一个不甚机敏的陌生男人。厄庇墨透斯随身带着一只神秘的坛子。从未有人提到过这只坛子半句，也无人告诉潘多拉这坛子是开不得的，于是她理所当然地打开了坛子。要不然呢？她怎会知道这坛子一打开，呼啸而出的便是永久折磨人类的痛苦灾祸，而坛底能留下的仅仅是一点希望呢？怎么没人在这坛子上贴上警告标志？

之后的千百年里，人人都感叹着：“哦，潘多拉，你的意志力上哪儿去了？早就警告过你别打开那盒子，你这爱窥探的坏姑娘，你就是那种好奇心永远得不到满足的坏姑娘。看看你都干了些什么？放出了些什么？”事实上，有两点是需要纠正的：第一，潘多拉打开的是只坛子，而不是所谓的魔盒；第二，她还要说上多少次，从没有人说过别打开这坛子！

星期一

第一章

故事的一切始于柏林墙。

要不是因为柏林墙，塞西莉亚永远不会发现那封信，也不会像现在这样坐在餐桌旁，强忍着不把它打开。

信封上蒙着一层薄薄的灰尘。信封正面是用蓝色圆珠笔潦草写下的一行字，这笔迹是那么熟悉，像是她自己写下的。她将信封翻过一面，看到背面已用黄色胶带封好。这封信是什么时候写的？感觉已经很久了，像是数年前写的，可是无从确定。

塞西莉亚不打算将它打开。很显然她不应该那样做。塞西莉亚可是天底下最坚定的人，既然已经决定了不打开它，那就没必要再想了。

说真的，她要是真打开，又能有什么大不了的？换作任何女人都会不假思索地把信打开。塞西莉亚在心里列举出自己所有的朋友，试想着她们可能会给出的建议。

米利恩・欧本：“没错，打开它！”

艾丽卡·埃吉克利夫："开什么玩笑？现在就打开啊！"

劳拉·马克思："没错，你该打开，大声读给我听。"

莎拉·萨克斯，好吧，其实没必要问莎拉的，她永远做不了决定。就连要杯咖啡还是茶的问题都能让她呆上一分钟，皱眉头纠结着各种选择，然后好不容易才回答："咖啡！不，等会儿，还是茶好了！"眼前这问题会让她脑力枯竭的。

马哈里亚·拉马钱德兰："绝对不行！这样做太不尊重你丈夫了。你可千万别打开。"

在道德是非方面，马哈里亚有着自己的严格标准。

塞西莉亚把信留在桌上，起身去烧水。

该死的柏林墙和那冷战，还有那个40年代时日日盘算着怎样对付那帮忘恩负义的德国佬的家伙。好吧，管它是哪个年代呢。总之，那家伙有一天打个响指，便生出了新点子："我知道怎么办了，好家伙！我们不如造一堵又高又大的围墙，把那帮坏家伙围进去！"

好吧，权当那家伙没操着英国军士长的口音吧。

埃斯特要是知道究竟是哪个家伙想出了造柏林墙的点子，或许连她的出生日期都能告诉你呢。一定是个男人。只有男人才能想出这么残忍的法子：如此愚蠢，奈何还算有效。

这算不算性别歧视？

她灌好水壶，打着火，用纸巾擦干水槽里溅出的水滴，把水槽擦得发亮。

孩子学校里有位母亲，她的三个儿子和塞西莉亚的三个女儿差不多同龄。上个星期节日委员会开会前，她说过塞西莉亚"有一丁点性别歧视"。塞西莉亚记不清自己到底说了什么，应该是在开玩笑。无论怎样，难道女人就不能在未来的两千年里性别歧视？这样才扯平嘛。

也许她真的是性别歧视。

水烧开了。塞西莉亚搅拌着一杯格雷伯爵茶，看着黑色的曲线在水中如墨汁般晕染开。这世上还有比性别歧视者更糟糕的人。比如，那些说到“一丁点”时就会做作地把拇指和食指捏在一起的人。

塞西莉亚望着杯里的茶水叹了口气。这时候要来杯酒才好，可她得为大斋节[1]忌酒，还有六天就好。塞西莉亚有瓶上好的设拉子葡萄酒，就等着复活节那天打开呢。那天有三十五个大人和二十三个孩子来吃午饭，因此她可得把酒好好留着。在款待设宴方面，塞西莉亚可是老手，复活节、母亲节、父亲节和圣诞节，她都会摆上宴席。鲍约翰有五个弟弟，都结了婚生了孩子，所以宴会那天一定是满满当当的一大家子。提前计划是关键，精细周密的计划。

塞西莉亚端起茶杯又将它放在桌上。为什么非得为大斋节忌酒呢？在这个问题上，波利更聪明，她所忌的不过是草莓果酱。一直以来波利对草莓果酱都没什么长久的兴趣，可现在她总是站在打开的冰箱前渴望地盯着它们——得不到的东西多有威力。

“埃斯特！”塞西莉亚喊道。

埃斯特正在隔壁房间和姐妹们一起看《超级减肥王》，边看边拥着一大包数月前在澳大利亚国庆日时留下的薯片。塞西莉亚不晓得她那三个苗条的女儿为什么爱看一帮胖子流汗、流泪和挨饿。这节目似乎没教会她们什么健康的饮食习惯。塞西莉亚本该进去把薯片没收了，不过为了让这三个姑娘晚餐时毫无怨言地吃掉鲑鱼和花椰菜，她没力气在这时吵。

她听到电视里传来巨大的一声：“这世上没什么是可以不劳而

1　大斋节：基督教节日，自圣灰星期三开始到复活节前的四十天，在此期间进行斋戒和忏悔。

获的。”

这句感叹话说得倒是没错，这一点塞西莉亚很清楚。事实上，她还是不愿看到姑娘们光滑年轻的小脸蛋上偶尔闪过的厌恶神色。一直以来她都很小心，不在女儿面前挑剔他人的身材，事实上，她在朋友们面前也甚少如此。那天马哈里亚超大声地抱怨了一句：“上帝啊，快看看我的肚子！”边说还边捏着肚子上的肉，好像那是什么可耻的东西。这话都让她那敏感的女儿们听见了。马哈里亚，你可真行，好像姑娘们每天听到的关于身材的负面信息还不够似的。

事实上，马哈里亚的腹部的确是变胖了一些。

“埃斯特！”塞西莉亚又喊了一声。

“怎么了？”埃斯特的回应耐心而无奈，像是对妈妈的无意模仿。

“建造柏林墙的主意是谁想出来的？”

“大伙儿都认为是尼基塔·赫鲁晓夫！”埃斯特不假思索地回答道。这外国名字在她嘴里读起来别有风味，被冠上了她自以为的俄国口音，“他好像是俄国总理什么的，事实上他是俄国第一任总理，而且——”

埃斯特的姐妹们以一贯的“礼貌”打断了她。

“闭嘴，埃斯特！”

“埃斯特！我听不见电视里的话了！”

“谢谢，亲爱的！”塞西莉亚喝了口茶，想象着自己回到赫鲁晓夫做决定时的样子。

不，赫鲁晓夫先生，您用不着建那样一堵墙。这证明不了共产主义有多好，事实上，它从来就没好过。您瞧，我也明白资本主义不是这世界的终极要义，只要瞧瞧我上一张信用卡账单就能明白。不过，您真应该三思而行。

那样的话，十五年后的今天，塞西莉亚就不会找到这封让她如此……怎么说来着?

心神不宁，没错，如此心神不宁的信。

塞西莉亚喜欢宁静专注的感觉，事实上，她还为自己宁静专注的本事颇为骄傲。她的日常生活是由千百件琐碎小事构成的——“要买香菜了”“记得带伊莎贝尔去理发”“送埃斯特参加言语治疗的时候该由谁领波利上芭蕾课呢”。她的生活就像是伊莎贝尔每天玩的拼图。不同的是，塞西莉亚可没耐心思考怎样拼图，她早知道生活中每一片小拼图的归属之处，知道接下来该在哪儿塞一片。

好吧，塞西莉亚的生活或许没什么特殊之处。她有几个正在上学的孩子，她会在特百惠做兼职顾问，她不是什么演员、精算师或者什么家住佛蒙特州的女诗人（塞西莉亚最近发现自己的高中同学利兹·布罗根是住在佛蒙特州的得奖诗人。那个爱吃奶酪和蔬菜酱三明治，还老是赶不上校车的利兹？塞西莉亚花了好大功夫才接受这讨厌的事实。她倒不想当什么诗人，只是当初要是猜想谁这辈子会过得平凡无奇，那人一定是利兹·布罗根）。事实上，塞西莉亚最想做的还是普通人。我就是我，一个典型的城郊妈妈。她有时会不由得这样想，仿佛她要是展现出另一番模样，更优秀的样子，就会有人因此怪罪她。其他妈妈每每谈到生活的重负，谈到自己无法专注地做好一件事时，总会不约而同地感叹：“塞西莉亚，你是怎么做到的？”她可不知道该如何回答，事实上，塞西莉亚根本不明白专注究竟算得上什么难事。

而此刻由于某些原因，塞西莉亚觉得自己怎样做都不妥。这可不合逻辑。

也许这一切和那封信没什么关系，全都是荷尔蒙作祟。用亚瑟医生的话来说，她这会儿正处在更年期（“哦，我才没有！”塞西莉亚不假思索地反驳，把他的话当作不靠谱的玩笑）。

也许这就是一些女人患过的焦虑症。那些女人，塞西莉亚一直觉得人们紧张焦虑的样子很可爱，特别是像莎拉那种有些爱紧张的人，真让人忍不住想轻轻拍一拍他们装满担忧的脑袋。

也许打开了信也无法帮她找回专注感，她还有很多事要干呢。还有两筐衣服要叠，三个紧急电话要打，还得烤无麸质糕点，这样明早学校网站规划小组开会时，对麸质过敏的成员——詹妮·大卫森就有东西吃了。

还有信之外的许多事能让塞西莉亚感到焦虑。

例如，房事。这事最近一直在她脑中挥之不去。

塞西莉亚皱着眉头摸摸自己的腰间，就是普拉提老师所说的“外斜肌”。瞧瞧，房事根本算不了什么，她现在已经没再想着了。她努力不让自己想着这事，只是这努力看似没什么结果。

去年的那个早晨，塞西莉亚感受到了自己生活的脆弱性，她突然理解忙碌于厨房和洗衣间的生活会脆弱得能在一瞬间被偷走，平凡的生活会在一瞬间消失不见。突然，你便成了一个双膝跪地仰面望天的女人，一些女人开始奔走呼救，另一些却把头扭向一边。人们什么话都没说，你却能感受到他们想说什么：可别让这厄运降临到我身上！

脑海中闪现过上千次的场景又一次跳出：小蜘蛛侠飞了出去。她就是众多奔跑呼救的女人中的一员。她拉开车门，可心里很清楚自己已改变不了什么。这不是她的学校，不是她的社区或教区。她的女儿们从没和这个小男孩一块儿玩过，她也没和那个跪地的女人共饮过咖啡。事故发生的时候，那个女人只是碰巧站在十字路口的另一边。一个年约五岁的小男孩，穿着红蓝色的蜘蛛侠套装，牵着妈妈的手等在马路一旁。那天是图书周，小男孩因此还好好打扮了一番。塞西莉亚当时看着他还想着："嗯，事实上蜘蛛侠可不是书里的人物。"她怎么会想到小男孩突然松开妈妈的手跑进车流中。塞西莉亚尖叫一声，还记得自己本能地猛按喇叭。

要是再晚来一会儿，塞西莉亚就不会看见这惨剧发生了。只要再晚上十分钟，男孩的死对她而言就只是场普通的路面封锁。而现在，它成了一段挥之不去的记忆。就因为这个，她的孙儿们有一天可能会对她抱怨："别把我的手牵得这么紧，奶奶。"

显然，小蜘蛛侠和这封信没有任何联系。

他会在一些奇怪的时候跑进她的脑子。

塞西莉亚用手指弹了弹信封，又拾起埃斯特从图书馆借的书：《柏林墙的兴衰》。

柏林墙，真是好极了。

直到今天早餐时，塞西莉亚才知道柏林墙将成为自己人生的一个重要部分。

那时候，餐桌前坐着的只有塞西莉亚和埃斯特。鲍约翰正在海外，在芝加哥，这周五才能回来，而伊莎贝尔和波利还在睡觉。

大多数早晨，塞西莉亚都不会坐下。她通常会站着吃早餐，边吃早餐边忙着准备午餐，鼓捣洗碗机，用iPad查看特百惠订单以及给客户发短信。她很少有机会能和自己古怪又可爱的二女儿独处。因此，她端着麦片粥坐下，等埃斯特泡好自己的早餐。

塞西莉亚很清楚该如何与女儿们相处。什么都别说，什么都别问，到了一定时候，她们自然会说出心事。这过程就像钓鱼，要的是安静和耐心（至少人们口中的钓鱼就是这样。塞西莉亚宁愿往额头里敲进一根钉子，也不愿去钓鱼）。

安静的感觉让塞西莉亚有些不自在，一直以来她都是个健谈的人。“说真的，你那嘴是不是永远都闭不上？”她的一个前男友曾这样说。她紧张的时候更会滔滔不绝，那前男友一定是让她感到紧张了。事实上，她开心时话也不少。

然而，那天早晨塞西莉亚什么都没说。她只是边吃边等，果然，埃斯特先开口了。

“妈妈，”她苍白的嘴唇吐出沙哑、精准又有点大舌头的声音，“你知不知道，有些人乘着他们自制的热气球逃出了柏林墙？”

“这我可不知道。”塞西莉亚这样回答道，虽说她可能早就知道。

“再见，‘泰坦尼克号’。你好，柏林墙。”塞西莉亚在心里默念了一句。

她宁愿埃斯特能同自己分享她此刻的真实感觉，分享她的烦恼，不论是关于学校的还是朋友的，或者是关于性的，但她只想聊柏林墙。

埃斯特三岁起就对这些事有了兴趣，更准确地说，她痴迷于这一类的问题。她的第一个兴趣是恐龙。当然，很多孩子都对恐龙感兴趣，但埃斯特对恐龙的痴迷程度夸张得有些古怪。除了恐龙，任何东西都没法引起她的兴趣。她会画恐龙，和恐龙玩偶一起玩，打扮得也像只恐龙。“我不是埃斯特，”她会说，“我是霸王龙。”她的每个睡前故事都是关于恐龙的，与她的每次对话或多或少都和恐龙有关。幸运的是，鲍约翰对恐龙挺有兴趣，因为塞西莉亚五分钟后对此就再无热情了（它们早就灭绝了！能有什么好说的！）。鲍约翰领着埃斯特去博物馆，还会带相关的书给她。聊到肉食动物和草食动物时，他们能聊上好几个小时。

埃斯特自那之后的“兴趣点”还包括云霄飞车、甘蔗蟾蜍，最近的则是“泰坦尼克号”。她今年十岁了，已经可以在图书馆和互联网上搜索自己想知道的信息。她搜集到的信息时常让塞西莉亚惊讶不已。哪个十岁小孩睡前会举着一本又大又厚，重得几乎抬不起来的历史书看？

“要多多鼓励她！”埃斯特的老师们说。不过有时候，塞西莉亚也会感到有些担忧。在她看来，埃斯特或许有点自闭，至少是在自闭症的光谱之中。当塞西莉亚谈到自己的担忧时，她的母亲大笑着回答：“但埃斯特像极了你从前的样子！”（这才不是真的。将芭比娃娃们整整齐齐摆放好同这个可不一样。）

“事实上，我有一块柏林墙的墙砖。”塞西莉亚突然想起这事，她看到埃斯特的眼神开始放光，“柏林墙被摧毁时我正在德国。”

“我能看看吗？”埃斯特问。

“把它给你都行，亲爱的。”

珠宝和衣服是给伊莎贝尔和波利的，而一块柏林墙的墙砖是给埃斯特的。

1990年，塞西莉亚不过二十岁，她与好友莎拉·萨克斯一同来了场为时六周的欧洲游。那时候，距柏林墙倒塌不过数月。莎拉的犹豫不决同塞西莉亚的雷厉风行互为补充，二人成了极好的旅伴，一路上风平浪静，相处融洽。

她们行到柏林时，见到旅客们在柏林墙边排着长队，想方设法要留下一块碎石做纪念品。他们用钥匙撬，用石头砸，能想到的法子都用上了。这城墙仿佛是恫吓这座城市的恶龙，如今，观光客却和乌鸦一样，啄走了它的遗骸。

没有像样的工具是很难撬下一块完整墙砖的，因此塞西莉亚和莎拉决定（好吧，是塞西莉亚决定的）从那些有远见的当地人手里买上一块。这些人铺好毯子摆上摊，卖的东西还不少。好吧，资本主义当真是胜利了。什么样的墙砖都有卖，从弹珠大小的灰色石块到画着涂鸦的巨石。

塞西莉亚记不得自己为这小小的灰色石块付了多少钱，它看上去和人们前院的小石头没什么两样。“可能真的是。”莎拉在回程的火车上说，说完二人都为自己的轻信哈哈大笑。没关系，至少在她们眼中，这小石块也是历史的一部分。塞西莉亚把她的小石块放进一个纸袋，在袋子上写道“我的一小块柏林墙”。回到澳大利亚后，她把这袋子连同其他纪念品一起扔进一个收纳盒：杯垫、火车票、菜单、外国币和旅店钥匙什么的。

此时，塞西莉亚多希望自己当时能看得更仔细，多拍些照片，多听听关于城墙的奇闻逸事，好和埃斯特分享。而那趟柏林之旅中，让塞西莉亚记得最清晰的是她在夜店里吻了个棕色头发的德国帅哥。他把自己饮料中的冰块一块块拿出来，摆到塞西莉亚的锁骨上。这举动在当时来看多么撩人，而现在只觉得黏腻和不卫生。

她要是个有好奇心、对政治感兴趣的姑娘，她一定会与当地人聊聊围墙阴影之下的生活。而现在，她能和女儿分享的只能是那个吻还有那些不卫生的小冰块了。当然，伊莎贝尔与波利会对吻和冰块的故事感兴趣的。至少波利会，伊莎贝尔大概已经过了愿意听自己母亲和别人接吻的年纪了。

塞西莉亚将“把柏林墙砖找出来”放上了今日议程（今天共有二十五件事要做，她已将它们列在手机上）。下午两点的时候，塞西莉亚上了阁楼，想要找到那块灰石。

“阁楼”这词也许有些夸张，这儿不过是屋顶的一间小储物室。拉开屋顶的活门顺着梯子爬上去就是。

塞西莉亚爬进这储物室后，得弯着膝盖才不会碰到脑袋。这地方鲍约翰是绝不会来的。他有严重的幽闭恐惧症，为了不搭电梯，他每天上班都是爬楼梯到六楼的。这可怜人经常梦见自己被困在一个墙壁不断收缩的房间里。“墙！”他总会高喊一声，然后汗淋淋地睁大双眼醒来。“当你还是个孩子的时候，是不是被锁进衣橱里过？”塞西莉亚问过他一次。虽是这样问，其实她不会把这件事归咎于鲍约翰的母亲。不过，他却肯定自己从未被锁进过衣橱里。“事实上，鲍约翰小时候从未做过这样的噩梦，”鲍约翰的母亲说，“那时候他睡得可香了。你们晚餐是不是吃得太丰盛了？”渐渐地，塞西莉亚也就习惯了他的噩梦。

阁楼非常狭小，里面塞满了东西，不过被收拾得井井有条。这些年来，“井井有条”已成了塞西莉亚的一大特征，大伙儿都知道。有趣的是，自从塞西莉亚的家人和朋友就此打趣过她后，这习惯就变得根深蒂固了。她将自己的生活安排得井然有序，如果母职是种运动，那她就是顶尖运动员。她似乎永远都在思考：“我还能怎样再努力一把？怎样才能把生活安排得更有条理而不失控呢？”

这也正是妹妹布里奇特的房间内老是尘土飞扬，而塞西莉亚连阁楼都整齐地堆满贴上标签的白色储物柜的原因。阁楼里唯一不那么“塞西莉亚式”的是角落里堆放的鞋盒。它们都是鲍约翰的，他喜欢把每年的账目清单放在鞋盒里。这习惯已经很多年了，在他认识塞西莉亚之前就有。他对鞋盒沾沾自喜，塞西莉亚只得忍住不提档案柜其实比鞋盒方便得多。

多亏了这些贴着的标签，塞西莉亚几乎一下子就找到了她的柏林墙砖块。她打开了贴着“塞西莉亚：旅行/纪念品1985—1990”的收纳盒，找到那个已经褪了色的棕色纸袋。这是她的一小块历史。她拿出那块也许是石头也许是水泥的东西，把它放在手掌上。它比记忆中的还要小，看上去也没什么特别的，不过希望它能换回埃斯特难得的笑容。

接下来，塞西莉亚让自己分了会儿心。没错，她的确干得不错，但她终究不是台机器，有时候还是得分会儿心，她笑着从盒子里拿起她和德国帅哥的合影。这个男孩和那块柏林墙块一样，并没有记忆中那么好。耳边响起的电话铃声把塞西莉亚从过去的回忆中拉了出来，她猛地起身，脑袋重重地磕到天花板上。墙！墙！她边咒骂边踉跄着往后退，手肘却撞到了鲍约翰的那堆鞋盒。

至少有三只鞋盒被撞了开来，里面的纸片像山崩一样散了出来。好吧，这足以说明用鞋盒装文件算不上什么好主意。

塞西莉亚再次咒骂，用手揉揉脑袋，刚才那下撞得可不轻。她看到鞋盒里装满了账目清单，有些甚至可以追溯到80年代。塞西莉亚把散落的收据塞进一只鞋盒，她的目光落到了一个写着自己名字的白色商务信封上。

她拿起信封，认出是鲍约翰的字。

上面写道：

给我的妻子，塞西莉亚·费兹帕特里克

只在本人死后方能开启

塞西莉亚见了哈哈大笑，又赶紧停了下来。那样子好像她正在一个派对上，突然发现自己为之大笑的内容其实不是笑话，而是严肃的事。

她又读了一遍。“给我的妻子，塞西莉亚·费兹帕特里克。”真奇怪，塞西莉亚觉得自己的脸颊一阵发热，好像碰到了什么尴尬事。是因为他还是因为自己？她可不知道。塞西莉亚感觉自己像是突然撞见了什么羞耻的事，像是抓到他在浴室里自慰一样（米利恩·欧本有一次就撞见道格在浴室里自慰。“可怕”的是，这事所有人都知道了，一天，当米利恩喝下两杯香槟后，这秘密就从她嘴里蹦了出来。而大家一旦知道这事，也就再没办法装作不知道了）。

里面都写了些什么？塞西莉亚想要立刻把信撕开。什么都别想，在理智恢复之前赶紧行动，就像她有时候不假思索地把最后一块饼干或巧克力塞进嘴里那样。

这时候，电话铃又响了。塞西莉亚没戴手表，这才意识到自己全然忘了时间。

她把剩下的文件塞进鞋盒，带着柏林墙砖和信下了楼。

她才离开阁楼，就被卷入了忙碌的生活洪流之中。特百惠有一份大单要送，要去学校接孩子，要买些鱼来做晚餐（她们会在鲍约翰出差期间吃很多鱼，因为他极讨厌吃鱼），还有电话要回。他们教区的牧师，乔神父之前来电提醒过塞西莉亚，明天是厄休拉修女的葬礼。他们似乎很关心出席葬礼的人数。塞西莉亚当然会前往。她把鲍约翰神秘的信件放在冰箱顶上，赶在午餐开始前，把柏林墙的砖块给了埃斯特。

“谢谢，”埃斯特崇敬地接过石块，“它是从柏林墙的哪个部位取来的？”

“应该是离查理检查站不远的地方。”塞西莉亚佯装自信地回答。实际上她一点也不了解。

不过我知道，那个穿着红色T恤、白色牛仔裤的冰块男曾把我的马尾辫捏在指尖赞叹它“真是漂亮”。她暗自想着。

“这东西值钱吗？”波利问。

“我有疑问。你怎么证明它是从柏林墙上取出来的？”伊莎贝尔问，“它看上去和其他石头没什么两样。”

“DMA测试。”波利抢着回答。看来孩子们看电视的时间真是太长了。

“是DNA测试，不是DMA，再说那测试是针对人的。”埃斯特回应道。

“我懂的！”波利气呼呼地发现自己说的姐姐早就知道了。

“那为什么——”

“你猜《超级减肥王》今晚会淘汰谁？”塞西莉亚嘴上说着话，心里却在想：是的，没错，不论是谁在窥探我的生活。我的确把话题从能教育孩子的现代历史转移到对她们毫无益处的电视节目上了。这样做至少能少些乱子、省点心。鲍约翰如果在家的话，她可能不会这样改变话题。有观众在场时，她能做更棒的母亲。

于是剩下的时间女儿们讨论的都是《超级减肥王》了，塞西莉亚只得佯装兴趣，边听谈话边想着冰箱上的信。等餐桌收拾好而孩子们都去看电视，她可要把信拿来瞧瞧。

而此刻，塞西莉亚放下茶杯，在灯下举起信封。她很快为自己感到好笑，信封内的信纸似乎是从有线条的笔记本上撕下来的，她一个字也没辨认出来。

鲍约翰也许是在电视上，看到阿富汗战场的士兵们给家人留书作为踏进坟墓前最后的遗言。他这样做是不是在模仿他们？

塞西莉亚实在无法想象他坐下写这封信的样子。那实在是太伤感了。

好的方面是，他若是死了，还想让亲人们知道自己有多爱他们。

只在本人死后方能开启。他为什么会想到死？难道他生病了？不过这封信似乎是很久以前写的，而他现在还活得好好的。再说他几周前才做过体检，库勒格医生说他壮得像匹骏马。接下来的几天，他还把头后仰，像马那样嘶鸣着满屋子跑，波利骑在他背上，把茶巾像鞭子那样在他头上挥舞着。

想到这场景，塞西莉亚不由得露出笑容，焦虑一扫而空。几年前，鲍约翰心血来潮地感伤了一把写下这封信。只是这样而已，她才不会仅仅因为好奇就把信打开呢。

塞西莉亚看了眼时钟。已经快晚上八点了，鲍约翰很快会打来电话。每次出门时，他总是这时候打电话回家。

塞西莉亚不打算和他聊信的事儿。这话题会让他尴尬，再说这事也不适合在电话中聊。

还有个问题。要是他死了，她该怎么找到这封信？也许永远发现不了！为什么不把信交给他们的律师，也就是米利恩的丈夫道格·欧本呢？每当想起他，很难不联想到他在浴室里干那事的样子。当然这证明不了他作为律师的本领，不过这或多或少能证明米利恩的床上功夫（塞西莉亚同米利恩二人总会做些无关痛痒的竞争）。

好吧，现在可不是什么得意的好时候。“停下！别再想着性了。”

无论如何，鲍约翰不把信交给道格可真不明智。他要是去世了，塞西莉亚可能会洁癖发作把这些鞋盒直接扔掉，根本不会管里面装了什么。鲍约翰若真想让她找到这封信，又怎么会把它放在那样一只普通的鞋盒里呢？

为什么不把信放进他们的遗嘱复印件或人身保险里？

鲍约翰是塞西莉亚认识的人中最聪明的一个，可他的生活能力却糟得一塌糊涂。

“真不知道男人们是怎样统治世界的！”今天早晨，塞西莉亚还这样对妹妹布里奇特说。鲍约翰在芝加哥把租车的钥匙丢了。他的短信让塞西莉亚抓狂。她一点也帮不上他！鲍约翰明知道她帮不了他，却还是把东西弄丢了。

这类事情总会发生在鲍约翰身上，上次出国时，他就把笔记本电脑落在了出租车上。这男人经常弄丢东西——钱包、手机、钥匙、结婚戒指。他的东西好像总会从身边溜走。

“他们很会修筑建筑。”布里奇特回答，“修路、修桥什么的。你呢？你能造出一间小屋吗？一间小泥屋？”

“我能造出小屋的。”

“也许吧。”布里奇特抱怨了一声，好像刚才的说法是个错误，“不管怎样，男人们并没有统治世界，这世上还有女总理呢。再说你就统治了你的世界，统治了你们费兹帕特里克家、圣安吉拉小学和特百惠世界。”

塞西莉亚是圣安吉拉小学的家长会主席，还是澳大利亚区特百惠最佳顾问的第十一名。在她妹妹看来，这两种身份都挺滑稽的。

“我才没有统治费兹帕特里克家。”塞西莉亚辩白道。

“是啊，你没有。”布里奇特大笑。

如果塞西莉亚这时候去世了，费兹帕特里克家将会……好吧，这事简直想都不敢想。鲍约翰需要的不仅仅是她留下的一封信。他要的是一整本家务手册，包括一张标明洗衣房和碗柜的家庭地图。

电话铃响了，塞西莉亚一把拿起电话筒。

“让我猜猜，我们的女儿们又在看那些肥仔了，对吗？”鲍约翰说。塞西莉亚很爱听他电话里的声音：低沉、温暖且让人感到欣慰。没错，她的丈夫的确无可救药，丢三落四又爱拖延，不过以他独特的方式照顾着妻女——老派、有责任心、一副“我是男人，这是我的天职”的模样。布里奇特说得没错，塞西莉亚的确统治着自己的家庭。可她明白，一旦有危险发生，例如，疯了的枪手、洪水、火灾出现，鲍约翰会第一时间来拯救她们。他会用胸口替他们挡子弹，为他们搭建小屋，带他们逃离地狱。而一切危险过去后，他又会恢复之前的样子，心甘情愿地归顺塞西莉亚，拍拍口袋说：“有人瞧见我的钱包了吗？”

目睹小蜘蛛侠意外的第一时间，她就给鲍约翰打去电话。按键时，她的手指都在颤抖。

“我找到那封信了。”塞西莉亚的手指滑过信封上的一行字。在听见鲍约翰声音的那一秒，就知道自己一定会忍不住问他。他们已经结婚十五年了，彼此从没有过秘密。

“什么信？”

“你写的一封。”塞西莉亚试图让自己的声音更轻松，像开玩笑一样，这样情况就不会失控。不论信里写了什么都没关系，不会改变任何事，“是给我的。让我在你死后打开的。”虽说想要显得轻松，可是对自己的丈夫说“你死后”这话，人们的语调或多或少都会有些奇怪。

电话那头一阵沉默。一瞬间，塞西莉亚甚至以为电话断了，可她又听到电话那头有些嘈杂的背景声。这电话似乎是从餐馆里打来的。

她突然胃中一紧。

“鲍约翰？”

第二章

“如果这是个玩笑，”苔丝嚷着，“那可一点也不好笑。”威尔将手伸到她的一只胳膊上，费莉希蒂则伸手到她另一只胳膊上，两人像两片书立一样把她夹在中间。

“我们实在非常非常抱歉。”费莉希蒂说。

“非常抱歉。”威尔学着费莉希蒂的话，像是二重唱。

他们坐在一张木制的大圆桌旁，这桌子有时用来开会，但多半是用来吃比萨的。威尔的脸色惨白。苔丝能清晰地看到根根分明的黑色胡楂儿，像是长在他那苍白皮肤上的微小稻谷。费莉希蒂的脖子上有三块明显的红斑。

苔丝望着那红斑出神了一阵，似乎可以从中找到答案。那红斑看上去像是手指印。最后，苔丝抬起头看费莉希蒂的眼睛。那双美丽的绿色杏眼，常让人感叹：“这胖姑娘居然有双这么好看的眼睛！”而现在，那双碧眼泛红，满是泪水。

“这就对了，”苔丝说道，“这就意味着你俩——”她哽咽了。

“我们想让你知道，实际上什么都没发生。”费莉希蒂打断道。

“我们没有……你懂的。”威尔补充道。

“你们没有一起睡。”

苔丝看到他俩露出骄傲的神色，似乎还以为她会为他们的克制而鼓掌。

“绝对没有。”威尔说。

“可你想这么干来着，”苔丝几乎要为这荒唐的事实苦笑一声，“你想说的就是这个，对吗？你们想上床。”

他俩一定接过吻了。那可比在一起睡还要糟。人人都知道，偷偷的一个香吻是这世上最让人心猿意马的事。

费莉希蒂脖子上的红印现在扩展到下巴处，像是得了什么罕见的传染病。

“我们实在非常抱歉，”威尔又说了一遍，“我们已经很努力了，努力不让它发生。”

“真的，”费莉希蒂解释道，“已经有几个月了。你明白，我们——”

“几个月了？都已经几个月了！”

“真的没发生什么。”威尔流露出一副在教堂中虔诚吟诵时的真诚表情。

“已经发生了，”苔丝说，“一些意义重大的事发生了。”谁能想到她会说出这么冷酷的话呢？她吐出的每个字都像水泥墙一样冰冷。

“对不起，”威尔继续苦劝，“我是说——你懂的。”

费莉希蒂用指尖抵着额头，啜泣起来：“哦，苔丝。”

苔丝不自觉地伸手去安慰她。一直以来，她都对众人表示她们亲如姐妹。她们的母亲是双胞胎姐妹，分别生下这两个独生女。她们年纪相差不过六个月，无论做什么都形影不离。

苔丝揍过一个男孩，一记右勾拳打在下巴上，就因为他嘲笑费莉希蒂是头小象。上学的时候，费莉希蒂看上去还真像头小象。长大以后，费莉希蒂成了个胖女人，“一个长着漂亮脸蛋的胖女人”。她把可乐当水喝，从不节食或运动，似乎对自己的体重不以为意。然而，六个月前，费莉希蒂戒掉了可乐，加入了体重管理营，还开始了锻炼。她减去了四十千克体重，成了真正的漂亮女人。她正是《超级减肥王》想找的那种人，一个困在肥胖身体里的迷人女性。

苔丝曾为她感到兴奋无比。“也许她能遇见什么好男人，”她曾对威尔说，“她现在变得自信多了。”

看来费莉希蒂真遇见了个好男人——威尔。他是苔丝心中最好的男人。偷走自己表姐的丈夫？这可真得有极大的自信心。

“对不起，我现在真想死掉。”费莉希蒂哽咽着说。

苔丝将手抽了回来。费莉希蒂——尖酸、辛辣、聪慧、有趣，胖胖的费莉希蒂，看起来真像个美国啦啦队队长。

威尔仰起头盯着天花板，咬紧牙关不让自己流下泪。苔丝上次见他流泪，还是在利亚姆出生的时候。

苔丝的眼睛干干的，心里猛地一惊，感到自己的生活陷入了极度危险之中。这时候，电话铃响了。

“别管它，”威尔说，“已经是下班时间了。”

苔丝站起身来，到桌前拿起电话。

“TWF广告。”她接通电话。

“苔丝，亲爱的，我知道现在很晚了，但我们遇上了些小麻烦。”

电话那头是德克·弗里曼，佩特拉制药公司的市场总监，这公司是他们最重要的金主。苔丝的工作就是让德克感觉自己是被重视的，让他觉得尽管自己已经五十六岁，而且不可能再往更高的管理层上爬了，可他仍是个了不起的大人物。苔丝就是他的仆人、女佣、低贱侍女，不论他让苔丝干什么，她会照做；不论他是轻浮、暴戾还是苛刻的，虽然她可以假装回嘴，但到头来还是得听话照办。苔丝最近想到，她最近为德克·弗里曼提供的服务都快比得上卖春了。

“止咳糖浆包装上的龙形图案完全上错了颜色，”德克说，“太紫了，紫得不像话。咱们已经开始印刷了？”

没错，他们已经开始印刷了，已经印好了五万只小包装盒。印好了五万条泛着紫光、咧开大口的龙。

苔丝为了那些龙花了多少功夫啊，那么多邮件和讨论。而就在苔丝忙着商量龙形图案的时候，威尔和费莉希蒂两人好上了。

“还没有呢，”苔丝的目光落在桌边的丈夫和表妹身上，他们正低头看着指尖，就像被留堂的中学生，“今天是你的幸运日，德克。”

“哦，我还以为已经——嗯哼，很好。”德克几乎没能藏住他的失望之情。他就想让苔丝手忙脚乱，陷入恐慌。他想听到她的声音因慌张而颤抖。

他忽然嗓音一沉，语气坚定果断得像个带兵打仗的军官：“我要你全面停止关于止咳糖浆的工作，明白吗？全部！”

“明白了。停止关于止咳糖浆的一切工作。”

“我回头再打给你。”

德克挂断了电话。包装的颜色没什么不对的，他明天会打电话来说没问题。他这样做不过是为了显示权力，可能是开会时的某个优秀晚辈让他觉得低人一等了。

“止咳糖浆的包装今天已经送去印刷了。”费莉希蒂转过身担忧地望着苔丝。

“没事的。”苔丝回答。

“可他要真想改——”威尔试着打开话题。

“我说了没事的！”

苔丝其实没有表现得太生气，至少目前还没有。不过让她感觉到的那股愤怒是她从未曾经历过的，宛如在桶中闷烧的火箭弹一样，随时会毁掉身边的一切。

苔丝没再坐下，而是转身查看记录着工作信息的白板。

止咳糖浆包装！

《羽毛报》广告！！

床品网站:)

看着那潦草、无忧无虑、自信的笔迹和轻率画上的感叹号，真是丢脸。在床品网站旁画笑脸是因为他们好不容易才接下这工作，过关斩将地挤掉好几家大公司，好不容易得偿所愿。这笑脸是昨天才画上去的，那时她还未发现威尔同费莉希蒂的事。就在她画笑脸的时候，他们是否在身后交换了个怜悯的眼神？“我们若是坦承了那个小秘密，她还会画这笑脸吗？”

电话铃声又响了。

这次苔丝让它转进了语音信箱。

TWF广告公司，TWF是由苔丝（Tess）、威尔（Will）与费莉希蒂（Felicity）的名字共同组成的。他们三人开设了梦想中的小公司，原本只是随口说说的空谈，最后真的实现了。

前年圣诞节他们是在悉尼度过的。作为传统，平安夜那晚他们留在了费莉希蒂的父母家，也就是苔丝的玛丽阿姨和费尔姨父家。那时候，费莉希蒂还是个胖妞，漂亮、粉嫩、被塞在二十二码的裙子里。烧烤晚会时，她们享用了传统的澳式香肠、奶油意大利面沙拉、奶油蛋白甜饼。费莉希蒂和威尔相互抱怨着各自的工作——无能的上司、愚蠢的同僚、漏风的办公室，等等。

“呀，你可真是个不幸的家伙。”费尔姨父说道，他对自己的生活没什么好抱怨的，他已经退休了。

“既然如此，你们三个为什么不一起工作呢？”苔丝的母亲问。

他们从事的领域的确相近。苔丝在一家墨守成规的法律出版集团做市场交流部主管；威尔在一家自视甚高的知名广告机构做创意总监（他们实际上正是因此相遇的，苔丝曾是威尔的客户）；费莉希蒂则一直为一位暴君做平面设计。

聊到这一点，他们一下子生出许多想法。吃蛋白甜饼的时候，他们已经做出了决定。威尔要做创意总监，这是毫无疑问的！费莉希蒂可以做艺术总监，这也不容置疑！苔丝能做业务经理！这一点倒没那么有说服力。她可从没干过这类工作。一直以来她做的都是甲方，觉得自己有点内向。

事实上几周前，苔丝还在候诊区的《读者文摘》上做了一篇关于“你是否有社交焦虑症？”的小测试。她选择的都是“C”。这证明她的确有社交焦虑症，最好寻求专业人员的帮助或是“加入互助组”。每个做了测验的人可能都会得到同样的结论。要不是怀疑自己有社交焦虑症，谁又会劳神做这测验呢，而是忙着和接待员聊天了。

苔丝没去寻求专业人员的帮助，也没告诉过任何人。威尔，甚至费莉希蒂都不知道。她要真对他们说了，这问题就真成了问题。和别人交流时，他俩一定会暗自观察苔丝，若是发现一丁点害羞的痕迹，就会断定她出了问题。正确的做法是“把它隐藏起来”。苔丝小时候，母亲曾说她的害羞有时成了自私的表现。“你瞧，如果你那样低着头，人们会以为你不喜欢他们！”苔丝把这话听进心里，努力学着控制心脏的狂跳去和他人聊天。她强迫自己迎上他人的目光，尽管每根神经都在尖叫着：“看别的地方！快看别的地方！”她还会用“有点冷”来解释那干涩的嗓音。她得学着忍受社交焦虑症，像其他人忍受乳糖不耐症和敏感肌肤一样。

无论如何，两年前的苔丝对这段谈话没怎么上心。那不过是醉后的玩笑话。他们才不会一起工作呢，而她也不会做什么业务经理。

然而，元旦后当他们回到墨尔本，威尔和费莉希蒂却在认真考虑事情的可行性。苔丝的屋子里有间巨大的地下室，是上任屋主修建的，还另修了单独的入口。事实上，他们还能失去些什么？创业几乎用不了什么开销，他们把之前多赚的钱拿去还房贷了。费莉希蒂在分租公寓。就算生意真失败了，再做回之前的工作不就好了？

苔丝被他们的热情所感染。她欣然辞去了工作，然而当她第一次坐在一位潜在客户的办公室时，只有将双手夹在膝盖间才能忍住不颤抖。她甚至感觉自己的面部都在发抖。即使已过去了十八个月，每见一位新客户，苔丝都会感到一阵神经衰弱。奇怪的是，她还算胜任这份工作。“你和其他广告公司的人不同，”一位客户曾在初次见面就达成协议，握着她的手说，“你更善于倾听，而不是夸夸其谈。”

每当结束一场会谈，苔丝都感觉浑身轻松，如获重生，飘飘然像是漫步在云端。她又成功了，成功战胜了一头猛兽。更妙的是，没人发现她焦虑的小秘密。苔丝带来了客户，他们的生意正一步步迈向正轨。之前为一家化妆品公司做的产品还被提名了一项行销奖。

苔丝扮演的角色决定她大多数时候在外办公，这便留给威尔与费莉希蒂大量的独处时间。若有人问起她是否会因此而担忧，她一定会大笑着回答："威尔可是把费莉希蒂看作亲妹妹的！"

苔丝将目光从白板上抽离，只觉得双腿发软，于是走到桌子另一头坐下，想搞清楚自己的处境。

那是周一的傍晚六点。

威尔走上楼，表示自己和费莉希蒂有些话要对苔丝说。那时候本有很多事能让苔丝分心。苔丝刚刚接到母亲打来的电话，说她在打网球时摔伤了脚踝。母亲说她得拄上八个星期的拐杖，因此，今年的复活节能否在悉尼而不是墨尔本过？

十五年前，苔丝与费莉希蒂一同搬到另一个州。十五年来，苔丝第一次后悔为何没住得离母亲更近一些。

"后天接完孩子放学我会赶回去，"苔丝说，"你能坚持到那时候吗？"

"哦，我没事的。玛丽会帮我，邻居们也会。"

可是玛丽阿姨不会开车，费尔姨父也不可能每日开车接送。再说，他们的健康也已每况愈下。母亲的邻居们不是步履蹒跚的老太太，就是早已经忙得连招呼都顾不得打的年轻家庭。他们似乎都帮不上忙。

苔丝考虑着要不要明天就飞回悉尼为母亲招名护工。母亲不喜欢陌生人住在家里。可若不这样，她要怎样洗澡做饭呢？

尽管有那么多事等待处理，苔丝却不愿扔下利亚姆。他们班有个叫马尔库斯的男生总会给利亚姆难堪，但也算不上霸凌。如果是霸凌还干脆些，这样就能按照学校严格的"我们绝不容忍霸凌"政策处理。马尔库斯可没那么简单，他是个迷人的小疯子。

苔丝认为，马尔库斯上学的那天一定发生了些糟糕的事。晚餐时，威尔和费莉希蒂还在楼下工作。大多个晚上，苔丝、威尔、利亚姆还有费莉希蒂都像其他人家一样围坐在一起共进晚餐。然而，床品购物网周五就要上线，他们还有很多工作要做。

吃晚饭时，利亚姆比其他时候还要安静。他是个爱幻想、爱思考的男孩，从来不会像个话匣子似的说个没完。他一言不发地往香肠上蘸番茄酱，散发出一股老成的悲哀。

“今天有没有和马尔库斯一块玩儿？”苔丝问。

“没，”利亚姆回答，“今天是星期一。”

“那又怎样？”

利亚姆没再回答，一句话也不肯说。苔丝顿时觉得愤怒，看来还得再和老师谈一谈。她很确定自己的孩子被人欺负了却没人知道。学校操场同战场一样复杂。

威尔请她下楼时，苔丝心里想的就是这些：她妈妈的脚踝和捣蛋鬼马尔库斯。

威尔和费莉希蒂已坐在会议桌前等她。苔丝把办公室内的咖啡杯都收拾好才坐下。费莉希蒂永远不会把一杯咖啡乖乖喝完。苔丝将半满的咖啡杯码放在桌上：“新纪录，费莉希蒂，五杯没喝完的咖啡。”

费莉希蒂没有搭腔，而是用怪异的眼神看着苔丝，像是因为咖啡杯的事感到羞愧。之后，威尔就宣布了那个天大的消息。

“苔丝，我真不知道该怎样对你说，我和费莉希蒂相爱了。”

“有意思，”苔丝把咖啡杯聚拢到一起，微笑道，“好笑极了。”

不过，这看上去并不像个笑话。

苔丝将手放在松木桌上，愣愣地盯着它们看。记不得哪位前男友说过他爱上这双手。婚礼上，威尔费了好大功夫才让戒指穿过她的指关节，引得来宾们一阵轻笑。戴上戒指后，威尔假装长舒了一口气，然后偷偷地抚摩了她的手。

苔丝抬起头，看见威尔和费莉希蒂交换了个担忧的眼神。

“所以，这是真爱？”苔丝问，“你俩才是彼此的灵魂伴侣？”

威尔脸上的神经抽搐了一下，而费莉希蒂只是低头扯着自己的头发。

是的，他俩一定在这样想。是的，我们是真爱。我们就是对方的灵魂伴侣。

“究竟是从什么时候开始的？”苔丝问，“这种所谓的‘感觉’是从什么时候开始的？”

“这不重要。”威尔急匆匆地回答。

“对我来说很重要！”苔丝抬高音量。

“我不确定，大约是六个月前吧？”费莉希蒂喃喃地说。

“就是从你开始减肥起？”苔丝问。

费莉希蒂耸耸肩。

“真有意思，她还胖着的时候，你从不会看她第二眼。”苔丝对威尔说。

令人厌恶的苦涩涌入她的口中。她有多久没说过这么残忍的话了？十多岁起就没有了吧。

苔丝从没叫过费莉希蒂胖子，也从不会聊到她的体重。

“苔丝，求求你——”威尔的声音没有丝毫责备，只有轻柔、绝望的请求。

“没关系的，”费莉希蒂回答，“我活该，我们活该。”她抬起头，用谦卑的目光望着苔丝。

这么说来，苔丝可以如己所欲地对这二人拳脚相加，而他们只会静静地坐着，绝不会反抗。威尔和费莉希蒂本质上是好人，苔丝很清楚这一点。正因为他们都是好人，他们的态度才会“这么好”。他们理解并接受苔丝的愤怒。到了最后，苔丝才是那个坏人，而不是他们。他们还没有一起睡，事实上还没有背叛苔丝。他们仅仅是爱上彼此了！这可不是什么普通的风流韵事，而是命运，早由天定的命运。没人会因此责怪他们的。

真是天才。

“你为什么不自己和我说？”苔丝直勾勾地看着威尔的眼睛，仿佛这坚定的目光能将远走的人带回。与苔丝平凡普通的蓝色眼睛不同，威尔的眼睛是如锻造铜般的奇特金棕色，睫毛又黑又密。他们儿子遗传到了这双眼睛，苔丝便认为那双眼是属于她的，是一样可以让她满怀感激接受他人赞美的珍贵物品。“你的儿子有双可爱的眼睛。”“这是从我丈夫身上得到的，和我可一点关系也没有。”然而，这一切其实和她是有关系的，是她的，他们都是她的！威尔的金棕色眼睛总是荡漾着笑意，他似乎时刻准备着对世界露出笑容。在威尔眼中，平凡单调的日常生活总是充满乐趣，而这也是苔丝最爱他的一点。此刻，他用乞求的目光看着苔丝，像利亚姆在超市遇见心仪的物品时一样。

求你了，妈妈。我想要买这糖果，不管它是不是包装得花里胡哨的垃圾。我答应了不买东西，可我就是想要！

求你了，苔丝。我想要你甜美可爱的表妹。我答应了不论贫穷富裕，健康还是疾病，都与你厮守。我求你了！

不，你不能得到她。我说不行。

“我们找不到合适的场合和地点，”威尔继续说道，“但我们都想让你知道真相。我们不能，不能再瞒着你了，因此……”他的下巴在动，宛如火鸡一般不停地上下动，“像这样的谈话，永远找不到什么对的时机。”

“我们”，他们倒是成了一对儿。他们早就讨论过了这事，却没告诉她。这当然不会和她一起讨论，毕竟他们“爱上的是彼此”，这中间可没有她。

“我想我也应该在场。”费莉希蒂补充道。

“现在还这么想吗？”苔丝几乎无法忍受看费莉希蒂一眼，“然后呢？”

问出这个问题时，苔丝简直恶心得难以置信。还会有什么然后？费莉希蒂会匆匆忙忙地赶去健身班。威尔会上楼，趁利亚姆洗澡前和他聊会儿天。他们也许会聊到马尔库斯的问题。而苔丝会煎鸡排做晚餐，原料都已经准备好了。她和威尔会把剩下的半瓶酒喝完，一边喝一边讨论费莉希蒂未来可能遇见的佳婿。他们早就讨论过各个可能的对象。意大利籍银行经理、大块头的熟食店老板。威尔从没一拍脑门感叹：“当然了！我怎么会忘了这个？我！我就是她的绝佳人选！”

这是个玩笑。苔丝忍不住想着这是个玩笑。

“我们明白无论做什么都无法让一切变好，变轻松，或是正确，”威尔说，“但我们愿意做任何你想做的，任何为你、为利亚姆好的事。”

“为利亚姆好。”苔丝喃喃地重复。

不知为何，苔丝从没想过利亚姆会知道这件事，没想过这事和他有多大关系，会对他造成怎样的影响。利亚姆此刻就在楼上躺着看电视，六岁的小脑袋里装满了对大个子马尔库斯的担忧。

不。苔丝想着。不不不，绝对不行。

她记起那天母亲突然出现在自己卧室门前：“亲爱的，我和你爸爸有些话要对你说。”

发生在她身上的一切绝不能发生在利亚姆身上，除非她死了。她那好看却满面愁容的男孩绝不能经历那个糟糕夏天她所经历的迷失与困惑。不能让他每到周五都要为第二天的过夜收拾包裹；不能让他时不时查看日历以确认自己周末在哪家过；不能让他学着在父母偶尔问起关于对方的问题时，虽看似无关大雅，却要三思而后答。

苔丝的思维在飞驰。

最重要的是利亚姆，她自己的感受无关紧要。她要怎样挽回？要怎样让这乱局恢复正常？

“我们不是故意让它发生的，”威尔的目光中满是真诚，“我们打算好好处理这事，想到对我们都有利的解决方案。我们甚至想过……”

苔丝瞧见费莉希蒂对威尔轻轻摇头。

“甚至想过什么？”苔丝问。她甚至能想象到他们是多么享受那深情的谈话：双眼泪汪汪的，像在证明他们是多么善良正派，好像在说，想到要伤害苔丝，他们都感到无比煎熬。可是面对爱与激情，他们还能如何选择？

“现在谈我们的打算还为时过早。”费莉希蒂的语音突然变得坚定。苔丝的指甲扎进手掌。她怎么敢这样？怎么敢用如此平常的语调说话，好像这只是再平常不过的普通麻烦！？

“你们甚至想过什么？”苔丝看着威尔。

“别去想费莉希蒂，”她对自己说，“现在可没时间生气。想想吧，苔丝，好好想想。”

威尔的面色由白转红：“我们甚至想过不如我们三个一块儿生活，看在利亚姆的分儿上。这可不是什么平常的分手。我们……是一家人，都是为了利亚姆。也许这听上去挺疯狂的，可我们认为这还是有可能的。”

苔丝听罢苦笑一声。他们是不是疯了？“你的意思是，让我搬出卧室，让费莉希蒂搬进去？然后再对孩子说：‘别担心，亲爱的，现在爸爸和费莉希蒂睡在一块儿，而妈妈可以一个人睡一间屋子了。’”

“当然不是。”费莉希蒂看上去像是受了羞辱。

“除非你愿意这样……”威尔开口了。

“那我还能怎样？”

威尔叹了口气，身体向前倾：“你瞧，我们用不着在这一刻就做出决定。”工作时，每当威尔有了自己的见解，他总会用一种男儿气的、讲理又霸道的语调说话。苔丝和费莉希蒂最讨厌他这样。此刻，他用的便是这种语调，好像时间能解决一切。

他怎么敢?

苔丝举起拳头重重地砸在桌面上，震得桌子摇晃起来。她从未做过这样的事。这感觉荒诞可笑却又莫名兴奋。她很乐意看到威尔和费莉希蒂畏缩的样子。

“我来告诉你怎么办。”一切瞬间清晰起来。

威尔和费莉希蒂想要光明正大地在一起，越快越好。此时的他们正是情难自已，这一刻的感觉是那么甜蜜性感。他们是被命运作弄的爱侣，是魂魄相依的罗密欧与朱丽叶。他们的汗水总有一天会交织在一起，总要做出些下流事来才能让一切归于平淡。威尔深爱着他的儿子，一旦云消雾散，他便会意识到自己犯下了多么愚蠢而难以挽回的错误。

一切终会回到正轨。

当前留给苔丝的只有一条路：离开，立刻。

“利亚姆和我会去悉尼，”苔丝说，“和我母亲一起。几分钟前，她打电话来说自己跌伤了脚踝。此刻她正需要照顾。”

“噢，不！怎么会？她还好吗？”费莉希蒂问。

苔丝忽略了她的问题。费莉希蒂再不是什么关怀姨妈的外甥女，而成了另一个陌生女人。苔丝才是正妻。她要为儿子奋力一战，并且要赢得这场战争。

“我们会住到她伤势好些。”

“可苔丝，你不能让利亚姆住在悉尼。”威尔命令的语气不见了。他从小在墨尔本长大，从没想过他们会住在其他地方。

威尔用受伤的神色望着苔丝，和利亚姆被责骂时一模一样。可他很快眉毛一扬：“那学校呢？他可不能不上学。”

“他可以在圣安吉拉小学上一学期课。他本来就该离马尔库斯远一些，这对他有好处。可以换换环境，像我当初一样走路就能到学校。”

“你没法儿把他送进那学校的，”威尔变得有些狂躁，“他又不是天主教徒！”

“谁说利亚姆不是天主教徒？”苔丝反驳道，“他是在天主教堂受洗的！”

费莉希蒂张开嘴，又悻悻地闭上。

“我能送他进去的，”事实上，苔丝根本不知道进那学校有多难，“妈妈认识教堂里的人。”

说这话时，苔丝想到了自己和费莉希蒂一同就读过的天主教学校。苔丝回忆起小时候在教堂尖顶的影子下玩跳房子的情景，回忆起教堂的钟声和书包里香蕉腐烂的味道。学校坐落在一条绿荫道的尽头，距离母亲家只要走上五分钟。每到夏天，茂密的树叶交错在头顶，就像教堂的屋顶。现在已到秋天，但悉尼仍然暖得可以游泳。枫香树叶有的已经开始变黄，有的还是绿油油的。利亚姆踩过的小路上还落着淡粉色的玫瑰花瓣。

一些教过苔丝的老师仍在圣安吉拉小学任教。当年和她姐妹俩一起上学的孩子们如今都已为人父母，还会把孩子送进自己当年念过书的学校。苔丝的母亲有几次提到过他们的名字，难以相信他们都还在。比如费兹帕特里克家的男孩们。他们六个都生着金发和方下巴，模样那么相似，像是从商店买来的半打玩具。他们生得那么英俊，每当他们从苔丝身边走过时，苔丝都会忍不住脸红。弥撒时，神父总会挑费兹帕特里克家的男孩做祭台助手。上四年级时，他们离开了圣安吉拉小学，转学到港口的天主教男子学校。他们是那样光芒四射。根据母亲的说法，费兹帕特里克家大哥的三个女儿如今都在圣安吉拉小学上学。

她真能做到吗？把利亚姆带回悉尼，送去她就读过的小学？想把儿子送回自己的童年，这看来不太可能。一瞬间，苔丝感觉头晕目眩。不可能的，她所想的根本不可能发生。利亚姆周五要参加一个关于海洋生物的项目，周六还有场运动会。而她自己有一堆洗好的衣服要晾，明天上午还得见一位新的客户。

然而，苔丝又瞧见威尔和费莉希蒂在交换眼神，她的心瞬间纠结在一起。苔丝低头看了眼时间。现在是傍晚六点三十分，楼上传来了《超级减肥王》中令人讨厌的主题曲。利亚姆一定是把DVD模式换成了普通的电视模式，他正按着遥控器想要找些和枪战有关的节目。

"这世上没有不劳而获的事！"电视机里有人大喊。

苔丝讨厌那节目里让人励志的空话。

"我们今晚就走。"她突然说。

"今晚？"威尔一惊，"你不能今晚就把利亚姆带走。"

"事实上我可以。我们将搭乘九点的飞机。"

"苔丝，"费莉希蒂插嘴道，"这有些夸张了，你真的用不着……"

"我们不会妨碍你，"苔丝打断了她，"这样你就可以和威尔睡在一块儿，把我的床占去！我今早才换了床单。"

几句说不出口的"秽语"闪进苔丝的脑海。

对费莉希蒂："他喜欢女上位，你减掉那身肉可正好。"

对威尔："可别近距离观察她的那身萎缩纹。"

不，他们才是路边旅馆一样肮脏的男女呢。苔丝起身捋平上衣的褶皱。

“就这么定了。你们自己处理公司的事吧，告诉客户家里有急事。”

家里的确有急事。

苔丝把手伸向费莉希蒂半满的咖啡杯，尽量让手指钩住几个马克杯的把手。可她很快改变了主意，又将杯子放下。在他俩的注视下，小心地选出两杯最满的咖啡，对准他们愚蠢、真诚而抱歉的脸，以篮球运动员瞄准的功力，将冷咖啡泼了上去。

第三章

瑞秋还以为他们会宣布要生另一个宝宝的喜讯。他们一进屋，瑞秋便知道他们有重大消息要宣布。当人们确信自己带来的消息会让他人正襟危坐地仔细倾听时，便会露出这样得意的表情。而这样会让情况更糟。

罗布比平常滔滔不绝，罗兰比平日沉默少语。只有雅各同往常一样，在房子里跑来跑去，迫不及待地冲向瑞秋放有玩具的抽屉。

当然，瑞秋没有主动问儿子儿媳是否有什么消息要告诉她，她可不是那种老太婆。每当罗兰前来拜访，她总是时刻注意自己的言行，尽量表现得像个完美的婆婆——关心而不讨人厌，关注而不好管闲事。她从未评论过夫妻俩对孩子的教育，即便同罗布单独相处时也不会。瑞秋深知罗兰若是听到“妈妈说……”这话该有多不痛快。然而，要当这种婆婆可不容易，她脑袋里有源源不断的意见默默跑过，就像电视新闻屏幕底部跑过的字幕一样。

可有一件事，这孩子要理发了！他俩瞎了吗？怎么会没注意到雅各的头发都盖住眼睛了？还有他穿的上衣，这布料会让他皮肤发痒的。这孩子跟着她的时候，瑞秋总会一把将他身上的衣服扯下来，给他换件舒适的旧T恤，然后在孩子回父母家之前匆忙给他换回来。

然而，她这样做又得到了什么？就为了被人看作是体贴的好婆婆？或许她实际上是个从地狱来的恶婆婆，否则，他们怎么会就这样离开，还要带上雅各？话说回来，他们有权这么做。

他们的重大消息不是第二个孩子，而是罗兰在纽约找了份很棒的工作，工作期限是两年。他们在吃甜点时才把这消息告诉瑞秋。看他们那喜不自禁的神色，还以为罗兰谋了份天堂才有的好差事。

他俩宣布这消息时，雅各正坐在瑞秋腿上，听了父母的话，他结实的小身子紧紧地靠向奶奶。瑞秋感觉他柔软而神圣的小身子和自己的身体仿佛融在了一起。瑞秋嗅着他的发香，吻了吻他的脖子。

瑞秋第一次把雅各抱在怀里吻他的小脑袋时，感觉如获新生，如久旱逢甘霖的植物一般。他那新生儿的味道一瞬间冲进瑞秋心中。瑞秋感觉她的背脊再次变得直挺，像是卸下了数年来背在肩头的重负。走出医院停车场时，瑞秋看到色彩重新在世界上晕染开来。

“我们希望您有空时能来看看我们。”罗兰说。

罗兰是人们所谓的“女强人”。她在澳大利亚联邦银行工作，从事的是非常高层、重要且压力大的工作。她挣得比罗布多，这算不上什么秘密。事实上，罗布似乎还挺骄傲，曾不止一次提到这事。老头子艾德若听到自己的儿子炫耀老婆的薪水，一定会气得死翘翘的。幸运的是，他早已经……死翘翘了。

瑞秋婚前同样在联邦银行就职过，不过她从未对罗兰提到过这小小的巧合。瑞秋不知道儿子是不是已经把他母亲的生平忘了，也许他根本不知道，或是不感兴趣吧。不过，瑞秋明白自己当年一结婚就放弃的银行差事和罗兰的工作毫无共同点。瑞秋甚至不晓得罗兰每天做的究竟是什么，只知道她是什么“项目主管”。

你或许会认为，项目主管那么厉害的女人一定能帮儿子收拾好上奶奶家过夜的包袱，事实显然不是这样的。罗兰总会遗漏某些最基本的东西。

再也不能和雅各一起过夜，再也不能帮他洗澡，给他讲故事，和他在客厅里跳摇摆舞了，瑞秋感觉雅各好像已经不在人间了。她不得不提醒自己这孩子还活着，此刻正坐在她腿上。

“没错，妈妈，您一定要来纽约看我们！”罗布已经开始用美国口音讲话了。他每回对母亲微笑时，牙齿都会反光，那口牙可花了艾德和瑞秋的一小笔积蓄。罗布的牙齿坚固笔直，宛如钢琴键盘，和美国真是绝配。

“不过在此之前，您得先办好签证！您甚至能领略几分美国风光呢。我知道了，您可以搭乘旅游巴士或游轮！”

瑞秋有时会想，如果他们的生活没有被清晰地分隔成1984年4月6日前和1984年4月6日后，今天的罗布也许会有些不同。他或许不会像现在这样乐天，不会这么像个房地产顾问。事实上，他还真是个房地产顾问，因此也没什么出人意料的。

“我倒想试一试旅游巴士，”罗兰握住罗布的手，“我经常想象着有一天我们成了白发苍苍的老人，还一起搭着旅游巴士环游世界的样子。”

说完她猛地咳了几声，也许意识到瑞秋正是白发苍苍的老人。

“这一定很有意思，”瑞秋喝了口茶，“不过旅游巴士也许会有些凉。”

他们是不是疯了？瑞秋才不想坐什么旅游巴士。她只想坐在后院一边晒太阳，一边为雅各吹泡泡逗他笑。她只想每周看到雅各，看他一点点地成长。

瑞秋还想让儿子儿媳再生个孩子。过不了多久，罗兰就三十九岁了！几周前，瑞秋还对老姐妹马拉说罗兰有大把时间再生个孩子呢。她说现在的女人们很大年纪也会生产。事实上，她还以为自己随时会听到好消息。她已经开始为第二个孩子做准备了（正如一切正常的、爱操心的婆婆一样）。瑞秋决定孩子一生下来就退休。她热爱着自己在圣安吉拉小学的工作，然而再过两年她就七十岁了，（七十岁呢！）也渐渐有些累了。每周照料两个孩子两天，对她而言便足够了。瑞秋几乎能感受到新生儿在怀中的重量。

为什么那可恶的女人不打算再要个孩子？为什么他们不想给雅各添个弟弟或妹妹？纽约有什么了不起的？不就是多些高声按着喇叭的汽车？那女人生下雅各三个月后就回去工作了，看起来有个孩子并不会给她的生活造成多大改变。

如果今天早晨有人问瑞秋怎么看待自己的生活，她会说自己感到充实而满足。每周一和周五都由瑞秋照顾雅各。剩下的日子，罗兰会把雅各送进日托中心，自己则在城里忙着她的项目。雅各在日托中心时，瑞秋在圣安吉拉小学做着行政秘书的工作。瑞秋有自己的工作，园艺、书籍、老朋友马拉，还有和孙子共处的两天宝贵时光。雅各周末也常会在她这儿过夜，这样罗布和罗兰就能单独外出了。他们总爱一起外出，去最好的餐馆，一起看舞台剧和歌剧。艾德如果知道这些，一定会狂笑不止的。

要是有人问她：你快乐吗？瑞秋会回答：我实在快乐无比。

瑞秋从没想过自己的生活竟如此脆弱，像是一堆卡片支撑起来的。而这个周一的夜晚，罗布和罗兰兴冲冲地抽走了其中最重要的卡片。他们把雅各这张卡片抽走了，瑞秋的生活从此崩塌，轻飘飘地落在地板上。

瑞秋的嘴唇贴在雅各头上，眼里含满泪花。

这不公平！不公平！不公平！

“两年其实过得很快。”罗兰望着瑞秋。

“像这么快！”罗布打了个响指。

那是对你而言。瑞秋想着。

“我们也许待不满两年。”罗兰又说。

“然后说不定就待一辈子了。”瑞秋露出大大的开朗笑容，表示自己并不天真，深谙世事。

瑞秋想到了罗素家的双胞胎露西和玛丽，她们的女儿都住在墨尔本。“她们会一直待在那儿，不会回来了。”一次礼拜后，露西哀伤地对瑞秋感叹。此事已经过去数年，却犹在眼前。露西说得没错，上回瑞秋还听说那对表姐妹，也就是露西那害羞的女儿和玛丽那生着美目的胖姑娘都在墨尔本过得好好的。

不过墨尔本距离悉尼能有多远呢？迈开步子一跃就能到了。一天之内就能在这两座城市之间往返。露西和玛丽经常会飞去墨尔本，她却不能一天之内飞到纽约。

瑞秋又想起弗吉尼亚·费兹帕特里克。可以说，她与瑞秋分管着行政秘书的工作。弗吉尼亚有六个儿子、十四个孙子孙女。大多数孩子都住在离悉尼北海岸半径二十分钟的范围内。弗吉尼亚的一个孙子或孙女要是去了纽约，她可能都注意不到。反正她的孙儿那么多。

瑞秋本可以有更多孩子。她本可以做个天主教所推崇的好妻子、好母亲。瑞秋也能有至少六个孩子，但是不，她没有。这都得怪她的虚荣心。瑞秋总暗自觉得自己是与众不同的，和其他女人大不一样。上帝知道她曾经是多么自命不凡，然而她不像今日的女孩，对工作、旅游或这之类的东西怀有满腔热忱。

“你们打算什么时候离开？”不知何时，雅各从她大腿上滑了下去，跑进客厅开始他的“紧急任务”。没过一会儿，瑞秋听见雅各打开电视。聪明的小家伙已经学会了用遥控器。

“八月之前都不会，”罗兰回答，“我们还有一堆事要处理。准备签证，找好公寓，还要为雅各找位保姆。”

为雅各找保姆。

“我还得找份工作。”罗布听上去有些紧张。

“哦，没错，亲爱的，”瑞秋努力让自己更关心儿子的话，她已经很尽力了，“你还得找份工作。在地产界，对吗？”

“还不确定呢，”罗布回答，“得视情况而定。也许到最后我会做个居家男人。”

“真抱歉，我从未教过他烹饪。”瑞秋对罗兰说。事实上她并未觉得抱歉，一直以来瑞秋对烹饪兴趣寥寥，也不精于此。于她而言，这不过是件不得不做的家务，像洗衣一样。

“没关系的，”罗兰微笑着说，“到了纽约，我们也许会经常在外头吃。要知道，那可是座不眠不休的城市呢！”

“当然了，雅各可不能不眠不休，”瑞秋说，“你俩一起出去吃饭时，得由保姆喂他吃饭吧？”

罗兰的笑容消失了，她瞥了罗布一眼，这家伙还没察觉到不妥呢。

电视的音量突然增大了，房子一下子充满了节目声。他们听到一个男人在大喊：“这世上没什么是可以不劳而获的！”

瑞秋听出了这声音的主人，他是《超级减肥王》节目的教练员。

瑞秋喜欢这节目，节目里的世界明朗且易掌控。选手们每日需要关心的只是吃多少食物，做多少运动。对他们而言，最大的痛苦无非是些伏地挺身。人们时刻关注着热量，减去几千克脂肪便会喜极而泣。节目结束后，他们都能快乐而苗条地生活下去。

“你又在玩遥控器了，雅各？”罗布喊了一句便起身往客厅走去。

他总是第一个起身照料雅各的，从不是罗兰，从帮雅各换尿片起就是这样。艾德这辈子可从没帮孩子换过一片尿片。当然了，今时今日，所有爸爸都会替宝宝换尿片。这大概并不会让爸爸们感到伤自尊，却让瑞秋有些不适应，甚至尴尬。在瑞秋看来，这实在有些不妥，太娘了。瑞秋若把自己的小看法说出来，今日的姑娘们该会怎样看她啊！

“瑞秋。”罗兰唤了一声。

瑞秋见罗兰紧张地望着自己，像是要求她帮什么大忙。*没问题的，罗兰。你们去纽约的时候，就由我来照顾雅各吧。两年对吗？完全没问题。放心地走吧，祝你们过得愉快。*

“这周五，”罗兰说，“是那个日子。我知道那是，忌日……”

瑞秋愣住了。“没错，”她用最冰冷的语气回答，“是的。”瑞秋此刻没心情与罗兰讨论周五的事，也没心情和任何人说话。几周前，她的身体就意识到这周五是什么日子。每年夏日的最后几天，她都能嗅到空气中的凉意。瑞秋感到一阵紧张以及针刺般的恐惧感。她记起了：*当然，秋天又要来了*。真可惜。她原本是很爱秋天的。

“我知道你会去那公园的，”罗兰的语气相当轻松，好像在讨论鸡尾酒派对地点这种小事，“我在想……”

瑞秋实在无法忍受了：“你是否介意别谈这些？至少不是这会儿。改天再聊吧。”

“当然。”罗兰双颊绯红。看到这个，瑞秋不由得感到一阵愧疚。

“我去泡些茶。”瑞秋边说边开始收拾碗碟。

“让我来帮你吧。”罗兰站起身来。

“放着就好。”瑞秋用命令的语气说。

“就听你的吧。”罗兰将她一缕草莓色金发挽到耳后。她是个漂亮姑娘。罗布第一次把她带回家见瑞秋时，骄傲之色完全难以掩饰。这神色让瑞秋想起他幼儿园时把新完成的画作带回家时红扑扑的脸蛋。

发生在1984年的那件事本该让瑞秋更爱自己的儿子，可她没有。瑞秋似乎失去了爱人的能力，直到雅各出生，瑞秋才同儿子建立起和睦愉快的良好关系。实际上，他们之间的关系正像可怕的人造角豆巧克力，一旦放进嘴里，你便能发现它不过是可悲的仿制品。罗布无疑有权利把雅各从她身边夺走。她当初对儿子给予的关爱远远不足，而今日的痛苦就是对她的惩罚。瑞秋只能念上两百遍“万福马利亚”，眼睁睁地看着孙子前去美国。万事皆有代价，而瑞秋一向照单全收，没折扣可谈。正如1984年她为自己的错误付出代价一样。

罗布这会儿把雅各逗笑了。他在和雅各玩摔跤，正学着他父亲当年的做法，抓住雅各的脚踝把他掀倒。

“现在我是……痒痒怪！”罗布笑着大叫。

雅各一阵阵银铃般的笑声充满整间小屋，瑞秋和罗兰听了不由得也露出笑容，好像自己也被人挠了痒似的。她们四目相对的那一刻，瑞秋突然啜泣起来。

“哦，瑞秋！”罗兰半直起身子，伸出她那修剪得整整齐齐的手（她有一位美甲师、一位足疗师，还有她所谓的“罗兰时间”，也就是每个月的第三个星期六。那一天，罗布总会带雅各看望瑞秋。他们会一同到街角的公园里散步，还会一起吃鸡蛋三明治）。“对不起，我知道您会多么想念雅各，可是……”

瑞秋颤抖着深吸一口气，竭尽全力让自己冷静下来，像是努力让自己在悬崖边停下。

“别傻了，”瑞秋尖声说，让罗兰吓了一跳，坐回位置上，“我没事的。这对你们来说是个不可多得的好机会。”

瑞秋重新收拾起甜点盘，随便把剩下的苹果酥堆成难看的样子。

“对了，”离开房间时，瑞秋回过了头，“那孩子需要理发了。”

第四章

“鲍约翰？你还在吗？”

塞西莉亚将听筒紧紧地贴在耳边，把耳朵都压疼了。

电话那头终于传来声音。“你有没有打开它？”鲍约翰的声音又细又尖，像是养老院里爱发牢骚的老头。

“没有，”塞西莉亚回答，“你的身体还很健康，因此我认为最好还是别去打开它。”塞西莉亚尽量想说得轻描淡写，无奈听起来颇为尖酸，像在挑刺儿。

电话那头又没了声音，只听到有个美国口音在喊：“先生！请走这边，先生！”

“你还在吗？”塞西莉亚问道。

“你介不介意……别打开它？这封信是我很早以前写的，那时候伊莎贝尔还是个婴儿。真是尴尬，我还以为这封信不见了，你是在哪儿找到的？”他听上去相当忸怩，像在一群不太熟的人面前与她说话。

“你身边有旁人吗？”塞西莉亚问。

“没有。我正在旅馆的餐厅吃早餐呢。”

“信是在阁楼里找到的。我原打算找我的柏林墙砖，结果不小心撞倒了你的鞋盒。信就在鞋盒里。”

“我一定是一边忙着报税一边写这封信的，”鲍约翰说，“我真是个傻瓜，我还记得自己当时到处找它。我当时一定是傻了，要不然怎么会找不到……”他的声音低沉下去，“找不到它。”他听上去充满了懊悔与遗憾。

“没关系的，”塞西莉亚用慈母般的语气安慰道，像在和自己的女儿说话，“可你为什么要写这封信呢？”

“我只是一时冲动，突然的情绪所致。我们有了第一个孩子。我满脑子想的都是我父亲，想着他临死前还有好多想说的话没来得及说。信里都是些陈词滥调，写的不过是我有多么爱你，没什么惊天动地的话。说实在的，我都已经记不清了。”

“如果真是这样，我又为何不能打开？”这半哄骗的声音让塞西莉亚自己都有些厌恶，“究竟有什么大不了的？”

“的确没什么大不了的。塞西莉亚，拜托了，求你别把信打开。”他听上去真有些绝望了。看在老天爷的分儿上！究竟有什么大不了的？男人们在处理情绪这方面真是可笑。

“好吧，我不会打开的。希望未来五十年内我都没机会读到它。”

“除非我走得比你更晚。”

“没可能的，你吃了太多红肉。我打赌，你此刻就在吃培根。”

“而我打赌，你今晚给我可怜的女儿们喂的是鱼，对吗？”鲍约翰想要说个笑话，但是语气仍然十分紧张。

“是爸爸吗？”波利溜进房间，“我现在就要和他说话。”

“是波利。”不等她说完，波利就想把电话抢过去，“别这样波利，等一会儿。明天再和你说吧，爱你。”

波利抢过电话的那一瞬间，塞西莉亚听到丈夫回应了一句“我也爱你”。波利举着电话跑出房间：“听着，爸爸，我有些话要对你说，这可是个大秘密。”

波利最喜欢秘密，从两岁学到秘密的存在后，就没停止说过或分享过秘密。

“也让姐姐们和爸爸说会儿话！”塞西莉亚喊道。

塞西莉亚端起茶杯，把信推到桌边。就这样了，没什么好担心的。她已经把信放到一边，很快就会忘了这件事。

鲍约翰居然会感到尴尬，这可真有意思。

当然了，既然已经保证过不会把信打开，塞西莉亚便不会打它的主意。早知道就别提这事了。塞西莉亚喝完茶，开始吃饼干。

塞西莉亚翻开埃斯特那本关于柏林墙的书，其中一页的一张照片吸引了她的目光。照片上的男孩长着一张天使般的严肃小脸，让塞西莉亚想起了鲍约翰。当她与鲍约翰相恋时，他看上去就像个少年。鲍约翰一向很在意自己的头发，会用很多啫喱为它们定型。他总是一副可爱的严肃模样，即使醉酒时也会竭力保持镇定（那时候他们经常一起喝醉）。他那庄重的样子让塞西莉亚像少女般嗤笑。相处了好多年，鲍约翰才能在她面前流露出自在轻松的一面。

塞西莉亚读到，照片中的男孩名叫皮特·比彻，是个十八岁的砖瓦匠。他是最早一批因企图逃离柏林墙而被射死的人。他被人射中盆骨，又跌回墙东侧的“死亡地带”，躺在那儿几个小时，最终流血而死。墙两侧的上百位目击证人目睹了他的死亡，尽管有人朝他身边扔绷带，却没人敢上前伸出援手。

“看在上帝的分儿上。”塞西莉亚愤怒地把书推到一边。埃斯特每天读的就是这些东西，而这种事居然是真实发生过的?

塞西莉亚一定会帮这少年。她会径直走上前，为他叫救护车，还会为他抱不平：“你们这帮人到底哪儿不对？”

可谁又知道真实情况下塞西莉亚会干些什么？冒着被枪杀的危险，她或许同样不敢迈步。她是个母亲，一定要保全自己的性命。“死亡地带”并不属于塞西莉亚的生活，她的生活中只有“自然地带”“购物地带”什么的。塞西莉亚的人生从未经历过考验，她也许永远都不会受到考验。

“波利！你已经讲了几个小时，爸爸会感觉不耐烦的！”伊莎贝尔喊道。

她们为何总爱喊叫？每当父亲出差在外，女儿们总是很想念他。对待姑娘们，鲍约翰比塞西莉亚更有耐心。他为姑娘们所做的事有很多塞西莉亚根本懒得做。他愿意参与波利没完没了的茶话会，端茶杯时还翘起小拇指。他愿意倾听伊莎贝尔诉说和朋友之间最新的戏剧事件。鲍约翰每次回家在塞西莉亚看来都是种解脱。“把这些亲爱的小不点儿带走吧！”塞西莉亚会对他高喊。而鲍约翰总会带女儿们来场户外冒险，才浑身又黏又是沙子地回家。

“爸爸可不觉得我烦！”波利尖叫着回应。

“快把电话给姐姐！”塞西莉亚喊道。

走廊上传来脚步声，波利又出现在塞西莉亚眼前。她坐到桌边，把脑袋放在妈妈手上。

塞西莉亚把鲍约翰的信夹进书里，开始观察六岁小女儿漂亮的心形脸蛋。波利的样貌和父母的都不一样。鲍约翰是个英俊的男人（人们曾管他叫“美少年”），在昏暗的灯光下，塞西莉亚也不失为美人，而他们却生出了一个和双方都不一样的女儿。波利长得就像白雪公主：黑发碧眼，生着红宝石般的娇唇。人们还以为她涂了口红。她的两个姐姐都长着与父母一样的灰金色秀发，鼻子上都有雀斑。三个姑娘都可爱迷人，但在商场里真正能引人回头观看的只有波利。“生得这么美对她而言可不是什么好事。”塞西莉亚的婆婆这样说过。这话让塞西莉亚不高兴，却也能理解。所有女人都艳羡的美貌对一个女人的性格会产生怎样的影响？塞西莉亚注意到，美丽的女人总是自视甚高。在众人的目光中，她们只能时刻保持风雅，像微风中的棕榈树。塞西莉亚希望自己的女儿能自由地又跑又跳，可不愿她做什么该死的棕榈树。

“你想不想知道我告诉爸爸的小秘密？”波利抬起眼皮，透过长长的睫毛看着妈妈。

“没关系的，”塞西莉亚回答，“你不必告诉我。”

“秘密就是，我打算请怀特比先生参加我的生日派对。”

复活节一周后便是波利的七岁生日。她的生日派对已成了这个月以来讲得最多的话题。

“波利，”塞西莉亚严肃起来，“我们谈过这个的。”

怀特比先生是圣安吉拉小学的体育老师，波利对他很是喜欢。塞西莉亚可不希望波利未来回想起自己第一次心动的对象，却发现他居然是个和自己的父亲差不多年纪的男人。她的恋爱对象注定是少年偶像们，而不是这剃着平头的中年男人。怀特比先生的确有其特别之处。他有着宽阔的胸膛、运动员的体格，会骑摩托，还善于倾听。不过被他吸引的应该是孩子们的妈妈（她们当然会被吸引，连塞西莉亚对他都无法免疫），而不是他六岁的学生。

“我们不会请怀特比先生参加你的生日派对，”塞西莉亚严肃地说，“这不公平。要是来了我们家，他就不得不答应所有孩子的邀请了。”

“他会愿意来参加我的派对的。”

“不行。”

“我们换个时间再聊吧。”波利淡淡地说完，便起身跑开了。

“不行。”塞西莉亚对着她的背影喊道，不过波利早已跑得不见了踪影。

塞西莉亚叹了口气。好吧，还有很多问题要处理呢。她站起身来，从埃斯特的书中抽出了丈夫的信。首先，她得把这该死的东西放回原处。

他说这封信是在伊莎贝尔出生后写下的，自己也记不清究竟写了什么，这也说得过去。伊莎贝尔已经十二岁了，而鲍约翰又那么健忘。一直以来，他都靠塞西莉亚做他的记忆簿。

只不过，塞西莉亚很清楚他在说谎。

第五章

“或许我们应该闯进去，”利亚姆的声音像尖锐的汽笛刺破夜的宁静，“应该用石头砸碎一扇窗。例如那块石头！妈妈，你快瞧，快瞧，瞧见了吗？”

“嘘——”苔丝做出嘘声的手势，“小声一点。”她已经敲了许久的门。

无人回应。

此刻是夜晚十一点，苔丝和利亚姆正站在她母亲的门外。屋内一片黑暗，百叶窗合得严严实实，这屋子看上去似乎无人居住。事实上，整条街都笼罩在古怪的静谧中。难道这条街上没人有看晚间新闻的习惯？今夜无星无月，眼前唯一的光亮来自街角的路灯，耳边唯一的声音是树上哀伤的蝉鸣和远处传来的车流声。苔丝能嗅到母亲花园里飘来的阵阵花香。苔丝的手机电量已耗尽，打不出一个电话，甚至无法约出租车送他们去旅店。或许他们真应该像利亚姆说的，径直闯进去。不过，近年来母亲的安全意识增强了许多，若现在闯进去，会不会有警报声响起？想到这里，苔丝仿佛感觉到刺耳的警报声已经响起，引得邻居们纷纷起身查看。

真不敢相信会发生这种事。

苔丝没预料到这个问题。她本该提前给母亲打个电话，然而，当时实在有太多琐事——要订机票、收拾包袱、赶往机场、找到登机口。利亚姆小跑着跟在母亲身后，一路上都在叽里呱啦。他实在太兴奋，在飞机上根本闭不上嘴。而现在，他已是疲乏至极、魂不守舍。

利亚姆还以为他们正在进行一场“拯救外婆”的秘密行动呢。

“外婆跌伤了脚踝，”苔丝对他说，“因此我们得去照顾她一阵子。”

“那学校怎么办？”

“你可以暂时不去上学。”说完这话，苔丝看到儿子神色一亮，甚至亮过闪耀的圣诞树。很显然，苔丝并没有提到新学校的事。

费莉希蒂已经离开。苔丝收拾行李时，威尔溜进了房间。他脸色苍白，带着哭腔。

二人好不容易单独相处时，苔丝正匆忙地把衣服塞进包里。威尔想和她说几句话，苔丝却背过身子。像条挺起身子、吐着芯子、露出毒牙的眼镜蛇，苔丝愤怒地说：“离我远一点！”

“对不起，”威尔说着后退了一步，“真对不起。”

他和费莉希蒂到目前为止已经说了不下五百句“对不起”。

“如果你心存任何疑虑，”威尔压低声音，不希望这话被利亚姆听见，“我向你保证，我们从没有一起睡过。”

“你已经说了很多遍，威尔，”苔丝回答，“真不明白你为何觉得这会对我们的关系有帮助。它其实让事情更糟！我从没想过你们会上床。看来，我真得感谢你的克制和隐忍。我是说，看在上帝的分儿上……”

她的声音颤抖了。

“对不起。”威尔说着用手背抹了下鼻子。

在利亚姆面前，他表现得一如往常，丝毫不露破绽。威尔为儿子在床底找到他最爱的棒球帽。把帽子递给他的时候，威尔弯下膝盖，半挽着他，又开玩笑地想把他推倒。父子间的温情此刻全被苔丝看在眼里，她突然明白威尔为什么能瞒自己这么长时间。他们的家庭生活有其一贯的节奏，他与儿子的相处便有其特有的规律。如同跳舞一样，即使心思在别处，也能跳出熟悉的舞步。

此时，苔丝和她困得迷迷糊糊的六岁儿子一同搁浅在这早已睡去的悉尼北岸郊区。

“好吧，”她小心地对利亚姆说，“我想我们应该……”

应该怎么办？把邻居们都吵醒？冒险试试有没有防盗警报？

“等等！”利亚姆把手指放在嘴边，水汪汪的大眼睛在黑暗中闪着光芒，“我好像听到里面有声音。”

他把耳朵贴在门上，苔丝也学着他的样子把耳朵贴了上去。

“听见了吗？”

她还真听见门内传来规律的砰砰声。

“一定是外婆的拐杖声。”

可怜的母亲，她这时候或许早就睡了。她的卧室在房子的另一头。该死的威尔！该死的费莉希蒂！都怪这两个家伙，把她可怜的跛脚老母亲从床上拽下来。

他俩的事究竟是从什么时候开始的？这一切变化是否有个具体的时间点？她怎么会注意不到？苔丝每天都能见到他们，却连一点蛛丝马迹都未察觉。上周五，费莉希蒂和他们一同吃晚饭，那时的威尔比平日稍显安静。苔丝还以为他因为太过劳累而背痛发作了呢。他们这段时间忙得不可开交，费莉希蒂仍然神采奕奕、光彩照人。苔丝甚至盯着她看了几回。费莉希蒂如今的美貌对苔丝而言还算新鲜，这新鲜感让她显得更为动人，连她的笑容和声音都平添了几分吸引力。

那时，苔丝实在不够警觉，居然愚蠢地认为威尔对自己的爱是足以让她安心的。她安心地穿着旧牛仔裤和那件威尔不喜欢的黑色T恤。她还安心地嘲笑威尔的愠怒。收拾碗碟时，威尔用茶巾轻轻抽打了一下苔丝的臀部。

周末时他们没有见到费莉希蒂，这挺不寻常，不过她自称忙得很。周末时下着雨，天气又冷。苔丝一家三口一同看电视，玩卡片游戏，做煎饼。这其实是个不错的周末，不是吗?

苔丝这才意识到，周五那晚的费莉希蒂那么明艳动人，其实是因为她恋爱了。

这时房门“吱”的一声被打开，一缕灯光从门廊内倾泻而出。“究竟发生了什么？”苔丝的母亲错愕地问。她穿着一件蓝色棉质睡袍，半个身子都倚靠在拐棍上。她努力眨着眼睛想看得更清楚，脸却因为痛苦而耷拉下来。

苔丝低头看见母亲裹着绷带的脚踝，想象她挣扎着起身，在黑暗中摸索着寻找睡袍和拐棍的样子。

“噢，妈妈，”苔丝脱口而出，“对不起。”

“有什么好对不起的？你在这儿干什么？”

“我们是来……”苔丝已发不出声音。

“是来帮助您的，外婆！”利亚姆喊道，“因为您摔坏了脚踝，所以我们这么晚还飞来看望您！”

“真好，你可真贴心，我的小宝贝，”苔丝的母亲把拐棍挪到一边让母女俩进屋，“快进来。真不好意思，让你们等了这么久。没想到这该死的枴棍居然这么麻烦。我以为自己能搞定它，谁知道一把这东西放在胳膊下，就完全忘了该怎么走路。利亚姆，快把厨房的灯打开，让我们来些热牛奶和肉桂吐司。”

“酷！”利亚姆跑向厨房，抬起手脚，六岁的男生不知道在想什么，模仿起了机器人，“计算中！计算中！锁定目标——肉桂吐司！”

苔丝将行李拿进室内。

“抱歉！”她将手上的重物放在门廊处，抬头看着母亲，“我本该提前打个招呼。您的脚踝是不是疼得厉害？”

“到底怎么了？”母亲问。

“没什么。”

“胡扯。”

“是威尔。”苔丝欲言又止。

“我可怜的乖女儿。”母亲想要伸手安慰女儿，却因为突然没了拐杖差点摔倒。

“您可别把另一条腿也摔坏了。”苔丝扶稳母亲，闻到她身上的牙膏、肥皂和脸霜的气味。这些气味之下藏着熟悉的母亲的味道。母亲身后走廊的墙上挂着一张与费莉希蒂的合影，那时的费莉希蒂只有七岁。她们身着带花边的白色圣餐服，双手虔诚地摆在胸前做出领取圣餐的姿势。这照片是玛丽阿姨无意间拍到的，拍摄地点正是挂照片的走廊。如今，费莉希蒂成了无神论者，一直以来苔丝都表示这是她堕落的表现。

“快告诉我到底发生了什么。”露西问道。

“威尔，”苔丝又试了一回，“还有……”她说不下去了。

“费莉希蒂，”母亲补充道，“我说得对吗？”她抬起手臂，拐棍重重地敲在地面上，墙上的照片都因此震动了几下。“这个小荡妇。”

1961年，冷战正处于冰点。成千上万的人从东德逃往西德。“政府并没有在东、西德国间建造一堵墙的打算。”被称为“斯大林机器人”的时任东德总理瓦尔特·乌布利希如此宣称。人们听了这话，纷纷扬起眉毛面面相觑。什么？有人提到要搭建一堵墙？又有成千上万的人开始收拾行李。

澳大利亚，悉尼。一位名叫瑞秋·费雪的姑娘坐在高墙上，一边晃着双腿，一边俯瞰曼利海滩。她的男友艾德·克劳利目不转睛地阅读着一份《悉尼先驱晨报》。报上有一篇关于欧洲未来发展的文章，不过艾德与瑞秋对欧洲没什么兴趣。

艾德终于开了口：“嘿，秋，我们何不买下这个？”他指着眼前的报纸说。

瑞秋的目光漫不经心地从他肩头掠过。艾德眼前的报纸是一整版珠宝广告，他的手指正停留在一枚订婚戒指上。她差点从矮墙上摔下来，还好艾德及时拉住了她的手。

孩子们都走了，瑞秋一人坐在床上。她打开电视，往大腿上放了本《女性周刊》。床头柜上摆着一杯红茶，茶杯旁是一个盛有杏仁饼的托盘。这杏仁饼是罗兰买的，瑞秋本打算今晚与大家分享，却把这事忘了。她也许是故意为之：瑞秋永远不知道自己究竟有多么不喜欢她的儿媳妇，也许不仅仅是不喜欢，瑞秋恨她。

为什么你不能一个人去纽约呢，亲爱的姑娘？去过两年的“罗兰时光”？

瑞秋把托盘放到眼前，看着盘中颜色过分华丽的饼干。它们在她眼里没什么特别的。然而，对于爱追赶潮流的人而言，它们可是眼下最时兴的东西。人们排上几小时队就为了买几块小饼干。一群傻瓜，他们难道没正事可干了？罗兰看上去不像会排几小时队买小饼干的人，毕竟她比任何人要忙的正事都多。瑞秋的直觉认为关于这杏仁饼的来源，有个特别的故事，然而席间她并没有留意除雅各之外的任何话题。

瑞秋选出一块红色杏仁饼小心翼翼地咬了一口。

“噢，上帝啊。”没过一会儿，瑞秋便惊呼道。这小饼干美妙的味道让她想到了性，她已记不清上次想到这事是什么时候。她又咬了一大口，“圣母马利亚。”瑞秋大笑道。无怪乎人们为它排起长队。这杏仁饼简直让人回味无穷。奶油里覆盆子的香味萦绕于心，像柔软的指尖触碰着她的肌肤。饼上的蛋白霜又轻又软，像是一口咬在了云上。

等会儿，这话有谁说过？

“妈妈你看，我把云朵吃进了嘴里！”那是一张迷人的小脸。

是珍妮，她那时候大约四岁。她第一次吃到棉花糖是在——月神公园？教堂宴会？瑞秋已记不起那么久远的事了。

珍妮一定会爱死这杏仁饼。

杏仁饼毫无预兆地从瑞秋指尖滑落。她蜷缩成一团，想要避开这突然而至的悲伤。无奈瑞秋躲闪不及，被它瞬间击倒。瑞秋已很久没感到如此难过。绵长的痛苦袭上心头，感觉与当年分毫不差。事情发生的第一年，每天醒来时，瑞秋总有一瞬间忘记悲剧的发生。直到她注意到房间里不再有珍妮的影子，不见她忙着把体香剂一股脑儿地往身上喷，不见她往自己十七岁的脸蛋上涂抹化妆品，不见她随着麦当娜的歌声起舞。如今的瑞秋正是当年的感觉，像被一记重拳击中。

这强烈的不公撕裂并绞碎了她的心。我的乖女儿一定会喜欢这些愚蠢的饼干。我的乖女儿也会有自己的事业，她也能去纽约。

瑞秋觉得自己的心像被一把钢钳钳住，她感觉窒息，只得拼命喘气想吸进更多氧气。然而在这慌乱中，瑞秋能听见自己心里疲倦而冷静的声音：“你经历过同样的感受。这窒息感是杀不死你的。你以为自己不能呼吸，实际上一直在呼吸；你以为自己永远无法停止流泪，终有一天你会不再为此流泪。”

终于，钳在瑞秋心尖的钢钳一点点松开，她又能自由呼吸了。这感觉绝不会彻底走远，她很久以前便接受了这个事实。终有一天，她将带着悲伤离世。瑞秋不愿让这悲伤走远，那似乎会抹杀珍妮的存在。

瑞秋想起那年的圣诞卡片。第一年：亲爱的瑞秋、艾德与罗布，我们祝愿你们圣诞快乐，新年快乐。

这几个名字里再插不进珍妮的位置。“还快乐？”这帮人愚蠢的脑子里都有些什么？每打开一张圣诞卡片，看一眼里面的内容，瑞秋就会愤愤地将它们撕成碎片。

“妈妈，给他们一点时间吧，他们只不过不知道该说些什么。”罗布曾劝母亲。他那年十五岁，脸庞却苍白而悲伤，好像五十岁的人，只是长了青春痘。

瑞秋用手背把饼干屑从床单上扫下去。艾德若看见这些，一定会惊呼：“饼干屑！天哪，快看看这饼干屑。”艾德认为在床上吃东西是邪恶的。同样，他若看到瑞秋把电视摆在五斗橱上，一定会大发脾气。他认为把电视放进卧室的人和可卡因上瘾者是一丘之貉：懦弱而堕落。在艾德眼中，卧室的首要任务是用来做祷告的，虔诚的祈祷者们跪在床边，脑袋枕在双手间，嘴里快速念出祷文。其次是性（最好每晚都有），最后才是睡觉。

瑞秋拾起遥控器换频道。

一份关于柏林墙的文件解密。

不，这内容太伤感了。

一场犯罪调查节目。

她才不看。

家庭情景喜剧。

瑞秋让画面停留了一小会儿，却看到一对夫妇正大喊着指责对方，他们的音调高得可怕。瑞秋让画面停留在一个烹饪节目上，把声音调小。自从她独居起，会一直坐在床上看电视。电视里闪烁的画面和让人舒服的低语能帮她赶走时不时笼罩着她的恐惧。

瑞秋躺下闭上眼睛。她睡觉时也开着灯，自珍妮离世后，她和艾德再也忍受不了黑暗。他们无法像正常人一样入睡，不得不时时安慰自己，假装他们不会睡着。

在瑞秋闭着的眼睑下，她看到雅各正在纽约街头学步。他穿着牛仔布工装裤，用胖胖的小手扶着膝盖慢慢蹲下，俯身查看通风口中冒出的蒸汽。那蒸汽会不会烫伤他？

瑞秋是否真为珍妮哭泣过，又是否为雅各哭泣过？她只知道，雅各一旦被带走，她的生活又将回到难以忍受的状态。而这还不是最糟糕的部分，更糟糕的是她必须忍受下去。雅各的离开并不能杀死她，她还得一日日活下去，看珍妮再也看不到的日出日落。

珍妮，你有没有呼唤过我？

这问题像是插在她心上的匕首。

瑞秋不知从何处读到，受伤的战士们临死前所求的多是吗啡和他们的母亲。特别是意大利士兵，他们会高喊：“妈妈，妈妈。”

瑞秋突然扭过身子，穿着艾德的睡衣从床上跳了下来（自艾德去世后，瑞秋每晚都穿着他的睡衣，从未间断过。这睡衣上早已没了艾德的味道，瑞秋却想象它有）。

瑞秋在五斗橱旁跪下，从里面翻出一本封面已有些褪色的绿色相簿。

她坐回床头，仔细翻看着相簿里的照片。珍妮哈哈大笑。珍妮在翩翩起舞。珍妮在埋头吃东西。珍妮和朋友们在一起。

还有他，那个男孩。他不看镜头而是看着珍妮，珍妮似乎说了些机智有趣的话。她说了什么？瑞秋每次都会好奇。你对他说了什么，珍妮?

瑞秋将手指放在男孩长着雀斑的笑脸上，看着自己患了轻微关节炎、满是岁月痕迹的双手紧握成拳头。

1984年4月6日

那是个寒冷的四月清晨。珍妮·克劳利起床后的第一件事就是把椅子抵在门把手下，以防父母突然闯入。接下来她跪在床边，掀起床垫的一角，从中拿出一个浅蓝色的盒子。珍妮坐在床边，从盒子里拿出一粒黄色药片。珍妮把药片捏在指尖端详，清楚了解了它所代表的含义后，她虔诚地把它放在舌间，好像含着的是一块圣饼。把盒子再次藏进床垫后，珍妮跳回温暖的床上，穿好外套，打开收音机。收音机里传来麦当娜的《宛如处女》。

小药片有些甜，满是罪恶的香味。

“要把你的童贞当作礼物，可别把它轻易送出去。”珍妮的母亲曾用拉家常的语气对她说。母亲想要表现得冷静随意，假装婚前性行为没什么大不了的。假装父亲不会每想到有人会染指他纯洁的小女儿，都忍不住想要跪下连续祷告九天，念上千遍祷告词。

珍妮从没想过把她的童贞随意送人，这事一定得有个筛选的过程。

而今天便是她宣布谁通过考验的日子。

收音机里的歌曲换成了新闻。大多数新闻都无聊且讨厌，会自动从珍妮脑中过滤。这些和她有什么关系呢？唯一吸引她注意的是，加拿大的第一个试管婴儿出生了！而澳大利亚在此之前已经有了试管婴儿！这也就意味着我们赢了，加拿大！哈哈哈（珍妮有几个加拿大裔表亲，他们总爱表现得高人一等。自以为见多识广，还扬扬自得于他们不那么"美式"的英语）。珍妮坐起身子，拿出日记本，在上面画了一根装着婴儿的长长的试管。婴儿们双手按着玻璃壁，嘴巴半张着，好像在说："放我出去，快放我出去！"这有趣的画会让人笑出声的！不过珍妮很快合上了日记本，试管婴儿的想法突然让她觉得有些反胃。她想起科学老师给学生们讲到的女性"卵子"。真——恶——心！最糟糕的部分是什么？科学老师是个男人！一个男人谈论女性卵子？这也太不合适了。珍妮和朋友们都气疯了。他很可能想要瞧一瞧女学生衣服下都有什么。女生们从没抓住过他的现行，却能感受到他邪恶的欲望。

可惜的是，珍妮的生命将在八个小时内终结，而这一切不过是因为她不再是最好的自己。珍妮曾是个可爱、惹人疼爱的女婴，迷人娇俏的小姑娘，甜美害羞的少女，然而上个月她十七岁生日的时候，一切都变了。她朦胧地感觉到了自己的不足，这其实不是她的错。她对一切都感到畏惧（上大学、独自驾车、打电话预约发型师），紊乱的荷尔蒙使她变得疯狂。很多男孩开始表现出对珍妮的兴趣，这本是件好事，却让她困惑不已。每当她望着镜子里的人影，看见的总是她普通的、令人生厌的脸和极度瘦长的身子。她看上去活像只螳螂。一个女同学曾告诉珍妮，她的感觉完全正确。她的四肢的确太长，尤其是胳膊，完全不合比例。

还有，珍妮的母亲近来也有些奇怪。她近来不再关心珍妮，只一门心思处理自己的狂躁情绪。（母亲今年四十岁了！她的人生中还能有什么趣事？）长久以来，一直聚焦在自己身上的聚光灯毫无预兆地消失了，这一定让人感觉很不安、很受伤。虽说受伤，珍妮却没必要承认这一点，甚至没意识到自己受了伤害。

如果珍妮活下来，她母亲终会回归正常，再次关注女儿。再过上两年，她也将变回那个可爱的女儿。母女俩的关系会越来越亲近。最终，女儿将含泪送走母亲，而不是白发人送黑发人。

如果珍妮活下来，她可能会试水软毒品和坏男孩、水中有氧运动和园艺、肉毒杆菌和“密宗性爱”。在她的一生中，可能经历三次微型交通事故，三十四次重感冒和两场大手术。她可能成为一名小有成就的平面设计师、勇敢的潜水员、发牢骚的露营者、满怀热情的丛林徒步者、最早一批果粉。她可能与第一任丈夫离婚，与第二任丈夫生下一对试管双胞胎，往脸书上贴照片时，当年对“试管婴儿”的看法会如笑话一样闪进脑海。二十岁时，她可能会把名字改成简，三十岁时再改回来。

如果珍妮·克劳利活下来，她也会环球旅行，努力节食，会跳舞、烹饪、欢笑、流泪，看很多电视，用最好的状态活着。

然而这一切都没能发生，因为这天清晨是她生命中最后一个清晨。珍妮愿意兴致盎然地看着同学们出糗，脸庞被泪水溶化的睫毛膏玷污，彼此紧抱着在她坟前哭得痛不欲生。然而，她更愿意看到原来还有那么精彩的人生等着自己去实现。

星期二

第六章

在厄休拉修女的葬礼上，塞西莉亚满脑子想的都是房事。

她所想的并非怪癖扭曲的性爱，而是教义允许的、夫妻间的性爱。虽是符合教义的，但厄休拉修女可不会欣赏。

“厄休拉修女将一生奉献给圣安吉拉小学的孩子们。”乔神父双手紧握诵经台，用庄严的目光审视着台下的哀悼者们。（说实话，教堂里的这群人有谁真正在为修女哀悼？）神父与塞西莉亚的目光交会的一瞬间，他的眼神仿佛在询问。塞西莉亚对他点头微笑，告诉神父他做得很棒。

乔神父不过三十来岁，从某种程度来说颇具吸引力。究竟是什么让这个刚过而立之年的男人在如今的年岁里选择神职，甘愿当个独身者?

回到房事。抱歉了，厄休拉修女。

塞西莉亚第一次注意到自己的性生活出现了问题是在去年的圣诞节。她和丈夫总不能同一时间躺在床上。有时候鲍约翰睡得太晚，忙着工作或是上网，塞西莉亚在他上床前就已睡去。有时候他会突然精疲力竭，九点就早早地睡了。日子一天天过去，塞西莉亚时不时在心中感叹："天哪，已经过了好久。"感叹完又很快把这事忘记了。

一个二月的晚上，塞西莉亚和四年级孩子的妈妈们外出聚餐，她喝得比平常多一些，因为那晚由潘妮·马罗妮开车。那夜，塞西莉亚突然情难自已，鲍约翰却把她的手推开，喃喃地说："我太累了。让我一个人歇会儿吧，你这醉妇。"塞西莉亚大笑了几声便也睡下，毫不生气。下次当鲍约翰欲火中烧时，她也会玩笑地说："哦，现在是你想要了？"然而塞西莉亚一直没机会说出这话，她开始一天天数着日子。到底发生了什么？

从察觉此事到现在已经过去六个月了，塞西莉亚的困惑与日俱增。每当疑问溜到嘴边，总有些事阻止她说出口。她知道他们和许多夫妻不同，他们从未因房事起过争执。塞西莉亚从不会将性作为武器或者讨价还价的工具。性对她而言是种不可言说、顺其自然的妙事，她可不愿毁掉这种感觉。

或许，其实她不愿听到丈夫的答案。

也许更糟，他根本给不出答案。鲍约翰去年开始涉足赛艇运动。他爱死了这项运动，每个星期天都要划个痛快。一天他突然毫无缘由地离开了快艇队，塞西莉亚一遍遍追问原因，他却回答："我不想聊这个，让我安静一会儿。"

鲍约翰有时怪得很。

塞西莉亚便也没将这事放在心上。毕竟在她看来，任何男人都有让人感到费解的时候。

再说六个月也没那么长，不是吗？对于一对中年夫妻来说绝不算长。潘妮·马罗妮说自己一年能有一次就算幸运了。

然而近期的塞西莉亚就像个青春期的男孩，总是时不时地想到房事。在购物结账排着队时，脑子里闪动着情色画面。嘴上和其他家长讨论着前往堪培拉的学年旅行时，脑子里想的却是自己和丈夫在堪培拉的旅馆中的情事。鲍约翰用蓝色胶带绑住她的手腕。他们那时玩得过火，以至于伤了手腕，不得不请了理疗师。

他们还将那蓝色胶带留在了旅店房间里。

直到现在，只要扭对了角度，塞西莉亚的手腕还能发出"咔嚓"的声响。

乔神父怎么能做到这样？塞西莉亚是个四十三岁的女人，有着三个女儿的疲惫母亲，甚至已到更年期边缘，她仍然绝望地渴望着性。而乔·麦肯齐神父，一个精力充沛的年轻男人，是否会认为无性的生活是难熬的？

他会不会自慰？天主教神父们是否允许这种行为？又或许自慰一事在教义上是违背独身精神的？

等会儿，自慰对于所有人难道不都是罪过？而这一点，塞西莉亚非天主教的朋友们一定以为她早就知道。在她们眼中，塞西莉亚就是一本行走的《圣经》。

事实上，如果有时间仔细想想，塞西莉亚甚至不知道自己对上帝是否热情如初。他似乎很久以前就离开"人间"这一舞会了。世界的每个角落、每个日夜，总有可怕的事发生在孩子们身上，这是不可宽恕的。

小蜘蛛侠。

她闭上眼睛，想把可怕的画面从脑子里甩出去。

塞西莉亚才不在乎那些晦涩典籍中提到的"自由意志""上帝之力"之类的废话。如果上帝也有主管的话，她一定早就给他寄去投诉信了。你失去了我这个客户。

塞西莉亚望着乔神父神色恭顺、皮肤紧致的脸。她想起神父曾提起，人们对自身信仰的质疑是有趣的行为。塞西莉亚同样有着自己的疑惑。她全心全意地信奉着圣安吉拉的一切：学校、教区及其代表的社区。塞西莉亚相信“爱彼此”在她生命中是一条美好的准则。圣礼中的一切都是那么美好，时间仿佛在此间静止。虽说“天主教堂”是一支一直以来被她喝倒彩的队伍，但是上帝，他（或她！）有没有做好本职工作，是另一回事。

在所有人眼中，塞西莉亚都是个虔诚的天主教徒。

塞西莉亚想起布里奇特曾在一次晚餐时突然问她：“你怎么能做到如此虔诚？”她当时所聊的都是些再普通不过的事，例如，波利明年的初次忏悔。这有什么好奇怪的？布里奇特似乎忘了自己上学时还担任过礼拜舞蹈皇后呢。

塞西莉亚愿意毫不犹豫地为妹妹捐出自己的肾脏，但有些时候她真想骑在妹妹身上用枕头抽她的脸。童年时父母能把她们好好管住，成人后却不得不努力压抑自己的内心感受，这可真是件不幸的事。

当然，布里奇特也愿为她捐出肾脏。不过等待康复时，她一定会不住地痛苦呻吟。康复后一有机会便会将此事重提一遍，保证塞西莉亚永远铭记她的付出。

乔神父发言完毕。教堂内三三两两的人纷纷起立，为逝者念最后的赞美诗。伴随着赞美诗的还有压抑的叹息声、低低的咳嗽声和中年人脆弱的膝盖咯吱作响之声。梅丽莎·麦纽提此刻正站在过道另一侧，塞西莉亚撞见了她的目光。梅丽莎扬起眉毛向她致意，仿佛在说：“厄休拉修女从前那么可怕，我们还在百忙之中前来参加她的葬礼，我们可真是大好人！”

塞西莉亚无奈地耸耸肩膀，这是在说："世事不一直如此？"

车内还放着梅丽莎订的特百惠货品，塞西莉亚打算等葬礼结束后把东西给她，顺便和她确认件事。塞西莉亚今天想请梅丽莎代自己接送波利上芭蕾课。她下午还得送埃斯特参加言语矫正课，陪伊莎贝尔去理发。说到理发，梅丽莎真有必要把头发好好染一染。她染过的头发下生出的黑色发根实在不雅，这可怕的细节被塞西莉亚看在眼里。她不禁想起上个月和梅丽莎在食堂时，还听见她埋怨自己的丈夫每隔一天都要行房，像准点的时钟。

与众人合唱圣歌《你真伟大》时，塞西莉亚突然想到妹妹的调侃为何让自己如此耿耿于怀了。

都因为性。如果没了性，她不过是个人到中年、单调乏味、傻气邋遢的妈妈。这里要声明一下，她可不是什么邋遢的黄脸婆。昨天塞西莉亚出门买香菜时，一个卡车司机还挑逗地对她吹了声口哨。

这口哨一定是对她吹的。塞西莉亚还四下张望，确认视线内没有比自己年轻漂亮的女人。而在此前一周和女儿们经过商场时，不知从何处传来了让人不悦的口哨声。塞西莉亚见到伊莎贝尔坚定地目视前方，脸蛋却涨得通红。伊莎贝尔不知何时长成了大人，已经和妈妈一样高了。她的身材变得玲珑有致，前凸后翘。她最近变换了发型，梳着高高的马尾辫，额前的直刘海儿长得快盖住眼睛了。伊莎贝尔长大了，让人目光流连的不再只有她的母亲。

"终究要开始了。"塞西莉亚哀伤地感叹道。她真想给伊莎贝尔一面防暴警察们用的护盾，以此阻挡那些男人的目光。每次走在街上，人们窥视的目光和起哄的呼声都会让塞西莉亚感到不舒服。她想和伊莎贝尔聊聊这个问题，却不知从何说起。塞西莉亚并不知道该如何看待这个问题。这是件大事？这没什么大不了的？人们有权做他们想做的，只要忽略他们就好。有一天当你四十岁时，也会慢慢了解没有人会把目光放在你身上。这自由是种解脱，可你却有些怀念置身于目光中的感觉。某天过马路时，一个卡车司机对你吹声口哨，你还会偷偷地想：真的吗？这口哨是对我吹的？

那口哨也许只是个友好的致意。

有些丢人的是，她居然花了那么长时间分析那口哨声的含义。

无论如何，塞西莉亚完全不担心鲍约翰有外遇。这事绝无可能，毋庸置疑。他哪有时间外遇？能在什么时候见情人？

话说回来，鲍约翰的确有些出差的机会。他可以选择出差时与情人相见。

厄休拉修女的棺木由四个年轻人自教堂抬出。这几个年轻人身材魁梧，西装革履，金发凌乱，他们应该是修女的侄儿们。修女和这几个俊俏的小伙子有一部分相同的DNA。少男们都有着咆哮而汹涌的性欲，葬礼期间，他们脑子里说不定也一直想着性事。话说其中个头最高的男生样子颇为俊朗，黑色眼眸闪着迷人光芒……

上帝啊！她居然开始幻想自己和厄休拉修女的抬棺人翻云覆雨？他们可都是孩子呢，也许还在上高中。塞西莉亚的想法不仅不道德、不恰当，而且不合法。（想想难道也不合法？就因为她垂涎自己三年级老师的抬棺人？）

周五鲍约翰从芝加哥返家后，他们要夜夜交欢，一定会找回他们的性生活。这将会很棒。他们在床上一向配合默契，塞西莉亚总觉得他们的性爱质量比其他情侣更高。能在与学校有关的活动中这么想，真令人开心啊。

鲍约翰在别人那儿一定找不到如此绝佳的性爱（塞西莉亚阅读了大量此类书籍，学习新的技巧，似乎将此当成了一种职业要求）。放心好了，鲍约翰没必要到别处寻找欢愉。更何况，他是塞西莉亚所认识的人中最有道德感、最守规矩的。给他一百万他都不会越过双黄线，更不会犯下偷情这种罪过。

那封信和外遇绝无关系。塞西莉亚甚至没再想那封信，她大可安枕无忧。昨晚有一瞬间，塞西莉亚觉得丈夫在说谎，可这不过是自己的胡思乱想。昨夜的局促感是因为越洋电话本来就怪吧。越洋电话总会让人感觉不自然。在日夜颠倒的世界两端，两人的语气怎可能协调一致？一个人太乐观，另一个人太温和。

就算把信打开也找不出什么让人震惊的秘密，比如他在外面还有个家。鲍约翰可没能力处理好重婚这么复杂的问题。他一定会露馅儿，要么走错家门，要么叫错名字。他那么丢三落四，连一点财物都保管不住。

除非……鲍约翰这让人无语的糊涂正是他掩盖秘密的伪装。

也许他曾是个同性恋，而这正是他拒绝行房的原因。这些年来，他一直在辛苦假装异性恋。如果真是如此，他的演技倒不错。塞西莉亚想起他们一天行房三四次的过去。如果只是为了假装异性恋，他大可不必那么热情。

鲍约翰一直很享受音乐。他爱极了猫咪！帮女儿们梳头之类的事情他做得比塞西莉亚好得多。波利每次参加芭蕾舞表演总坚持让爸爸帮她盘发。鲍约翰能和波利聊各种芭蕾舞姿，和伊莎贝尔聊足球，和埃斯特聊《泰坦尼克号》。还有，他还特别崇拜自己的母亲。同性恋者和母亲的关系是不是都很亲近？难道这只是一种传说？

他有一件杏黄色的马球衫，每次还会亲自熨烫这件衣服。

没错，他有可能是同性恋。

圣诗吟诵完了，厄休拉修女的棺木被抬出教堂。人们纷纷开始收拾手袋和衣物。任务已经完成了，大伙儿又要回到各自忙碌的生活中。

塞西莉亚放下手中的赞美诗集。看在老天的分儿上，她的丈夫才不是同性恋！塞西莉亚回想起上周他们夫妻俩一起在球场上为伊莎贝尔加油的场景。鲍约翰胡楂儿两边的脸颊上贴着芭蕾舞者的贴纸。这是波利贴的，爸爸脸上的贴纸能让她感到满满的父爱。鲍约翰一点也不“娘”。他很自在。他没必要证明些什么。

鞋盒里的信件和他们无性的生活并无关系，与任何事都没关系。它被夹进一个红色文件夹里，正和遗嘱一起安全地锁在档案柜内。

塞西莉亚已经答应过丈夫，她不能把信打开，也绝不会这样做。

第七章

“您知不知道是谁过世了？”苔丝问。

“那是什么？”母亲闭上眼睛，仰面迎接阳光。

此刻，她们正漫步在圣安吉拉小学的操场上。她们从当地药店租来一辆轮椅，这样母亲也能出来散散心了。苔丝以为母亲会讨厌轮椅，可她看上去颇为享受。她挺直腰杆，精神饱满，似乎正端坐在晚宴桌前。

利亚姆正在校园内探险，因此她们停下脚步静静享受着早晨的阳光。过不了几分钟，行政秘书就会帮她们安排好利亚姆的入学事宜。

苔丝的母亲今天早上就搞定了一切。“利亚姆可以放心地入读圣安吉拉小学了！”露西骄傲地对她宣布。事实上只要他们愿意，利亚姆随时可以入学，只不过苔丝曾表示：“我们不急着做安排，一切可以等到复活节之后再说。”她没有请母亲给学校打电话。难道不能有一天什么都不做，只等着惊喜降临吗？母亲让一切变得真实无比，不可改变，让苔丝看到这噩梦般的恶作剧并非她的臆想。

“如果你愿意的话，我可以取消预约。”露西做出牺牲的表情。

“你已经约了人家？”苔丝问，“都不事先问问我？”

“我以为我们应该咬紧牙关速下决心。”

“好吧，”苔丝叹了口气，“那就去吧。”

不出意外地，露西坚持陪女儿一起去。她或许会帮女儿回答一些问题，正如女儿小时候一样。那时，她不得不努力克服羞怯以面对陌生人。苔丝的母亲一直以来都愿意替她开口。这有些尴尬，却也让她觉得无比放松，像在五星级酒店享受服务。为什么不好好躺着，让别人帮你搞定这些难事？

“您知道是谁过世了吗？”苔丝又问。

“过世？”

“那儿正在举行葬礼。”苔丝指出。

学校操场毗邻圣安吉拉教堂，苔丝见到四个小伙子正把一具灵柩抬出。

有个人的生命走到了尽头。有个人再也感受不到阳光照耀在脸上的滋味。苔丝希望眼前的场景能冲淡自己的痛苦，却无法做到。她想象着威尔和费莉希蒂此刻正云雨巫山，就在她的床上，在这大白日里。毕竟他们没其他地方可去。脑中的画面给她带来乱伦般的罪恶感，肮脏而不道德。她耸耸肩。她感到口中泛起一阵苦味，像是喝了一夜劣酒。她的视线变得模糊。

怡人的天气完全无法平复苔丝的心情，好天气仿佛是在嘲笑她的痛苦。悉尼正笼罩在一层金色的薄雾中。校门口的日本红枫红得像火焰，山茶花竞相绽放，一片姹紫嫣红。教室外长满了亮红色、黄色、杏色的花木以及秋海棠。圣安吉拉教堂的砂岩小径与蓝天交相辉映。悉尼仿佛在对苔丝说：“世界如此美妙，你能有何烦恼？”

苔丝试着让自己的口吻轻松一些：“您不知道那是谁的葬礼？”

她其实并不关心葬礼，只不过想听人们说说话。说什么都行，只要能把威尔轻抚费莉希蒂雪白娇躯的画面赶走就行。费莉希蒂的皮肤细滑如白瓷，她则遗传了父亲，皮肤偏黑。苔丝有位来自黎巴嫩的曾祖母，可惜在她出生前便与世长辞。

那天早晨威尔打来电话。苔丝本想忽略它，一看到他的名字却又忍不住燃起一丝希望。他来电话一定是想承认错误，重新开始的。

然而，电话里的声音沉重而严肃，不带一丝笑意。苔丝的希望很快破灭了。“你还好吗？”威尔问，“利亚姆还好吗？”瞧这冷漠的样子，好像母子俩的悲剧和他没半点关系。

苔丝多想告诉真正的威尔，这个新威尔是没有人性的入侵者，他如何碾碎了自己的心。真正的威尔会愿意帮她解决烦恼。真正的威尔会为她打抱不平。真正的威尔会帮她倒茶，放洗澡水，为她指出生活中有趣的方面。

然而，这一次根本不存在有趣的方面。

母亲睁开眼睛扭头斜视苔丝：“我想一定是那个可怕的小修女。”

苔丝眉毛微扬，露出惊讶之色。看到这神色，露西满意地咧嘴一笑。她打定主意要让女儿开心起来，甘愿扮演喜剧演员的角色，疯狂地堆积笑料，好让观众安心坐在位置上。这天早晨，当她几番努力都打不开蔬菜酱时，真真正正地说出了“去你妈的”这个词。然而她反复地小心试探，好不容易才说出口，因此这词在露西口里远没有它原本表达得那么不敬。

这段时间，母亲说出了许多她从不会说的“脏词”，只因女儿的遭遇使她气极了。她似乎突然从一个遵纪守法的温和公民变成了持枪歹徒，这也是她急着联系学校的原因。苔丝很清楚这一点，她明白母亲想为自己做些什么，任何能帮到她的都行。

“哪个可怕的小修女？”

“利亚姆上哪儿去了？”露西笨拙地转动轮椅。

“就在那儿。”苔丝回答。利亚姆正四处走动，用疲倦的目光观察着操场上的设备。他在一架黄色漏斗滑梯旁蹲下，把脑袋伸进去，像在做安全评估。

“我一时没看到他。”

“您没必要一直看着他，”苔丝柔声说，“这应该由我来做。”

“当然了。”

今日早餐时，她们都争着照顾对方。因为腿脚灵便，苔丝轻易占了上风。母亲伸手拿拐杖时，苔丝已烧好开水泡上茶。

利亚姆走到操场角落的无花果树下，苔丝姐妹俩小时候经常和艾鲁瓦·邦戈在树下享用午餐。艾鲁瓦教会了她们什么是意大利肉卷，邦戈太太总会准备三人份的肉卷。对于费莉希蒂这种易胖的女孩来说，吃那么多肉卷可真是个错误。不过，那时候“儿童肥胖问题”还没有引起人们的重视。苔丝如今仍会吃这肉卷，它们在她眼中是天赐的美食。

苔丝看到利亚姆停在树下，仿佛感受到了母亲在此处吃意大利肉卷的样子。

回到母校让苔丝有些局促不安。时光犹如一条叠起的毛毯，记忆碎片因此重叠在一起。

改天也要对费莉希蒂提起邦戈太太的肉松饼。

不，她才不会。

利亚姆突然以空手道姿势踢飞地上的一个易拉罐，铝罐发出“咔嚓”的噪声。

"利亚姆！"苔丝责备地喊了一声，孩子却没听见。

"利亚姆！嘘！"露西把手指放在唇上，又指了指教堂方向。教堂内走出一小群哀悼者，正以葬礼特有的克制姿态聊天。

利亚姆没再踢易拉罐。他是个温顺的好孩子。他捡起一根木棍，假装这是支长枪，举起它无声地瞄准校园各处。"上帝啊，他这是从哪儿学来的？"苔丝暗自感叹。她本该警惕那些网络游戏，然而看着儿子眯着眼睛像个小战士的模样，她又忍不住感到欢喜。如果把这事告诉威尔，他一定会笑出声的。

不，她不会告诉威尔的。

苔丝的大脑尚不能适应她人生的新变化。昨夜半梦半醒之际，她还不自觉地朝威尔睡的方向滚去，却发现那头只有空荡荡的床，于是，蓦然惊醒。她和威尔睡相一直很好，不会翻滚打呼噜，或争抢被子。"没了你，我可再也睡不好觉了。"约会没几周，威尔便开始如此抱怨，"你就像我最爱的枕头，无论去哪儿我都要带着。"

"究竟是哪个可怕的小修女？"苔丝远望着哀悼者们又问了一遍。现在可不是回忆旧日时光的好时候。

"其实修女们并不可怕，"母亲回答，"其中大部分是和蔼可亲的。还记得参加过你十岁生日会的玛格丽特修女吗？那时候她真是个美人，我觉得你父亲当年十分迷恋她。"

"真的吗？"

"好吧，也许他没有。"母亲耸耸肩，好像前夫当年没被貌美修女所吸引也成了罪过，"无论如何，那一定是厄休拉修女的葬礼。这是我从上周的《教区时讯》中读到的。我记得厄休拉修女没教过你，对吗？据说她很爱用鸡毛掸子体罚学生。如今人们都不常用鸡毛掸子了，不是吗？"

“我记得厄休拉修女，”苔丝说，“她长着大红脸和毛毛虫似的眉毛。她在操场巡视时，我们都会躲着她。”

“不知道如今还有没有修女在小学教书，”母亲感叹道，“修女已成了濒危物种。”

“从字面上理解没错。”

母亲咯咯地笑了起来。“哦，亲爱的，我想说的可不是——”她停了下来，看到了教堂门入口处的女士，“好的，亲爱的。打起精神来，我们被人发现了。”

“什么？”苔丝顿时紧张起来，好像妈妈说的是有个路过的狙击手发现了她们似的。

那个娇小的金发女人从人群中走了出来，快步走向校园。

“塞西莉亚·费兹帕特里克，”母亲提前介绍道，“贝尔家的长女。她嫁给了鲍约翰，也就是费兹帕特里克家的长子。我认为他是几兄弟里最英俊的那个，虽说他们看上去都差不多。塞西莉亚还有个妹妹，大概和你年纪相仿，好像叫作布里奇特·贝尔。”

苔丝本要说自己不认识她们，可她脑海里依稀浮现出关于贝尔家姑娘们的回忆。回忆中苔丝看不清她们的脸，只记得她们飞奔向学校时摇摆的金色马尾辫。她们一直都是人群中的小明星。

“塞西莉亚在特百惠做销售，”母亲补充道，“从中赚了一大笔钱。”

“可她不认识我们，不是吗？”苔丝侥幸地望了望身后，看有没有人正和塞西莉亚招手，然而她身后并没有人。塞西莉亚这是要赶回特百惠做演讲吗？

“塞西莉亚认识所有人。”露西回答。

“我们能不能赶紧开溜？”

“已经太迟了。”母亲边说边露出一个礼节性的微笑。

“露西！”塞西莉亚转眼到了跟前，像是坐传送器来的，比苔丝想的快得多。她俯身吻了吻苔丝的母亲。“你怎么了？”

“别直呼我母亲的名字！”苔丝对眼前的女人顿时生出一种幼稚的不满，不禁在心中抱怨，“请叫她奥利瑞夫人！”这下苔丝完全记起了塞西莉亚的模样。儿时的塞西莉亚有一颗小脑袋，那时的马尾辫已换成如今精巧的盘发。她总是充满热情，面带笑容，有一颗小龅牙和一对深得荒唐的酒窝。曾经的她像只漂亮的小雪貂。

她还嫁到了费兹帕特里克家。

“从教堂出来我就看见你了。那是厄休拉修女的葬礼，不知道你是否听说她已经不在了。无论如何，我看到了你，于是想着：奥利瑞夫人坐在轮椅上！出什么事了？我还是一如既往地爱打听，因此忍不住来向你问声好。这轮椅看上去真不错，是从药店租来的？你怎么了，露西？脚踝受伤了？”

哦，上帝。苔丝感觉自己的全部个性突然从体内抽干了。面对言辞流利、口若悬河的人，苔丝总会有这种感觉。

“一点小事，”苔丝的母亲回答，“只不过伤了一只脚踝。”

“这可不是什么小事。真可怜！你恢复得如何？现在怎么样了？我想准备些意式宽面给你品尝。不，一定要，我坚持。你不是素食主义者，对吗？”塞西莉亚突然转向苔丝，这让她猝不及防，不由得后退了几步。她想说什么？素食主义怎么了？“来照顾你的妈妈？顺便介绍一下，也许你不记得我了，我是塞西莉亚。”

“塞西莉亚，这是小女……”露西张开嘴，没想到被塞西莉亚打断了。

“当然。她是苔丝，对吗？”塞西莉亚转过身，出乎意料地同苔丝来了个商务范的握手。苔丝还以为塞西莉亚和母亲是一类人，一位老派的天主教淑女，总是微笑着等待男士们先伸出手。塞西莉亚的手掌小巧，手心干燥，握手坚定有力。

“这一定是你儿子了，”塞西莉亚冲着利亚姆的方向微笑，“利亚姆？”

耶稣基督啊，她居然知道利亚姆的名字？这怎么可能？苔丝甚至不知道塞西莉亚有没有子女，差不多三十年前就忘了她的存在。

利亚姆看过来，瞄准塞西莉亚，扣动了想象中的扳机。

“利亚姆！”苔丝责备地喊道。塞西莉亚呻吟着捂着胸口，做出应声倒地的样子。她模仿得真像，有一瞬间苔丝以为她真要摔倒了。

利亚姆吹了吹木棍，咧着嘴开心地笑了。

“你打算在悉尼待多久？”塞西莉亚的目光定格在苔丝身上。她正是那种热衷于眼神接触的人，与苔丝截然不同。“露西伤好了就要离开吗？你在墨尔本经营生意，不是吗？我想你不会离开太久。还有，利亚姆一定已经开始上学了，对吗？”

苔丝发现自己完全说不出话来。

“苔丝正准备把利亚姆转到圣安吉拉小学……”露西赶紧替女儿解围。

“哦，这真是太好了！”塞西莉亚说，眼睛仍紧盯着苔丝。天哪，这女人难道从不眨眼吗？“让我们来瞧瞧，利亚姆今年几岁了？”

“六岁。”苔丝垂下眼睛，她实在坚持不住了。

“这样的话，他很快会成为波利的同班同学。我们班有位女同学今年转学了，因此你的儿子将加入我们。杰夫斯太太是班里的老师，玛丽·杰夫斯。她是位好老师，也很健谈，真不错！”

“很好。”苔丝没底气地回答。这下可好了。

“利亚姆！你已经射中我了，现在快让我好好看看你！听说你要来安吉拉小学上学呢！”利亚姆听了，拖着木棍缓步走了过来。

塞西莉亚弯下膝盖，视线与利亚姆保持平行。“我的小女儿将和你成为同班同学。她叫波利，复活节后的星期六是她的七岁生日会，你愿意来参加吗？”利亚姆突然变得一脸茫然，一直以来苔丝都担心这会让人们怀疑他有某种残疾。

“我们打算办一场海盗主题的派对，”塞西莉亚起身转向苔丝，“希望你能赏光，可以借机认识所有妈妈。我们会为大人们准备一片宁静祥和的区域。大人们畅饮香槟，让小海盗们自在地玩。”

苔丝感觉自己的脸也耷拉了下来。利亚姆紧张兮兮的表情大概是从她身上遗传来的。她无法一下子认识那么多妈妈。苔丝的生活还未被打乱时，她已经觉得和妈妈们的交往很费劲了。她们聊起天来总是一刻不停，你还得时不时配合她们的话题笑出声，还得努力表现得友好而温暖。这些都是墨尔本的必修功课。她倒是交上了几个朋友，却没心思将之前的努力再如法炮制。至少现在不行，她没有力气。这感觉就像是一场重感冒后好不容易能下地，却被旁人兴高采烈地怂恿着参加马拉松。

“很好。”苔丝回答。不过，她已经打定主意找个借口将此事推掉。

“我会为利亚姆准备海盗装的，”苔丝的母亲抢着说，“一只眼罩，一件红白条的上衣，哦，没错，还要有一把剑！利亚姆，你就喜欢这个，对吗？”

露西四下寻找外孙，看到他已经拖着木棍跑开了。

“当然，我们也欢迎你，露西。”塞西莉亚补充道。她的社交技巧简直完美无瑕。对苔丝而言，这就像观赏提琴表演，眼看着提琴手们拉得那么漂亮，却不知道他们是如何做到的。

“谢谢你，塞西莉亚！”苔丝的母亲高兴了。她喜欢派对，尤其喜爱派对食物。“让我想想，一件红白条的海盗装。他已经有一件了，对吗？苔丝？”

塞西莉亚如果是个高雅的提琴手，苔丝的母亲就是个和气好心的吉他手，竭尽所能地为提琴手和音。

“我不该再打扰了。我想你们是时候到办公室见瑞秋了？”

“我们的确约了行政秘书。”苔丝完全记不起她的名字。

“没错，瑞秋·克劳利，”塞西莉亚继续道，“她可真有效率，像瑞士钟表一样，把学校管理得井井有条。她和我婆婆分管一份工作，但是在我看来，所有活儿都是瑞秋一个人干的。弗吉尼亚每日只以闲聊度日，别怪我多嘴。好吧，这才是我的重点，我确实很能聊。”她大方地自嘲起来。

“瑞秋近来怎么样？”露西疑惑地问。

塞西莉亚的“雪貂脸”瞬间严肃起来：“我其实没那么了解她。可我知道她有个可爱的小孙子，今年才刚满两岁。”

“啊哈，”露西深呼一口气，仿佛这孩子解决了所有问题，“雅各。”

“很高兴见到你，苔丝，”塞西莉亚又开始眼都不眨地看着苔丝，“我得告辞了，要赶去上尊巴舞课。一直以来我都去街尾的健身室学舞，他们真心不赖。你什么时候也该试试，这舞蹈可有意思了。上完舞蹈课，我还得开车去史卓菲的宴会用品区。虽说路程挺远，但也值得。要知道，他们的价格太吸引人了。说真的，花不了五十元就能买到一只氦气球，还会附赠上百只小气球。接下来的几个月，我有好几场派对要办——波利的生日宴会、一年级家长聚会。当然，我们也会邀请你！买完东西，我还得派送几单特百惠订单。顺便提一下，我在特百惠工作。如果你需要我的帮助，请尽管开口。不过最好在学校放学前，你懂的。”

苔丝眨眨眼，仿佛被一场名为“细节”的雪崩掩埋。人们的生活就是由一系列微小的后勤事务堆积起来的，这不是说生活很无聊。好吧，就算它有些无聊，可这些细节仍能毫不费力地从塞西莉亚的嘴里出来。

“哦，上帝，她总算讲完了。”苔丝在心中默念着，她注意到现在轮到她回话了。

“真忙，”她终于挤出几个字，“你的生活真是忙碌。”苔丝强迫自己堆出一个她以为是微笑的笑容。

“海盗派对上见！”塞西莉亚对利亚姆喊道。利亚姆不再拘束，而是用有趣、不可捉摸、男儿气的神情看着她们。这表情让苔丝痛苦地想到威尔。

塞西莉亚捏起手指：“啊哈，我的心都要融化了。”

看到利亚姆开心微笑的样子，苔丝下定决心要带他参加派对，无论她个人要为之付出多少努力。

“哦，我的天，”塞西莉亚走出视线范围后，露西不禁长舒一口气，“她简直和她母亲一个样儿，都是好人，有时候却太过热情。每次和她聊完，我总想泡一杯茶，再躺下好好休息一会儿。”

“这个瑞秋·克劳利怎么了？”苔丝问。他们此刻正在前往办公室的路上，她和利亚姆一人推着轮椅的一边。

露西做了个苦相：“你还记得珍妮·克劳利吗？”

“不就是那个从身上找到念珠的姑娘……”

“就是她。她曾是瑞秋的女儿。”

瑞秋看得出来，为苔丝的儿子办理入学手续时，露西·奥利瑞和她女儿都想着珍妮的事。她们显得比平时更爱闲聊，看得出有些不自在。苔丝完全无法直视瑞秋的眼睛，露西则与她同龄的女人们一样，歪着脑袋用柔和的目光看她，那小心翼翼的样子仿佛在看望养老院里的孤独老人。

露西问到桌上的照片是不是瑞秋的小孙子，她们不住地夸赞照片中的小人儿。倒不是说雅各照得不漂亮，不过用不着心理学家也能明白她们真正的所指：我们知道您的女儿多年前被人谋杀，这小男孩多少能弥补您心中的悲痛吧？真希望他能让您感到安慰，这样，我们就不用觉得如此别扭和不快了。

“我每周照顾他两天，”瑞秋的目光一直停留在电脑屏幕上，“然而我不能再照顾他了，我昨夜得知他们的父母将把他带去纽约两年。”瑞秋的声音难以自控地变得沙哑，只得急躁地轻咳几声。

瑞秋等待着眼前二人给出与今早所有人一样的反应：“真为他们感到高兴！”“多好的机会！”“您会去纽约看望他们吗？”

“真是难以置信！”露西愤怒地感慨。她将手肘重重地撞在轮椅臂上，像个易怒的学步儿童。露西的女儿本来忙着填写表格，这时候抬起头皱了皱眉。苔丝是那种留着男士短发、长相平凡的女人，这朴实无华的女人有时却能突然闪现出纯朴的莫名之美。苔丝的小儿子和她长得很像，除了那对奇怪的金色眼眸。此刻他正睁大眼睛望着外祖母。

露西揉了揉手肘：“当然，我相信你的儿子儿媳一定为此春风得意。只不过你经历了那么多，比如，失去珍妮，还有你的丈夫。抱歉，我不太记得他的名字，可我知道你也失去了他。而现在……这不公平。”

说完这话，露西的脸因为激动而变得潮红。瑞秋知道露西被自己的话吓到了，一直以来人们在她面前都会避免提到珍妮。

“抱歉，瑞秋，我不该……”可怜的露西看上去吓坏了。

瑞秋摆摆手打消露西的歉意：“不必感到抱歉。谢谢你。这事的确出乎我的预料，我会十分想念他。”

“看看是谁来了。”

瑞秋的上级特鲁迪校长突然飘进房间。她那瘦骨嶙峋的肩膀上披着一条针织围巾，几缕灰色鬈发从发髻中跑了出来，左脸上还沾上了红色颜料。之前她大概是和幼儿园的孩子们一起趴在地板上画画。一如往常，特鲁迪直接忽视了露西和苔丝，一眼就注意到小利亚姆。她对成年人没有兴趣。瑞秋已经见证了三任校长的去留，按照她的经验，只关心孩子却忽略成年人是行不通的。校长所扮演的其实类似于政客的角色。

另外，对于这份工作而言，特鲁迪似乎还不够“天主范儿”。倒不是因为她会打破戒律，而是因为弥撒时，她会露出不甚虔诚的锐利目光。厄休拉修女死前（瑞秋拒绝参加她的葬礼，因为她永远无法原谅修女用鸡毛掸子惩戒珍妮的行为），或许还写信到梵蒂冈抱怨过这位校长。

“这就是我先前提到过的男孩，”瑞秋介绍道，“利亚姆·柯蒂斯。他正报名就读一年级。”

“当然，当然。欢迎来到圣安吉拉小学，利亚姆！上楼梯时我还想着今天要见一位名字由字母L打头的小朋友。L正巧是我最喜欢的字母。快告诉我，利亚姆，你最喜欢的三件事是什么？”她每说一个词就扬一扬手指，“恐龙？外星人？超级英雄？”

利亚姆陷入了沉思。

“他很喜欢恐——”露西刚要开口就被女儿拦住了。

“外星人。”利亚姆终于做了回答。

“外星人，”特鲁迪点点头，“我会记住这一点的。这两位是你的妈妈和外祖母，对吗？”

“没错，我是——”

特鲁迪没等露西说完，含糊地朝她们所在的方向一笑。“很高兴见到你们，”她很快又转向利亚姆，“你打算什么时候加入我们呢，利亚姆？明天吗？”

“不！”苔丝突然变得警觉，“起码要等到复活节后。”

“你喜欢复活节彩蛋吗，利亚姆？”特鲁迪问。

“喜欢。”利亚姆坚定地回答。

“正巧我们明天打算举办一场盛大的‘寻找复活节彩蛋’的活动。”

“我超级想参加这个活动。”

“是吗？太好了！这样的话，就一定要提高难度，让游戏更有挑战性，”特鲁迪瞥了瑞秋一眼，“一切尽在掌握中，瑞秋……”她带着悲伤的表情，指了指桌上那堆对她而言像天书一样的文件。

“尽在掌握中。”瑞秋说。她愿意尽其所能地替特鲁迪保住校长职位。有位从仙境来的好校长对圣安吉拉小学的孩子们而言绝对是件好事。

“真好，真好，那这件事就交给你了。”特鲁迪说完，走进自己的办公室并关上门。瑞秋想象着她正在扫去键盘上的仙粉，除此之外，她也不会在电脑上做什么。

“我的天哪，她和维朗尼卡·玛丽修女可真不是同一个池子里的鱼。”

瑞秋欣赏地哼了一声。她记得维朗尼卡·玛丽修女，她于1965—1980年担任校长，她记得非常清楚。

这时，门外响起了敲门声。透过结了水汽的玻璃窗，瑞秋看到一个男人高大健硕的影子。他很快怀疑地把脑袋探了进来。

是他。瑞秋缩了缩身子，仿佛眼前是只毛茸茸的黑蜘蛛，而不是这相貌极普通的男人（事实上，瑞秋听过别的女人赞他“雄姿英发”，这让她觉得简直好笑）。

“我可以进来吗，克劳利夫人？”

因为无法摆脱学生时代的阴影，他无法和其他教职员一样叫她瑞秋。他们目光相遇的瞬间，他也如从前一样赶紧避开。

“他的眼睛里藏着谎言。”每次见到他，瑞秋脑中都会响起这魔咒般的话，“他的眼睛里藏着谎言。”

“抱歉打扰到您，”康纳·怀特比说，“我在想能不能拿到关于网球夏令营的表格。”

“那个叫怀特比的男孩有事瞒着我们，”多年前，罗德尼警长这样说过，那时候他还年轻，有着满头黑色的鬈发，“那孩子的眼睛里藏着谎言。”

罗德尼警长如今已退休，脑袋已经秃得像只袋鼠。每年珍妮生日时，他都会打来电话问候，还乐意向瑞秋抱怨自己的小病小痛。人们都渐渐老去，珍妮却永远停留在十七岁。

瑞秋把网球夏令营的表格递给康纳，却看到他的目光落在苔丝身上。

“苔丝·奥利瑞！”他的神色变了，有那么一瞬间，他看上去真像珍妮相册里的男孩。

苔丝抬起头，提防地看着眼前的男人。她似乎并不认识康纳。

“康纳！”他拍了拍自己结实的胸膛，“康纳·怀特比！”

“哦，康纳。当然了，很高兴……”苔丝半直起身子，却发现自己被母亲的轮椅卡住了。

“不用站起来，不用。”康纳低头亲吻苔丝脸颊时，苔丝正好要坐下，因此这个吻落到了耳垂上。

“你在这儿干什么？”苔丝问。重遇康纳似乎并未让她感到惊喜。

“我在这里工作。”康纳回答。

“做会计？”

“不，不。我几年前改行了，现在我是名体育老师。”

“是吗？”苔丝感慨道，“这可真……”她的语速慢了下来，好不容易才说出，“真好。”

康纳清清嗓子：“无论如何，很高兴见到你。”他看了一眼利亚姆，打算和他说几句话。可他很快改变了主意，扬起手中的表格道了句，“谢谢您，克劳利太太。”

“这是我的荣幸，康纳。”瑞秋冷冷地回应。

康纳刚走出门口，露西便转向女儿：“他是谁？”

“只是从前认识的一个朋友，很多年以前的。”

“我可不记得他。他是你男朋友？”

“妈妈！”苔丝偷偷指了指眼前的瑞秋。

“抱歉！”露西不好意思地笑笑。

利亚姆扬起脑袋看着天花板，懒懒地伸了个懒腰。

瑞秋看着眼前的祖孙三代，他们长着相同的上唇。这噘起的上唇使他们显得比实际上更好看。

瑞秋对这三人突然生出无名之火。

“好吧，在这儿填上过敏原和所需药物。这个部分，”瑞秋用手指杵了杵表格，“不是那儿，是这儿。填好这些，任务就完成了。”

手机铃声响起时，苔丝正扭动钥匙准备启动汽车。她拿起手机想看看是谁打来的。

看到屏幕上显示的名字，她举起手机在母亲眼前晃了晃。

母亲斜视着手机屏幕，耸了耸肩：“我不得不告诉他。我答应过他的，不论你有什么消息都会第一时间告诉他。”

"是在我十岁时答应的！"苔丝抱怨道。她举起手机，不知道该不该将这通电话转去语音信箱。

"是爸爸吗？"利亚姆在后座问。

"是我爸爸。"苔丝说。距离上回与他说话已经有一段时间了，或许现在是该聊聊了。她深吸一口气按下了接听键："爸爸。"

电话那头停顿了一下。他一直以来都是如此。

"你好，宝贝。"苔丝的父亲说。

"您最近如何？"为了父亲，苔丝尽量让自己的声音听上去轻松愉快。他们上次聊天是什么时候？一定是圣诞节了。

"我很好。"父亲忧郁地说。

又是一阵停顿。

"我现在正在车里，和……"就在苔丝说话时，电话那头也开了口："你妈妈已经告诉我了……"

他们都不再讲话，二人之间的对话一向如此折磨人。不论多么努力，苔丝总不能与父亲同步。即使面对面，父女俩也无法放松自然，走到相同的频率。她常常会想，当年父母若没有离婚，他们的父女关系还会像今日一样尴尬吗？

父亲轻咳一声："你母亲提到，你最近遇上了些……麻烦事。"

寂静无声。

"谢谢你，爸爸。"苔丝和父亲又是同时开口。"很抱歉听到这些。"

苔丝看到母亲在翻白眼，于是转向车窗，希望能让可怜的父亲远离母亲的嘲讽。

"如果有什么是我能做的，"父亲说，"只要……你明白的，打电话给我。"

“当然了。”

又是沉默。

“好吧，我该走了。”他们不出意外地同时发声。“其实我还挺喜欢那小子的。”

“告诉他，我已经把之前说过的品酒课信息电邮给他了。”母亲在一旁说。

“嘘。”苔丝不耐烦地对露西摆摆手。“您说什么，爸爸？”

“威尔，”父亲回答，“我还以为他是个好小子。不过这份好感一点也没帮到你，对吗，宝贝？”

“他从来也没帮上过忙，”母亲嘟囔着，“真不知道我干吗费这个劲。这男人根本不想开心起来。”

“谢谢您的电话，爸爸。”电话那头同时传来。“我们的小鬼怎么样了？”

“利亚姆很好，”苔丝回答，“他就在这儿，您想不想……”

“还是让你先忙吧，宝贝，好好照顾自己。”

父亲挂了电话。他经常这样突然地、手忙脚乱地挂断电话，好像电话被警察装了窃听器，而他不得不在警察追踪到他的位置前离开。而他所在的位置，是一个位于西澳大利亚的平坦无树的小镇。五年前，他神秘地搬去了那里。

“他一定给你提了一堆有用的建议对吗？”露西问。

“他已经尽力了，妈妈。”

“哦，这倒不假。”露西满意地赞同道。

第八章

“柏林墙竣工的日子是个星期日。人们把这天称为‘铁丝网星期日’，想知道为什么吗？”埃斯特在车后座问。埃斯特把这当作反问句，她们怎么可能不想知道呢？“因为大家一早醒来，突然发现一堵长长的钢丝墙横贯整座城市。”

“那又怎样呢？”波利反问道，“我也见过钢丝网围栏。”

“但你不允许越过钢丝网！”埃斯特回答，“你被困在墙内。你明白的，正如我们住在太平洋公路的一侧，而外婆住在另一侧。”

“明白了。”波利不确定地回答。她其实不清楚任何人的住址。

“这感觉就像整条太平洋公路都被一道铁丝墙隔成两半，而我们再也不能看望外婆了。”

“这真可惜。”塞西莉亚边说边换了车道。今早的尊巴舞课后，她去看望了母亲。她在那儿待了整整二十分钟，却没看一眼外甥装着幼儿园功课的文件袋。布里奇特把儿子山姆送进一家贵得要命的高级幼儿园，塞西莉亚的妈妈不知道该为此感到高兴还是不快。

“我打赌你们当年普通的可爱幼儿园里没人用过这种文件袋。”母亲说话时，塞西莉亚正飞速翻阅着手中的记事本。在接孩子们放学前，她得为周日的派对准备些结实耐摔的小物件。

“如今大多数幼儿园都会这样做。”

母亲没在听塞西莉亚的回答，而是忙着赞叹山姆用手指画出的“自画像”。

“想象一下，妈妈，”埃斯特说，“如果我们正巧在周末看望住在西柏林的外婆，而你和爸爸都被困在东柏林，那时候你会和我们说，‘好好地待在外婆身边，孩子们！千万别回来！为了自由！’”

“这真是太糟了。”

“可我还是会回来找妈妈的，”波利说，“外婆非要逼我吃豌豆。”

“这是历史，妈妈，”埃斯特继续道，“是真实发生过的事件。人们被迫分隔两地，可他们并不害怕。你瞧！这些人正举着孩子给墙那头的亲人们看。”

“这会儿我必须注意路面。”塞西莉亚叹了口气。

多亏了埃斯特，之前的六个月，塞西莉亚常常想象着“泰坦尼克号”沉没时，自己在冰冷的海水中打捞孩子们的场景。而现在的她得去往柏林，和她的孩子们分隔于墙的两边。

“爸爸什么时候从芝加哥回来？”波利问。

“周五上午！”塞西莉亚在后视镜中对波利微笑，很高兴此时能换个话题，“他这周五上午就会回家。周五是个好日子，因为爸爸要回家了！”

车后座是一阵让人不快的沉默。她的女儿们正尽力避免聊到无趣的话题。

同往常一样，放学后的这一小段时间，她们总是过得忙乱疯狂。塞西莉亚刚刚把伊莎贝尔送进理发店，现在还得送波利上芭蕾舞课，送埃斯特参加言语治疗（埃斯特有时会轻微地口齿不清，这在塞西莉亚眼中可爱有趣，然而在这世界似乎不被欣赏）。在此之后，塞西莉亚要不停地忙碌，忙着准备晚饭，辅导孩子们做功课，给她们讲故事，在母亲帮忙看孩子后还要赶去特百惠聚会。

“等爸爸回来的时候，”波利说，“我还有个秘密要告诉他。”

“一个男人试图通过绳索爬出公寓的窗户，西柏林的消防员们想要用安全网接住他，没想到失了手，这可怜的男人就这样摔死了。”

“我的秘密就是，我不想再开什么海盗舞会了。”

“他才三十岁。我想，他本来还有很长的人生的路要走。”

“什么？”塞西莉亚错愕地问。

“我说他才三十岁，”埃斯特回答，“那个坠楼的男人。”

“不，我问的是你，波利！”

此时红灯亮了起来，塞西莉亚踩下刹车。波利不愿举办海盗派对的事和那个为自由而死的人比起来微不足道得多，然而，此刻塞西莉亚没心思纪念那个可怜的男人，因为最后一刻改变派对主题是不可接受的。当你有了自由，也就在海盗派对的问题上迷失了方向。

“波利！”塞西莉亚努力让自己的语气听上去得像在讲道理，而不是精神病发作，“我们已经发出了邀请函。你说过你想开一场海盗派对，而你也将得到一场海盗派对。”

塞西莉亚已经为派对付了一笔不可退还的定金，他们的开价真和海盗一样凶。

“这个秘密是说给爸爸听的，”波利辩解道，“不是给你听的。”

“好吧，可我不会更改派对主题的。”

塞西莉亚想要举办一场完美的海盗主题派对。不知由于何种原因，她想要办出一场能够打动苔丝·奥利瑞的杰作。苔丝这种神秘而优雅的女人对塞西莉亚而言有种没来由的吸引力。要知道，塞西莉亚的大多数朋友都很健谈，他们总是急不可待地说出自己的故事，因此，总会有好几个声音重叠在一起，显得热闹而聒噪。“我一直讨厌蔬菜……我家孩子唯一会吃的蔬菜是花椰菜……我家孩子喜欢胡萝卜……我也爱极了胡萝卜！”他们根本不让你做出反应，所以，你完全没机会回话。然而苔丝似乎无意与人们分享她生活的小细节，这引得塞西莉亚迫切地想要了解她。“她的孩子喜欢花椰菜吗？”今早厄休拉修女的葬礼后，她与苔丝母女说了太多话。有时候她很明白自己在喋喋不休，却控制不了。

塞西莉亚听见埃斯特的平板电脑里传来极轻的德国人的呐喊声，她似乎正在视频网站上浏览关于柏林墙的视频。

驱车在太平洋公路上，塞西莉亚想象着那段喧嚣狂躁的历史如何能在如今平静安宁的日子重演，她心中生起一阵朦胧的失落感。她渴望见证一些重大事件。有时候，她会感觉自己的生命是那么微不足道。

难道她真心希望灾祸发生？看到自己所在的城市建起一堵隔离墙，这样，她便会感激此前平淡的生活？难道她希望自己成为瑞秋·克劳利一样的悲情人物？因为发生在女儿身上的悲剧，人们再也不能用正常的目光看瑞秋。每当塞西莉亚见到她，总是强迫自己别望向一边，好像她是位烧伤患者，而不是生着好看颧骨、打扮得体的妇人。

“这就是你想要的吗，塞西莉亚？想要一场令人兴奋的大悲剧？”

她当然不想。

平板电脑中传来的声音开始让塞西莉亚感觉不快。

“能不能把视频关掉？”塞西莉亚说，“它让我分心。”

“就让我……”

"把它关掉！就不能有哪个孩子能按我说的话做一次吗？不要讨价还价，就这么一回？"

视频被关上了。

后视镜里，塞西莉亚看到波利扬起眉毛，埃斯特耸耸肩摊开手掌像是在说：她怎么了？谁知道呢？塞西莉亚记起自己和布里奇特小时候在母亲车内也经历过同样的情景。

"抱歉，"几秒钟后，塞西莉亚变得温顺，"抱歉，姑娘们，我只是……"

担心你们的父亲有事瞒着我？极度渴望性爱？后悔自己在苔丝·奥利瑞面前显得像个长舌妇？更年期综合征？

"很想念爸爸，"她继续道，"他从美国回来就好了，不是吗？再见到你们，他一定高兴坏了！"

"没错，他一定很想见到我们，"波利叹了口气，停顿了一下，"还有伊莎贝尔。"

"没错，"塞西莉亚补充道，"还有伊莎贝尔。"

"爸爸看伊莎贝尔的样子很奇怪。"波利闲聊起来。

这可有些古怪。

"什么意思？"塞西莉亚问。波利时不时会蹦出些惊人之语。

"一直都是这样，"波利回答，"他看她的样子怪怪的。"

"他才没有。"埃斯特替父亲辩白道。

"有的，他总会用受伤的目光看着伊莎贝尔，像是又气又难过，尤其是看到伊莎贝尔穿那件新裙子的时候。"

"哦，净说些傻话。"

这孩子究竟在说什么呀？若不是这么了解他们，塞西莉亚还以为波利的意思是，鲍约翰色眯眯地偷看伊莎贝尔呢。

“也许爸爸因为什么生着伊莎贝尔的气，”波利继续道，“也许他难过伊莎贝尔是自己的女儿。妈妈，你知道爸爸为什么要生伊莎贝尔的气吗？她是不是做了什么坏事？”

一阵恐慌从塞西莉亚的喉间涌起。

“也许因为他想看板球赛，”波利沉思地说，“而伊莎贝尔总要看别的节目。又或许，我不知道。”

伊莎贝尔近来脾气很坏，不愿回答问题还总爱摔门。可十二岁的姑娘们不都这样吗？

塞西莉亚想起自己读到的有关性骚扰的文章。《每日电讯报》报道里的母亲总说：“我不知道。”但塞西莉亚心想：你怎么可能不知道？每次看完这类文章，塞西莉亚心里总会有种奇怪的优越感：这种事不会发生在我家女儿们身上。

鲍约翰偶尔会表现得喜怒无常，面色变得如花岗岩般冷酷。然而，所有男人不是都会这样吗？塞西莉亚还记得自己父亲发脾气时，她们母女三人小心翼翼的样子。这种时候不会太多，岁月渐渐磨平了他的暴脾气。塞西莉亚认为鲍约翰也会如父亲一样，终有一日会变得温柔平和，她甚至很期待这一天的来临。

鲍约翰绝不会伤害女儿的。这想法简直荒谬。这种事仅仅出现在脱口秀主持杰里·斯普林格口中。即使在心中生出一点点怀疑的种子，也是对他的背叛。塞西莉亚愿意用自己的性命打赌，鲍约翰绝不会性骚扰他的亲生女儿。

可她敢用女儿的性命打赌吗？

不会，即使有最微小的风险……

哦，上帝啊。她应该怎样做？直接询问伊莎贝尔：爸爸有没有碰过你？受害者们都会撒谎，骚扰他们的人一定会教会他们撒谎。塞西莉亚很清楚这种事，她读过很多与此相关的无聊的小故事，然而每当她读完报纸，将它们扔进垃圾桶后，很快便会将里面的内容抛诸脑后。那些小故事会让她感受到某种病态的愉悦感，而鲍约翰通常拒绝读这类故事。这是内疚的表现吗？啊哈！不愿意读有关变态的故事，意味着你自己也有变态的一面！

“妈妈！”波利喊了一声。

她该如何面对鲍约翰？“你有没有对我们的哪个女儿做过不当的事？”鲍约翰要是问自己类似的问题，塞西莉亚可绝不会原谅他。问出了这样的问题，二人的婚姻该如何继续？“不，我从未猥亵过我们的女儿。请把花生酱递给我，谢谢。”

“妈妈！”波利又喊了一声。

绝不该问这样的问题。他一定会说：“你居然会怀疑我的答案，看来你丝毫不了解我。”

她知道答案。她知道的！

然而，所有愚蠢的母亲都自以为知道答案。

问到阁楼信件的时候，电话那头的鲍约翰表现得局促而奇怪。他一定有什么瞒着自己，塞西莉亚无法确认。

还有他们的性关系。鲍约翰对她没了兴趣是因为他疯狂渴求着伊莎贝尔每日都有新变化的年轻躯体？这想法荒谬而让人反感。塞西莉亚感觉一阵恶心。

“妈妈！”

“妈妈？”

“你错过了上个路口！我们要迟到了！”

“抱歉。该死的！抱歉。”

塞西莉亚猛踩刹车来了个“U”形急转弯，身后的车辆纷纷响起愤怒的喇叭声。塞西莉亚从后视镜里看到一辆大卡车，心脏不由得怦怦直跳。

“该死，”她举起一只手来道歉，“对不起。好的，好的，我知道了！”

卡车司机看来不肯原谅她，一直猛按喇叭。

“抱歉，抱歉！”转过弯后，她抬起头再次挥手致歉（塞西莉亚座驾一旁印着特百惠标志，她可不想损害公司的声誉）。卡车司机摇下车窗，半个身子都伸了出来，手掌还不停地按着喇叭，那一脸暴怒使他看上去格外吓人。

“哦，看在老天的分儿上。”塞西莉亚小声嘟囔着。

“我觉得那个男人想要杀了你。”波利说。

“他可真是‘淘气’。”塞西莉亚严肃地说。接下来返回舞蹈室的路程风平浪静，她的心跳却不断加速，反复确认后视镜，及早打转向灯。

塞西莉亚摇下车窗，看着波利蹦蹦跳跳地奔向舞蹈室。她粉红色的薄纱短裙随着奔跑而有节奏地摆动，她精巧可爱的肩胛骨像一对被压在紧身衣下的小翅膀。

梅丽莎出现在门口，挥手表示自己会照顾好波利。塞西莉亚朝她挥手致意。

“如果这里是柏林，而卡洛琳的办公室在墙的另一边，我就用不着上什么言语治疗课了。”

“说得有道理。”

“我们应该帮助她逃跑！她那么瘦小，我们可以把她塞进汽车后备厢里。除非她和爸爸一样患有幽闭恐惧症。”

“我觉得卡洛琳一个人就能安排好逃亡，”塞西莉亚边说着话边想着，“我们已经在她身上花了很多钱了，才不会帮她逃出东柏林呢！”埃斯特的言语治疗师有种骇人的力量。每当塞西莉亚同她说话时，都会发现自己正非常小心地发出每一个音节，就像在参加朗诵比赛一样。

“我不认为爸爸看伊莎贝尔的样子奇怪。”埃斯特说。

“是吗？”听了这话，塞西莉亚心中的石头落了地。上帝啊，她可真是太夸张了。波利不过说出了自己的观察结果，而她的脑子一下子跳到了性骚扰上。她一定是看了太多的垃圾节目。

“不过去芝加哥的前一天，我听到他在哭。”埃斯特继续补充。

“什么？”

“在洗澡时。我去你们的浴室拿指甲剪，正好听见爸爸在哭泣。”

“那么，亲爱的，你有没有问他究竟为什么流泪？”塞西莉亚想要尽量表现出不在乎答案的样子。

“没有，”埃斯特轻松地回答，“我流泪的时候也不希望被人打扰。”

该死，如果发现的人是波利，她一定会拉开浴帘，命令父亲即刻将原因告诉自己。

“我还打算问你呢，我以为你知道原因，可我后来把它忘了。我有好多事要想。”

“我真的不认为他在哭，说不定是在……打喷嚏什么的。”塞西莉亚对女儿说。她实在想象不出鲍约翰在浴室里哭泣的场景，这太奇怪了。

他为何要流泪，难道真的发生了什么糟糕的事？鲍约翰可不是个会流泪的男人。女儿们出生时，他的眼中不过闪出一点泪光。听到他父亲猝死的消息，鲍约翰只是放下电话，发出一种奇怪的脆弱的声音，像被某种绒毛状的小东西呛到。除此之外，塞西莉亚从未见他哭过。

“他可不是打喷嚏！”埃斯特辩驳道。

“也许是偏头痛发作了。”塞西莉亚回答。然而她很清楚，偏头痛发作时，鲍约翰最不可能做的就是洗澡了。他总会一个人待着，在床上，在黑暗而安静的房间里。

“啊哈，妈妈，爸爸偏头痛时从不会洗澡。”埃斯特对父亲的了解同塞西莉亚对丈夫的了解一样深。

因为抑郁？这年头人们常常会抑郁。上次聚会时，一半以上客人透露自己正在使用抗抑郁药百忧解。毕竟，鲍约翰常会有……头脑放空的时刻。据说偏头痛患者多伴有抑郁。抑郁的情绪可能会持续一周左右。那段时间他也会尽量表现得正常，可他的眼中多了一块空白。似乎真正的鲍约翰离开了一小会儿，让这外表相似的替代品代替他一阵。“你还好吗？”塞西莉亚会问。而他总要过好一会儿才注意到她，喃喃地回答：“当然。我很好。”

不过，以上提到的状况只是暂时的。鲍约翰会突然恢复正常，全神贯注地听妻儿说话。塞西莉亚总安慰自己一切都好，他的突然放空只是偏头痛带来的必然结果。

可是在洗澡时哭泣，他缘何哭泣？那段时间的一切都很完美。

鲍约翰想过自杀。

真相渐渐浮出水面，讨厌地浮在塞西莉亚的脑海中。一直以来，她都避免想到这件事。

那年鲍约翰正念大一，那时塞西莉亚还没开始同他约会。有一段时间，他曾走上歧路。一天晚上，他吞下了一整瓶安眠药。他的室友那天原计划回家看望父母，不经意间回来发现了他。“你当时在想些什么？”塞西莉亚头一次听说这事便忍不住问他。“人世间的一切是那样艰难，”鲍约翰回答，“永恒的安眠似乎是种更轻松的选择。”

未来的日子里，塞西莉亚几次想要从丈夫身上套得更多信息：“可生活在你眼中为何会艰难？又具体有多难？”鲍约翰似乎不愿解释：“也许那时候，我就是个痛苦的青少年。”塞西莉亚没明白他的意思。她年少时从未有过那般痛苦的时候。最终，她不得不接受这不过是他年轻时的一场意外。“我希望能有个好女人。”鲍约翰告诉她。事实上，在塞西莉亚出现前，他从未正经有过女友。“那时候我甚至认为他可能是同性恋。”鲍约翰的弟弟有一次对塞西莉亚说。

又是同性恋。

不过，他的弟弟是在开玩笑。

少年时期，他有过一次无法解释的自杀事件。而这么多年过去了，他还在洗澡时偷偷哭泣。

“有时候，成年人脑子里会装着些大事。”塞西莉亚小心地对埃斯特解释。当然，她要做的第一件事是确保埃斯特不会为此而困扰。“因此我确定爸爸只是……”

“嘿，妈妈，圣诞节时我能不能选这本关于柏林墙的书作为礼物？”埃斯特问，“现在能下订单吗？所有书评给的都是五星！”

“不行，”塞西莉亚回答，“你可以去图书馆借。”

上帝保佑，圣诞节时，他们可一定要从柏林逃出来。

塞西莉亚转弯驶入言语治疗中心的停车场，她摇下窗户，按下对讲机。

“需要帮助吗？”

“我们约了卡洛琳·奥托。”即使面对接待员，塞西莉亚也时刻注意自己的发音。

停车时，她在脑中反复考虑着今天获得的新信息。

鲍约翰会用“悲伤而愤怒”的目光望着伊莎贝尔。

鲍约翰在沐浴时偷偷哭泣。

鲍约翰对房事没了兴趣。

鲍约翰在撒谎。

这一切不寻常且让人担忧。有某件事藏在这一切底下，但这件事并不是那么惹人厌，甚至让她有一点点期待。

她熄灭引擎，拉下手闸，解开安全带。

“走吧。”塞西莉亚打开车门对女儿说。她知道自己要怎样才能放下心来。她做了一个决定，一个她很清楚并不对的决定。她有道德上的义务去做一件不道德的事，她不得不两害相权取其轻，这合情合理。

今晚女儿们上了床后，塞西莉亚便要做一件从最开始就想做的事——她决定打开那封该死的信。

第九章

耳边响起了敲门声。

“别管它。”露西的目光甚至没从书上挪出来。

苔丝、利亚姆和露西此刻正坐在前厅的扶手椅中。他们手上端着书，大腿上放着一个盛满巧克力葡萄干的小碗。这正是苔丝童年时常经历的情景：一边吃巧克力葡萄干，一边和母亲一道读书。吃完巧克力后，她们常做些跳跃运动来帮助消化。

“可能是爸爸。”利亚姆放下书本。苔丝讶异于他居然肯乖乖坐下读书，这一定是巧克力葡萄干的功劳。苔丝从不能让他在课后安心读书。

而现在令人难以置信的是，他就要到新学校上学了，就在明天。一个女人仅通过彩蛋狩猎活动，就成功把利亚姆劝到了学校，真令苔丝尴尬。

“几小时前，你还给爸爸打过电话呢。”苔丝提醒利亚姆时，努力让自己听上去不带感情色彩。利亚姆和爸爸聊了二十分钟，当他对妈妈举起电话时，苔丝只说："我晚一些再和爸爸聊。"今天上午她已经和威尔通过电话，一切都没有改变，她才不想再听到威尔那可怕而严肃的声音。再说，她要说些什么呢？提到自己在圣安吉拉小学偶遇前男友，试试他会不会因此嫉妒？

康纳·怀特比，上次见他还是十五年前。他们相恋的时间甚至不到一年。康纳走进办公室的一瞬间，苔丝甚至认不出他。他的头发已经不见了，体格似乎比从前健壮，像是记忆中的放大版。两人见面的过程那么尴尬，同坐在一位女儿被谋杀的老太太桌前一样让人局促。

"也许爸爸特意飞来给我们一个惊喜。"利亚姆说。

耳边传来敲打玻璃窗的声音："我知道你们都在！"

"看在上帝的分儿上。"露西啪的一下合上书本。

苔丝转过头，看见玛丽阿姨把脸压在玻璃窗上。她把手掌弯成弓形放在眼睛上，以便更清楚地看清屋内。

"玛丽，我都让你别来了！"露西的音调升了几个八度。和双胞胎姐姐说话时，她听上去总比实际年龄年轻四十岁。

"开门！"玛丽阿姨又开始敲玻璃，"我要和苔丝聊聊！"

"苔丝可不想和你聊！"露西举起拐杖，朝玛丽所在的方向杵了几下。

"妈妈。"苔丝责备道。

"她是我外甥女！我有权见她！"玛丽阿姨看上去要把木质窗框掰掉了。

"她也有权不见你，"露西哼了一声，"真是一堆废话……"

"可她为什么不能进来？"利亚姆紧锁着眉头问。

苔丝与母亲面面相觑。在利亚姆面前，她们一向字斟句酌。

"她当然能进来，"苔丝把书放到一边，"外婆在开玩笑呢。"

“没错，利亚姆，这只是个愚蠢的游戏！”露西轻声说。

“露西，让我进去！我真的觉得自己快晕倒了！”玛丽阿姨喊道，“我要晕倒在你的宝贝栀子花上了！”

“这游戏真有趣！”露西夸张地咯咯笑。这笑容让苔丝想起小时候母亲试图让自己相信圣诞老人时做的无用功。她大概是这世上最不会撒谎的人了。

“去开门吧。”苔丝对利亚姆说完，便对玛丽阿姨指了指前门的位置，“我们来了。”

玛丽阿姨在花园里踉跄了一下：“哎呀，雏菊。”

“去你的雏菊吧。”露西小声嘟囔道。

想到再也不能和费莉希蒂分享关于她们母亲的趣事，苔丝感到过一阵失落。在她眼中，真正的费莉希蒂已经随着她肥胖的身体一同消失了。真正的她是否还能回来？又或者，她本就没存在过？

“亲爱的，”玛丽阿姨柔声感叹，“还有利亚姆！你又长高了！怎么长得这么快？”

“你好，费尔姨父。”苔丝到矮树丛处向躲在那儿的姨父问好。让她惊讶的是，费尔姨父突然把她拉进怀里，给她一个笨拙的拥抱。他轻声在苔丝耳边说：“我深深地为我的女儿感到羞耻。”

接下来费尔站直身子：“你们女人聊天时，就由我来照看利亚姆吧。”

利亚姆正安全地和费尔姨父一同看电视，三个女人因此有机会好好聊聊。

“我已经说得很清楚，让你别到这儿来。”露西的语气不再冰冷。在姐姐带来的巧克力蛋糕面前，她可不知该如何抵抗。

玛丽对妹妹翻了个白眼，接着用她那温暖肉感的手掌握住苔丝的双手：“甜心，很抱歉看到这种事发生在你身上。”

“这可不仅仅是她一个人的事。”露西的怒火瞬间被点燃了。

“我想说的是，费莉希蒂没有其他选择。”玛丽继续道。

“哦！我居然没意识到这一点！可怜的费莉希蒂！一定是有人拿着枪强迫她了，对吗？”露西用手摆出枪的形状。看她激动的样子，苔丝不禁担心起母亲上次测量血压是何时。

玛丽毅然忽略了妹妹，继续与苔丝的对话：“甜心，你明白的，费莉希蒂绝不会刻意让这种事发生。这对她而言也是折磨。折磨！”

“你在开玩笑吗？”露西咬下一大口蛋糕，“你难道想要苔丝为费莉希蒂感到难过？”

“我只希望你能认识到这一点，由此原谅她。”玛丽假装露西根本不在身边。

“好了，这就够了，”露西厉声道，“我不想听到从你嘴里再说出一个字。”

“露西，有时候爱情会从天而降！”玛丽终于对妹妹开口，“这种事总会发生！出其不意地降临！”

苔丝只是盯着手中的茶杯。这事真是出其不意的吗？又或者他们之间早已生出情愫，就在她眼皮底下？实际上，他俩第一次见面就给彼此留下了深刻印象。“你的表妹有趣极了。”三人第一次共进晚餐后，威尔这样说过。苔丝把这话当作了对自己的赞美，因为她认为费莉希蒂是自己的一部分，是她让费莉希蒂陪伴在身边的。而威尔欣赏费莉希蒂的事实（他不像苔丝的历任男友，其中有几个甚至很不喜欢费莉希蒂）曾为他加了好多分。

费莉希蒂第一次和威尔见面就对他有好感。“这个男人值得嫁，”晚餐后，第二天她便对苔丝说，“他就是你的真命天子，我能看出来。”

难道费莉希蒂那时候已爱上了威尔，而如今的一切都是不可避免、能够预见的？

苔丝还记得自己介绍两人认识的那天是多么幸福愉悦。她似乎历经风雨，好不容易到达目的地，爬上山峰。“他是完美的，对吗？”她曾幸福地问费莉希蒂，“他得到了我们的心，他是第一个得到我们真心的男人。”

我们，不是我。

苔丝的母亲和阿姨还在争论，完全没注意到苔丝一言未发。

露西以手蒙眼。“这可不是什么温暖的爱情故事，玛丽！”她挪开手，对姐姐严肃地摇摇头，仿佛她是罪大恶极的坏人，“你到底哪里不对？说真的，是哪里不对？苔丝和威尔结婚了。你是不是忘了，这件事还牵扯到一个孩子？我的外孙！”

“但你看到他们已经想尽办法弥补你了，”玛丽对苔丝说，“他们都深爱着你。”

“这很好。”苔丝回答。

过去的十年间，费莉希蒂占去了他们太多的私人空间，威尔却从未抱怨过一句。这也许是个征兆，预示着苔丝于他而言还不够好。哪个正常男人会容忍妻子的胖表妹每年夏天都住在自己家？除非他爱上了她。苔丝真是个傻瓜，居然没有看清这一点。她曾经很享受费莉希蒂和威尔相互戏谑、捉弄对方的过程。费莉希蒂在身边时，苔丝总觉得更加自在，因为费莉希蒂比任何人都了解她。她会让苔丝闪耀出光芒，会因为苔丝的笑话放声大笑。她帮助苔丝定义和塑造其人格，让威尔看见真实的苔丝。

而费莉希蒂在场时，苔丝会感觉自己比平常漂亮。

苔丝把冰冷的手指按在发烫的脸颊上，这感觉羞耻且真实，苔丝从不反感费莉希蒂的肥胖，还乐于看到自己在她面前显得更加轻盈纤瘦。

费莉希蒂减肥时，苔丝全然没意识到不妥。她从没想过威尔会用男性的眼光看待费莉希蒂。在三人畸形的关系里，她一直坚信自己所处的位置。苔丝是这三角形的顶点。威尔最爱的是她。费莉希蒂最爱的也是她。她正是这段关系的中心。

“苔丝？”玛丽轻唤一声。

苔丝把手放在阿姨的胳膊上：“让我们聊聊其他话题吧。”

两粒大大的泪珠像蜗牛足迹一样自玛丽涂满脂粉的脸上滑落。玛丽用皱巴巴的纸巾拍拍脸颊：“费尔不希望我来。他说我帮不上忙，反而会坏事，可我希望做些什么。今天一上午，我都在看你和费莉希蒂小时候的照片。你们共同拥有那么多欢乐时光！这是最糟糕的部分。我不忍看到你们从此疏离。”

苔丝拍了拍阿姨的胳膊。她自己的眼睛倒是又干又涩，心脏紧缩得像只拳头：“恐怕你不得不忍下去了。”

第十章

“你不会真的打算让我去参加特百惠派对吧？”瑞秋几周前与马拉共饮咖啡时问。

“你是我最好的朋友。”马拉搅拌着杯中的卡布奇诺。

“我的女儿被人谋杀了，”瑞秋说，“这也就意味着我余下的半生都用不着参加派对了。”

马拉扬起眉毛。她的眉毛似乎能说话。

马拉有权扬眉。警察找上门时，艾德正在阿德莱德市出差（艾德经常因公出差）。当警察揭开那再普通不过的白床单，露出珍妮的脸时，是她陪伴在瑞秋身边。瑞秋腿软的一瞬间，马拉早就做好准备，一把拉住了她。她一只手托住瑞秋的手肘，一只手拉着她的上臂。她是个助产士，多次在强壮的丈夫们昏厥倒向地面的前一秒把他们及时扶起。

“抱歉。”瑞秋说。

“珍妮一定愿意来参加我的派对，”马拉的眼里涌出泪花，“珍妮爱我。”

她说得没错，珍妮的确崇拜马拉。她经常鼓励瑞秋学习马拉的穿着。有一次，瑞秋的确听从马拉的建议买了条裙子，可那条裙子给她带来了什么?

“我可不确定珍妮是否愿意参加特百惠派对。”瑞秋看到身旁的餐桌边一位中年女人正与自己的孩子争论着什么。如往常一样，这场景让瑞秋想起珍妮。她若是活着，现在也该是个四十五岁的中年女人了。瑞秋想象不出珍妮四十五岁的样子。瑞秋时常在商店里遇见珍妮的旧友，她总能在这些女人如今圆润平凡的脸上看到她们十七岁时的样子。她总要强忍着不对那些女人感叹：“上帝啊，亲爱的，你怎么变得这么老了。”那就像对孩子说：哎呀，你长得那么高啦。

“我记得珍妮是个爱整洁的孩子，”马拉回忆道，“她喜欢收拾东西。我打赌她会愿意来特百惠聚会的。”

马拉的妙处在于，她很清楚瑞秋多么渴望讨论珍妮可能拥有的未来。瑞秋强烈地想知道珍妮会有几个孩子，会嫁给怎样的丈夫。这些想法能让她感觉女儿还活着，虽然这感觉只能维持一瞬。但艾德恨透了这类有关假想的谈话，还会因此愤然离开房间。他无法理解瑞秋为何要考虑这些本可能发生却未能发生的故事，不如早早地接受现实。“抱歉，我在说话呢！”瑞秋会对着他的背影喊道。

“请务必来我的特百惠派对。”马拉再次发出邀请。

“好吧，”瑞秋无奈地说，“但你要明白，我可不会买任何东西。”

此时此刻，瑞秋正坐在马拉家的客厅里。客厅内拥挤而喧闹，塞满了手握鸡尾酒碰杯的人。瑞秋两旁坐着马拉的两个儿媳妇——伊娃和亚丽安娜。她们可从没想过搬去纽约，两人还都怀着马拉的孙儿。

“我实在耐不住疼，”伊娃对亚丽安娜诉苦道，“我对产科医生说：‘听着，我对疼痛的忍耐度为零。零，你明白吗？所以别再告诉我生孩子有多疼。’”

“好吧，没人会喜欢疼痛的，”亚丽安娜似乎在斟酌着每个字，“除了受虐狂？”

“这真是不可接受，”伊娃继续道，“现在都什么年代了。我对疼痛说：‘不，谢了，你不用理我。’”

啊哈，看来是我错了。瑞秋暗自想着，我也应该对疼痛说“不，谢了，不用理我”。

“看看是谁来了，女士们！”马拉手中托着一盘香肠卷，身边站着塞西莉亚·费兹帕特里克。塞西莉亚看上去像个抛过光的闪亮小人，她的身后拖着一只黑色行李箱。

能让塞西莉亚帮忙筹办派对可不容易，她的行程早被人预定好了。按照她婆婆的说法，“在她之下”有六位特百惠销售顾问。她们总爱尝试各种短期出境游，时间被安排得满满的。

“塞西莉亚，”马拉有点手忙脚乱，香肠面包在盘子里滑动，“想不想来杯什么？”

塞西莉亚把箱子推到一边，及时伸手挽救了那盘香肠卷。

“给我一杯水就好，马拉，”她回答，“做自我介绍时，不如让我帮你拿着这些吧。我想这几位我已经认识了。大家好，我是塞西莉亚。你是亚丽安娜，对吗？要来些肉肠卷吗？”亚丽安娜只是茫然地看着塞西莉亚。“你妹妹是我女儿波利的芭蕾舞老师。瞧，我来给你推荐一样为宝宝盛浓汤的完美容器！还有瑞秋，真高兴见到你。小雅各最近怎样？”

“他要搬去纽约两年。”瑞秋拿了一块肉肠卷，对塞西莉亚露出一个别扭的苦笑。

塞西莉亚停下手中的动作，同情地感叹：“哦，瑞秋，怎么会这样？”但她很快又如往常一样迅速找出所谓的解决方案，“可你会看望他们的，对吗？最近有人告诉我一个网站，里面有齐全的纽约租房信息，我会把链接发给你的。”她继续向前走，“嗨，我是塞西莉亚。要来些肉肠卷吗？”

她在房间内穿梭着递送食物和客套话，用她特有的带穿透力的目光看着每一位客人。等她准备展示产品时，大家都乖乖把膝盖转到她的方向，表情专注，已准备好购买特百惠。她像一位坚定而公正的老师掌控了闹哄哄的教室的状况。

让瑞秋惊讶的是，她居然很享受这个夜晚，也许因为马拉提供的鸡尾酒都是上等佳品，同样因为塞西莉亚。塞西莉亚的产品介绍会活泼轻快，却带着些福音传教式的味道（“我就是个狂爱特百惠的怪胎。”她对人们说，“我爱极了这些产品。”瑞秋认为塞西莉亚真实的激情不仅打动人，还能让人对话题内容产生强烈兴趣，能让胡萝卜变得更脆甜的厨具不失为一样好东西）。派对期间还有一项小竞赛，每位回答对问题的宾客都能得到一块巧克力硬币，当晚获得硬币最多的人将会赢得一件奖品。

其中一些问题是关于特百惠的。瑞秋不知道答案，并认为自己不需要知道这些答案。她不知道全世界每过二点七秒就会举办一场特百惠家庭销售会（“一秒、两秒——又一场特百惠派对开始了！”塞西莉亚哇哇叫着），也不知道是厄尔·特百发明了密封罐。不过了解一些常识总是好的，随着眼前的巧克力硬币一点点增加，她的竞争欲也被唤醒。

一场激烈的比赛在瑞秋和马拉的助产士朋友珍妮·克鲁斯之间展开。每赢得一块巧克力币，瑞秋居然兴奋地对着空气挥舞拳头：“电视剧《儿女》中的帕特里克是谁扮演的？”

瑞秋知道答案是罗威纳·华莱士，珍妮青春期时就对这部愚蠢的电视剧着了魔。这答案得归功于珍妮。

瑞秋已不记得自己曾多么享受胜利的感觉。

实际上瑞秋玩得太尽兴，还买下了价值三百元的特百惠厨具。塞西莉亚向她保证这些厨具不仅会改变她的食品柜，还会改变她整个人生。

夜深时，瑞秋已然微醺。

事实上，所有人都有些醉了，除了马拉提前离席的大肚媳妇和塞西莉亚。瑞秋大概已醉在特百惠带来的欢愉中。

丈夫们已打来电话，大家开始商量搭便车的事。瑞秋坐在沙发上，开心地吃着赢来的巧克力。

“你呢，瑞秋？想好要怎样回家了吗？”塞西莉亚问。这时候，马拉正在前门对她的网球友们道别。塞西莉亚已把所有的特百惠样品装进黑色行李箱，除了脸颊的两抹潮红，她还和刚进门时一样完美无瑕。

“我吗？”瑞秋四下望去，这才发现自己已是最后一位客人，“我没事的，我可以开车回家。”

瑞秋从没考虑过自己要另想法子回家。她和众人不同，让人们心烦的事总不会引起她的忧虑，她似乎对平凡琐碎的人生有着免疫力。

“别开玩笑了！”马拉“嗖”的一声溜进屋。今晚真是场大胜利，“你不能开车，疯姑娘！马克会开车送你，他正好也没其他事可干。”

“没关系的，我搭出租车就好。”瑞秋起身说。她的视线变得模糊。瑞秋其实不愿让马克送她。特百惠派对时，马克一直在埋头忙自己的事。他是男人中的男人，与女人一对一谈话时却害羞无比，和他单独待在车里真是太折磨人了。

“你住在康比路的网球场旁，对吗？”塞西莉亚问，“我们正好顺路。我可以载你回去。”

没过多久，二人挥别马拉。瑞秋坐上塞西莉亚印有特百惠标志的福特车。这车舒适、安静、整洁，闻上去味道也不错。塞西莉亚的车技同她的办事风格一样，稳重而灵活。瑞秋把脑袋靠在椅背上，等待塞西莉亚开始她的闲聊，关于彩票、狂欢节、时讯和一切与圣安吉拉教区有关的事。

然而，瑞秋等到的只是一片安静。她从侧面瞥了塞西莉亚一眼。她咬着下唇，像被什么想法困扰着。

婚姻问题？孩子的问题？瑞秋记起自己当年如何烦恼于房事、调皮的孩子、坏掉的电器和钱的问题。

走到这把年纪的瑞秋意识到这些问题都不算什么，根本不值一提。她甚至开始渴望这些烦恼，渴望像一个妻子和母亲一样与棘手的问题做斗争。举办了一场成功的特百惠派对后，塞西莉亚·费兹帕特里克还能回家和女儿们相聚，能忧心于一些让其忧心的琐事，这样的生活多么美好。

最后，还是瑞秋打破了沉默。“我度过了一个有趣的夜晚，”她说，“你做得很好，怪不得你会如此成功。”

塞西莉亚耸耸肩。“谢谢你，我热爱这份工作，”她微笑着说，“我妹妹经常因此取笑我。”

“那是嫉妒。”

塞西莉亚打了个哈欠又耸耸肩。她此刻的样子和平常大不一样，不再像马拉派对上忙碌的主持人，也不像每日穿梭于圣安吉拉教区的那个女人。

“我真想看看你的餐具室，”瑞秋打趣地说，“我打赌里面所有东西都贴好标签，收拾得整整齐齐。而我的餐具室，就是一场惨剧。”

“我对自己的餐具室还是挺骄傲的，”塞西莉亚微笑着回答，“鲍约翰说它像一只装满食物的档案柜。我可怜的女儿们要是把东西放错了地方，我一定气得跳脚。”

“你的女儿们近来怎样？”

“她们很棒，”瑞秋瞥见塞西莉亚迅速地一皱眉，“她们长得可快了，对我说起话来也开始没大没小的。”

“你的大女儿，”瑞秋说，“伊莎贝尔，一次集会时我看见了她。她让我想起了我的珍妮。”

塞西莉亚没有回应。

我为什么要对她说这个？瑞秋想着。我一定太醉了，没有哪个女人愿意听到自己的女儿和一个被人掐死的女孩相像。

塞西莉亚直视着前路：“关于您的女儿，我只有一小段记忆。”

第十一章

“关于您的女儿，我只有一小段记忆。”

这样说真的好吗？她会不会引得瑞秋流下泪来？她刚刚赢得了比赛，看上去还很兴奋。

面对瑞秋，塞西莉亚总觉得不自在，她总会感觉自己渺小而微不足道。在一个以那种方式失去女儿的女人面前，整个世界都是微不足道的。她想设法告诉瑞秋，她知道自己很渺小。塞西莉亚几年前在一个电视节目上看到，悲痛的父母总愿意听到人们与其分享关于他们孩子的回忆。因为他们不可能再有新的经历，所以分享旧时回忆对他们已是莫大的安慰。自那以后，每见到瑞秋，塞西莉亚总会想起与珍妮之间的这段回忆。虽说只是件琐碎小事，却也想与瑞秋分享，然而，她一直没机会说出这些。总不能在学校办公室、谈制服商店与球赛时间表时提到这件事吧?

而现在正是时候，也是绝无仅有的机会。珍妮可是瑞秋一手带大的。

“我和她不是很熟，”塞西莉亚支支吾吾地说，“她比我高四个年级，可我还能记住一些事。”

“请你继续，”瑞秋坐直身子，“我很乐意听到关于珍妮的往事。”

“其实只是一件小事，”现在塞西莉亚开始担心自己所说的是否不够精彩，正考虑着是否需要加以润色，“我那时正念二年级，珍妮念的是六年级。我知道她的名字，因为她那时候是红队队长。”

“啊哈，没错，”瑞秋微笑着说，“我们把所有东西都染成了红色，还不小心把艾德的一件工作服也染成了红色。真有趣，我怎么能把这些忘了。”

“那是一场校园狂欢节。你还记得我们从前走的队列表演活动吗？每个队伍都排成椭圆形队列行进。我经常和康纳·怀特比说，学校应该重启队列表演活动，可他只是笑我。”

塞西莉亚看到瑞秋的笑容减弱了一些，可她决定继续讲下去。她说的话是让人心烦意乱还是让人提不起兴趣？

“那时候我很看重队列比赛，一心想要红队赢。可我不小心摔倒了，也正因如此，我身后的所有孩子都撞到了一起。队伍末端的厄休拉修女喊得像个午夜女妖一样。我们获胜无望了，我哭得死去活来，以为那就是世界末日。这时候珍妮·克劳利，你的珍妮，她跑来扶我起身，拍拍我背后的土，轻声在我耳边说：‘没关系的，这不过是一场愚蠢的队列展示。’”

瑞秋没有说话。

“就是这些了，”塞西莉亚恭顺地说，“不是什么大事，可我一直……”

“谢谢你，亲爱的。”瑞秋说。塞西莉亚感觉这句感谢像个成年人因为孩子用硬纸板为自己做成的书签致谢。瑞秋扬起一只手，像在对某个看不见的人招手。她让自己的手温柔地落在塞西莉亚肩膀上："那就是我的珍妮。'这不过是一场愚蠢的队列展示。'你知道吗，我想我记得这件事。所有孩子都摔倒在地，我和马拉在一旁笑得合不拢嘴。"

她暂停了一下，塞西莉亚感觉腹中一紧，她要流泪了?

"上帝啊，我真有些醉了，"瑞秋说，"我本打算自己开车回家的。这冲动的选择有可能会害死某个可怜鬼。"

"不会的。"

"今晚我真的非常开心！"瑞秋转过头面对车窗，轻轻把头靠在玻璃上，这更像个年轻些的女人醉后会做的。"我应该尽量出来走走。"

"哦，这很好！"塞西莉亚感叹道。这是她的功劳，是她使得瑞秋有了重新出门走动的想法。"你一定要来波利复活节后的生日会。周六下午两点，是场海盗主题的派对。"

"你真好。但我觉得波利一定不希望看到我来搅局。"瑞秋拒绝道。

"你一定得来，很多客人都是你认识的。鲍约翰的母亲、我的母亲、露西·奥利瑞和苔丝一家都会来，"塞西莉亚突然强烈渴望着瑞秋的来临，"你可以带你的小孙子来，把雅各带来！姑娘们一定会喜欢这个小宝宝。"

瑞秋神色一亮："没错，我的确答应过罗布、罗兰，他们在纽约准备租房时帮他们照顾雅各。哦，我家到了，就在前面。"

塞西莉亚把车停在红砖屋外，屋子里所有的灯似乎都已经开了。

"感谢你送我回家。"和塞西莉亚的母亲一样，瑞秋小心翼翼地移动臀部挪下车。塞西莉亚注意到，到了某个年纪，人们便会开始弯腰和颤抖，他们不再相信自己的身体还和从前一样强健。"我会去学校给你送份邀请函！"塞西莉亚侧身朝窗外喊道。她不知道自己是否应该下车扶瑞秋进屋。她的母亲总觉得这是种侮辱，而鲍约翰的母亲则会觉得不扶她很不体贴。

“很好。”瑞秋回答，同时健步如飞，像是读懂了塞西莉亚的担忧。她要证明自己还没那么老，用不着人们下车来搀扶。

塞西莉亚开始倒车，待倒车完成，瑞秋已经进了屋，紧紧地关上前门。

塞西莉亚想透过窗户看看瑞秋的影子，无奈什么也没见到。她试想着瑞秋此刻在做些什么，又有着怎样的感受。她孤独地守着一座大房子，陪伴着丈夫和女儿的灵魂。

好吧，她把一位小有名气的老太太送回了家，还对她提到了珍妮！这让塞西莉亚有些喘不过气来，这过程其实也不错。塞西莉亚想着。如杂志上建议的，她为瑞秋献上了一份回忆。她感到一丝成就感，满足于自己终于做到了很久以前就想做的事。可她很快为自己自豪和愉悦的心态感到羞耻，这些心态不该和瑞秋的悲剧联系到一起。

塞西莉亚停在一盏红绿灯下，想起下午那愤怒的卡车司机，一瞬间，先前的生活琐事冲进脑海。送瑞秋回家时，她暂时忘记了烦恼，忘记了波利和埃斯特今日在车内提到的怪事，忘了自己决定今晚便打开神秘信件。

她仍然觉得自己有正当理由吗？

语言矫正课后的一切平静安宁。女儿们没再披露什么秘密，伊莎贝尔剪完头发似乎也兴高采烈。她换成了小精灵式的短发，似乎认为这发型让自己显得成熟老练。实际上，这发型只让她显得更加年轻甜美。

信箱里有一封鲍约翰寄给女儿们的明信片。他和女儿们有个约定，每次出门都要寄来他能找到的最傻的明信片逗女儿们一笑。今天的明信片上印着一只皮肤皱巴巴的小狗，小狗头上还戴着冕冠和串珠。女儿们一如既往地被逗得花枝乱颤，开心地把明信片贴在冰箱上。

“哦，拜托。”前方的一辆车突然转弯驶入这条小巷。塞西莉亚只是按了按喇叭，也没再理会。

“请记下这一点，我没像个疯子一样又喊又叫。”塞西莉亚想起下午神经质的卡车司机。前方是辆出租车，样子很是奇怪，隔几秒就踩一次刹车。

好吧。这辆出租车一直挡在塞西莉亚前方，并且开进了她所住的街道，突然停在她家门前。

出租车内开了灯，塞西莉亚看到乘客坐在副驾驶位上。一定是金士顿家的男孩。金士顿家住在马路对面，他们家有三个二十来岁还住在家里的男孩。他们花着昂贵的私校学费，却毕不了业，只会在酒吧买醉。“如果金士顿家的男孩日后看上了我家女儿，”鲍约翰表示，“我得准备一杆猎枪。”

塞西莉亚停在车道上，一边按着喇叭，一边在后视镜里观察。出租车突然开始启动，一位肩膀宽阔、身着西装的男士从车内拖出行李。

那不是金士顿家的男孩。

是鲍约翰。每回突然看到身着工作服的鲍约翰，塞西莉亚总会感到陌生。她感觉自己仿佛还是那个二十三岁的姑娘，而他却独自变老，长出白发。

鲍约翰提前三天回了家。

塞西莉亚又喜又恼。

她已经失去了机会，不能再把信打开了。塞西莉亚熄灭引擎，拉下手闸，解开安全带，打开车门奔向丈夫。

第十二章

“你好。”接起客厅内的电话时，苔丝费解地看了一眼手表。

已经是晚上九点，这肯定不是推销电话。

“是我。”

电话那头传来费莉希蒂的声音，苔丝感觉一阵紧张。费莉希蒂一整天都在打她的手机，在语音信箱留言及发短信。苔丝没有听一条留言，也没看一条短信。刻意忽略费莉希蒂让她感觉别扭，像在强迫自己做一些极不自然的事。

“我不想和你说话。”

“什么都没有发生，”费莉希蒂抢着说，“我们至今没有肌肤之亲。”

“看在上帝的分儿上。”让苔丝惊讶的是，她居然开始哈哈大笑。不是苦涩的假笑，是真正的大笑。真荒唐。“是什么耽误了你们的好事？”

在客厅墙上挂着的镜子里，苔丝看到自己的笑容一点点消失，好像突然了解到这不过是个残忍的玩笑。

“我们一直想着你，”费莉希蒂说道，“还有利亚姆。床品网站的生意黄了，我只是顺便提一下，我不该和你聊工作的。现在我正在自己的公寓里，而威尔一个人在家。他的状态看起来糟透了。”

“你真可悲，”苔丝转身背对镜中的影子，“你们都那么可悲。”

“我明白，”费莉希蒂的声音那么轻，苔丝只得将听筒紧紧贴在耳边，“我是个荡妇，是那种让我们都讨厌的女人。”

“你大声一点！”苔丝不耐烦地说。

“我说我是个荡妇！”费莉希蒂重复道。

“你可别指望我会否认这一点。”

“我没有，当然没有。”

两人沉默了一小会儿。

“你想让我原谅你，”苔丝很清楚表妹的意图，“对吗？想要我大度地说一切都没关系。”

这就是她的职责，是她在这段三人关系中扮演的角色。费莉希蒂和威尔总是扮演抱怨、咆哮的角色，他们总会被客户伤害，被陌生人伤害。他们会猛拍方向盘愤怒地喊着：“开玩笑的吧？”而苔丝需要做的工作便是安抚他们，让他们高兴，帮助他们用积极的态度看待问题。没有苔丝的帮助，他俩怎么可能走到一起？他们需要苔丝在一旁打气：“这不是你的错！”

“我没这样想过，”费莉希蒂说，“没指望你为我做任何事。你还好吗？利亚姆怎么样？”

“我们很好。”苔丝感到一阵无法抗拒的疲劳，随之而来的是做梦般的超然感。这一系列激烈情感的侵袭使她精疲力竭。苔丝找了把椅子坐下，“利亚姆明天开始将要在圣安吉拉小学上学。”

“明天？会不会太着急了？”

“明天有场复活节彩蛋狩猎活动。”

“啊哈，”费莉希蒂说，“巧克力，那是利亚姆的克星。他的老师不会是教过我们的疯修女们吧？”

苔丝听了，忍不住在心里抱怨：“别这样和我闲聊，假装一切正常！”然而不知为何，苔丝继续同费莉希蒂聊着。她已身心俱疲，不愿再生事端。于是，她同费莉希蒂聊起了悉尼的每日生活。费莉希蒂曾是她最好的，也是唯一的朋友。

“修女们都去世了，”苔丝说，“可我得知康纳·怀特比在学校担任体育老师。还记得他吗？”

“康纳·怀特比，”费莉希蒂重复道，“是在悉尼时你约会过的那个可怜又阴森森的小子？我记得他是个会计。”

“他改行了。再说他才没有阴森森呢。”苔丝说。他难道不是个很棒的男朋友？苔丝突然想到，康纳就是那个迷恋自己玉手的前男友。真奇怪，昨天晚上她还在想着康纳，今天他就再度出现在自己的人生中。

“他就是个阴沉的人，”费莉希蒂坚定地说，“还是个老头。”

“他只比我大十岁。”

“无论如何，我记得他曾经就很吓人，现在一定更吓人了。体育老师们身上总有些让人讨厌的地方，就藏在他们的运动服、口哨和剪贴板里。”

苔丝握紧电话筒。费莉希蒂又在自以为是。她总以为自己知晓一切，深知人性，比苔丝更尖锐干练。

“看来那时候你并未爱上康纳·怀特比，”苔丝生气地说出了这句让人讨厌的话，“威尔是第一个讨得你欢心的？”

“苔丝……”

“不用麻烦了。”她打断表妹的话。一股愤怒与受伤的感觉涌上喉咙，但她又吞了下去。怎么会发生这种事？她明明那么爱他们，对他们付出一样多的真心。“还有什么事吗？”

“看来我用不着和利亚姆道晚安了，对吗？”费莉希蒂低声下气的语调和本人全然不符。

“不用了，”苔丝回答，“他已经睡了。”

利亚姆其实没睡。苔丝刚刚经过他的卧室，即苔丝父亲的原书房，见到他正躺在床上玩游戏机。

“请替我向他问好。”费莉希蒂胆怯地说。她似乎用尽全部勇气，努力面对一件完全超出她控制力的难事。

利亚姆很喜欢费莉希蒂。利亚姆有一种特别的轻笑是只会在费莉希蒂面前露出的。

愤怒爆发了。

“当然，我会向他转达的，”苔丝对着话筒啐了一口，“请告诉我，我为什么不顺便对他说，你正处心积虑地破坏他的家庭？我为什么不会提到这些？”

“哦，上帝啊。苔丝，我真的……”

“别再说什么抱歉，你胆敢再说一遍！这都是你自己的选择，是你让一切发生的。你对我做了这些，对利亚姆做了这些。”苔丝情不自禁地抽泣起来，像个孩子一样前后摇晃着身子。

“你在哪儿，苔丝？”露西在房子另一端喊道。

苔丝立刻站起身来，火急火燎地用手背擦干脸颊。她不愿母亲看到这样的自己。苔丝无法忍受自己的痛苦映射在母亲的脸上。

“我要走了。”

“我……”

“我不在乎你和威尔有没有肌肤之亲，”苔丝打断道，“事实上，我觉得你更应该让自己的欲望发泄出来。可我不会让利亚姆在一个离异家庭中长大的。我父母分开时你也在场，你明知道这将对我造成怎样的伤害，我真不敢相信……”

苔丝感觉胸口袭来一阵烧灼般的疼痛，于是赶紧按住胸口。

电话那头的费莉希蒂没有回答。

“和他在一起，你不可能永远幸福下去的，”苔丝继续道，“你很清楚这一点，不是吗？我会一直等着，等待这场闹剧结束，等待你最终离他而去。”苔丝颤抖着深吸一口气，“你就去搞这次外遇吧，然后把我的丈夫还给我。”

1977年10月7日：东德警察与抗议者发生武装冲突，造成三位青年死亡。当时露西·奥利瑞正怀着她的第一个孩子，她在报纸上读到这篇报道，忍不住泪流不止。露西的双胞胎姐姐玛丽同样怀着第一个孩子，读到报道的第二天她便打来电话，想问问露西这篇报道是否让她流泪。她们聊到了这世间发生的各种不幸，又很快将话题转移到宝宝身上。

“我认为我们怀的是男孩，”玛丽表示，“他们会成为最好的朋友。”

“也不一定。他们的关系也许坏到忍不住想杀死对方。”

第十三章

瑞秋坐在水汽弥漫的浴室里，双手努力撑住浴缸测沿。醉后沐浴可真是个愚蠢的点子。爬出浴缸时，她说不定会滑倒跌伤髋骨。

不过，这也许是个绝佳策略。罗布夫妇或许会因此取消纽约之行，选择留在悉尼照顾她。瞧瞧露西·奥利瑞。一听说她跌伤了脚踝，露西的女儿便从墨尔本赶来照顾她了。她甚至把儿子从墨尔本的学校转了出来，现在想想还真有些夸张。

一想到奥利瑞家的女儿，瑞秋便想到了康纳·怀特比，以及他见到苔丝时的表情。瑞秋不知道自己该不该提醒露西："你最好小心点，康纳·怀特比很可能是个杀人犯。"

当然，他也可能和罪案毫无关联，仅仅是个完美的体育老师。

瑞秋有时会在操场上看见康纳和孩子们。他的哨子挂在脖子上，与孩子们共同享受着阳光，吃着红苹果。每到这时，瑞秋总忍不住在心中感叹："他是个如此优秀的男人，根本没道理伤害珍妮。"而在一些阴沉多云的天气，瑞秋偶尔看见康纳面无表情地独自走着。见到他轻而易举能置人于死地的强健体格，瑞秋总会想：你知道在我可怜的女儿身上发生了什么。

瑞秋轻合双目，把头枕在浴缸壁上，回忆起自己第一次听说康纳的情形。贝拉赫警长告诉她，最后一个见到珍妮活着的人是一个名叫康纳·怀特比的学生。瑞秋当即表示："但这不可能，我从未听说过他。"她认识珍妮所有的朋友及他们的母亲。

艾德曾要求珍妮在完成高中结业考试前不准交男朋友。他把这事看得十分重要，而珍妮也没有同父亲争论。瑞秋曾经天真地认为，女儿对男孩们还未提起兴趣。

瑞秋和艾德第一次见到康纳是在女儿的葬礼上。他与艾德握手，把他冷冰冰的脸颊贴在瑞秋脸上。康纳是噩梦的一部分，同眼前的棺木一样虚幻且错误。数月后，瑞秋在一张照片中发现了康纳。他正为珍妮说的某句话咧嘴大笑。

多年后，康纳在圣安吉拉小学谋了份工作。直到看到雇员申请表的那一刻，瑞秋才认出他来。

"不知道您是否记得我，克劳利太太。"

"我记得你。"瑞秋冷冰冰地回答。

"我仍然会想到珍妮，"康纳说，"一直如此。"

瑞秋不知道自己要如何回答，只在心中呐喊着："你为什么要想着她，因为正是你杀害了她？"

他的眼中绝对藏着愧疚，瑞秋明白这不是自己臆想出来的。她已经做了十五年行政秘书，康纳看她的眼神就像被送到校长室的调皮孩子。他的内疚究竟是因为谋杀，还是别的什么？

"但愿我在这儿工作不会让您感觉不快。"康纳说。

“我完全没问题。”瑞秋平淡地回答。这也是他们最后一次聊到这个问题。

瑞秋想过辞职。在珍妮就读过的学校工作总让她感觉苦乐参半。操场上双腿瘦得像小鹿斑比一样的女孩们纷纷从瑞秋身边经过，她总能在她们身上瞥见珍妮的影子。夏日午后，见到妈妈们来学校接孩子们放学，瑞秋便会想到许多年前的夏天，她也曾带着冰激凌来学校接自己的一双儿女。看到妈妈手中的冰激凌，孩子们的小脸总会兴奋得发红。珍妮高中时便去世了，因此瑞秋对圣安吉拉小学的回忆历久弥新。直到康纳·怀特比的出现，驾驶着轰鸣的摩托车从瑞秋柔软的墨色回忆中驶过。

瑞秋最终选择留下。她享受于自己的工作，并认为应该离开的那人不是自己。更重要的是，即使为了珍妮她也不该逃离。瑞秋要勇敢地面对这个男人，每一天，无论他做了什么。

他若真的杀害了珍妮，又怎么会和她母亲在同一个地方工作？又怎会说出“我仍然想着她”这种话？

瑞秋睁开眼，感觉一个名为“愤怒”的小球卡在喉中。除了愤怒，还有“未知”，该死的未知。

她往洗澡水中添了些冷水。这水实在太烫了。

“一切都源于未知。”一位身材娇小，长相优雅的女人曾这样说。她是谋杀受害者互助组的一位成员，瑞秋和丈夫参加过几次互助会。他们坐在查茨伍德区一座冰冷的社区礼堂里，用颤抖的手握着一次性塑料杯装的速溶咖啡。那个女人的儿子在一次板球练习后被人谋杀于回家的路上。由于没有目击证人，那孩子无声无息地去了。“都因为这该死的未知。”

那女人声音柔美，发音与英国女王极像，听她说话就像在听女王宣誓一样。

“我不愿对你说这些，亲爱的。可知道了真相并不会让你好过一些。”一个矮胖的红脸男人打断了她。谋害他女儿的凶手已被判处终身监禁。

瑞秋和艾德都很不喜欢那个红脸男人，他们不再去互助组就因为他。

人们总认为悲剧使人明智。悲剧事件似乎能自动将人们提升到一个更高的精神层面。但瑞秋不这么认为。悲剧使人变得可怜且充满恨意，并不会给你带来什么智慧或领悟。对于人生，瑞秋并没有生出什么高见，仅仅认识到它随意且残忍。一些人残忍地被他人杀害，其他人因为自己不经意的错误付出巨大代价。

瑞秋用冷水打湿毛巾，像发烧的病人一样把湿毛巾敷在额头上。

七分钟。她的错误能用分钟衡量。

马拉是唯一知道真相的人，连艾德都不知道。

那时候，珍妮时常抱怨自己整天都打不起精神。“多做些运动，”瑞秋不断地对女儿说，“别那么晚睡觉。多吃点东西！”珍妮简直瘦得皮包骨。后来，珍妮抱怨自己的后背隐隐作痛：“妈妈，我真心觉得自己患上了腺热。”瑞秋听罢预约了巴克利医生，希望检查之后女儿能意识到自己身体无恙，只需要做好妈妈建议的事就行。

珍妮通常在惠康比站下公交。瑞秋原计划去高中接女儿，直接把她领到巴克利医生的诊所。那天早晨她还提醒过女儿。

然而，瑞秋迟到了七分钟，待她行驶到街角，珍妮已经不在那儿了。“她一定是忘了。”瑞秋不耐烦地用手指敲击着方向盘。珍妮讨厌等待。这孩子实在太没耐心，瑞秋又不是准时准点的公交司机。那年头还没有移动电话。瑞秋别无选择，只能在车内等上十分钟，之后无奈地开车回家打电话取消预约。

瑞秋其实并未感到担心。她只是不高兴。她明白珍妮的身体好得很，预约医生只不过是为了让珍妮安下心来。过了许久，直到嘴里塞满三明治的罗布问珍妮去哪儿了，她抬头看时钟的那一刻，瑞秋才开始感到一丝恐惧。

没人见到珍妮在路旁等母亲。瑞秋从未想过，短短七分钟会给她的生活带来翻天覆地的变化。

瑞秋后来从警察的问询中得知，珍妮约于三点半出现在康纳·怀特比家，他们还一起看了会儿录像带（多丽·巴顿的《朝九晚五》）。之后珍妮提到自己有事要去查茨伍德区，康纳便把她送到火车站。除了康纳，没人见过珍妮。人们甚至不记得她是否上了火车，有没有到达查茨伍德。

珍妮的尸体次日清晨被两个九岁男孩发现，他们正骑着越野车路过合欢谷公园。他们在运动场停下车，发现珍妮躺在草坡上。珍妮的校服像毯子一样盖在她身上，像要为她取暖。珍妮手上握着一串念珠。她是被人勒死的，死因是“创伤性窒息”，未发现挣扎痕迹。她的指甲里找不到一点DNA，也没有可用的指纹和毛发。没有嫌疑人。

“可她究竟为何要去那儿？”艾德不断问起，好像问得次数够多，瑞秋便能想起答案，“她为什么要去那个公园？”

有时，在问过一遍遍同样的问题后，艾德便会气恼地啜泣。这让瑞秋无法忍受。瑞秋不愿看到他的悲痛，不愿知道、感觉或是分享这悲痛。她自己的悲伤已经够糟了，又怎么能承受得起两份伤痛？

瑞秋不明白他们为何不能对彼此吐露心伤。他们深爱着对方，但珍妮去世后，两人都承受不了对方的一滴眼泪。他们所做的同陌生人面对天灾时一样，身体僵硬、笨拙地拍拍对方的肩膀。可怜的小罗布被夹在中间，想努力平复父母的心情，只得用假笑和鼓励的谎言安抚他们。无怪乎他最终成了一名房产销售。

水开始变凉了。

瑞秋像得了低温症一样不住地颤抖，她想要撑着浴缸壁站起来。

然而，瑞秋站不起来。看来今晚她要被卡在这儿了。她的胳膊苍白僵硬如死人一般，一点力气也使不上。这具没用、脆弱、青筋暴露的躯体和当年强壮健康的躯体怎会属于同一个人？

“四月是个晒日光浴的好时候，”那天托比·墨菲对她说，“我打算去晒太阳，你要一起吗？”

这正是瑞秋迟到七分钟的原因——她在和托比·墨菲调情。托比娶了瑞秋的朋友芝琪。托比是个水管工，那时正打算招一位办公室助理。瑞秋前去应征，她在托比的办公室待了一个多小时——为了调情。托比总改不掉打情骂俏的习惯。那天瑞秋穿了马拉建议她买的新裙子，引得托比不断偷瞄她裸露的美腿。她绝不会做出对艾德不忠的行为，托比也深爱着自己的妻子，因此他们双方的结婚誓言都牢不可破。话虽如此，他还是在看她的腿，而她也乐在其中。

瑞秋若是得到了办公室助理的工作，艾德一定不会开心。他不知道她去应聘了，瑞秋能感觉到自己的丈夫在托比面前总会生出竞争欲。托比干的是水管工的工作，这让身为医药销售的艾德感觉自己少了些男子气概。和托比打网球时，输的总是艾德。艾德假装不介意，可瑞秋知道其实他气得不行。

在这种情况下，享受托比投来的目光的确不妥。

瑞秋那一日犯下的罪恶是那样平凡。虚荣、放纵，对艾德和芝琪·墨菲的小背叛。然而，这所谓的平凡罪恶已不可原谅。杀害珍妮的凶手也许是个变态的疯子，瑞秋却是个清醒自知的人。她很清楚自己当时故意把裙子撩到膝盖以上。

浴缸内的沐浴液像油脂一样浮在水面，十分黏腻。瑞秋再一次试着起身，依旧没能成功。

也许她应该先把水放掉。

瑞秋用脚趾拨开软塞，浴缸里的水像巨龙般呼啸着奔向排水口。罗布曾经很害怕这声音。“哇哦！”排水时，珍妮会把手握成爪子，学着猛兽的声音吓唬罗布。水排尽后，瑞秋转过身，一点点抬起双手和膝盖。她的膝盖骨似乎要断了。

瑞秋努力调整成半起身的姿势，挪到浴缸边，小心翼翼地迈出一条腿，然后是另一条。她心里的石头落地了。谢天谢地，骨头都好好的。

也许刚才那下会成为她最后的沐浴。

瑞秋擦干身子，从门后扯下睡袍。这睡袍由漂亮的柔软布料制成，是罗兰送的礼物。她的屋子里塞满了罗兰挑选的各种礼物，例如，浴室橱柜里装有香草味蜡烛的玻璃罐。

艾德一定会觉得这蜡烛气味太重。

瑞秋怀念自己和艾德的欢乐时光，怀念二人的争吵，怀念性生活。他们的房事并未因为珍妮的离去而停止。他们都很惊讶，也因身体的反应和过往一样而作呕。虽说如此，他们仍然照做不误。

瑞秋怀念所有人：她的母亲、父亲、丈夫、女儿。每一次的离别都给瑞秋增加一道伤口。没有谁的死是公平的。就算是自然死亡，也要怪杀害珍妮的凶手。

“你怎么敢？”那年二月一个炎热的上午，瑞秋眼见艾德膝盖一软倒在地上。当时她脑子里冒出的是这奇怪的想法：“你怎么敢这样离开，留我一人痛苦地活在世上？”当时她便感觉到艾德不在了。人们说艾德死于严重中风，但瑞秋知道，艾德和她的父母均死于心碎。只有瑞秋的心拒绝做正确的事，还顽固地跳着。渴望性生活的想法让她感觉羞愧。她还在呼吸、饮食、活着，珍妮却在地底一点点腐烂。

瑞秋抹去镜面上的水汽，望着自己模糊的影子。瑞秋想到雅各亲吻自己时的样子，两只胖乎乎的小手按在她的脸颊上，碧蓝的大眼睛直视着她的眼。每到这时，瑞秋都会心怀感激，感激自己皱纹遍布的老脸还能赢得这柔和的目光。

瑞秋轻轻推动烛台，把它推到橱柜边缘，推倒在地上。任凭这香草味的玻璃碎了一地。

第十四章

塞西莉亚与丈夫终于有了段性爱，一段完美性爱！事实上，他们还进行了第二次交合。

“噢，上帝啊。”鲍约翰在塞西莉亚身上感叹。

“哦，上帝。”塞西莉亚附和地回应。

他们似乎并未发生过矛盾，二人一上床就恢复到他们刚确立情侣关系时的状态。那时候，他们尚不能理解，总有一天他们会不必先欢爱，就在彼此身边入睡。

“耶稣基督啊。”鲍约翰陶醉地仰着头。

塞西莉亚呻吟着，让丈夫感受到她的欢快。

这很好。性爱。这很好。性爱。随着身体运动的节奏，塞西莉亚在心中反复喊着这两个词。

那是什么？塞西莉亚竖起耳朵。女儿好像在喊她？才没有。真该死。她这下无法集中精神了。只要稍不留神一切就要结束。塞西莉亚立马让自己恢复之前的状态。按照米利恩的说法，密宗性爱是调和夫妻关系的良方。现在她又在想米利恩？好吧，看来真的结束了。

“哦，上帝啊。哦，上帝。”鲍约翰似乎还精力旺盛。

同性恋！同性恋，怎么可能！

女儿们听上去睡着了，其实她们刚刚爬上床，才从爸爸提前回来的狂喜中平复下来。她们爬到父亲身上，争着分享自己的趣闻。她们兴致勃勃地对鲍约翰说着《超级减肥王》、柏林墙、哈里特在芭蕾舞课上说的一些蠢话，以及妈妈让她们吃了多少条鱼。

塞西莉亚看到鲍约翰让伊莎贝尔转过身观察她的新发型的样子，他的眼神并没有什么不妥。长途飞行过后，他的眼中有些疲倦（因为想早些回家，鲍约翰选择从新西兰转机，所以今日一整天都被困在奥克兰机场）。虽说疲倦，他却十分开心，享受妻女惊喜的样子。他才不像那种洗澡时偷偷抹眼泪的男人。而现在他们有了性爱！是完美的性爱！一切都很完美，没什么好担心的。鲍约翰甚至没有提到阁楼上的信件，也许这本就是件不值一提的小事。

“太……牛了。”鲍约翰颤抖了一下，倒了下来。

“你说‘太牛了’？”塞西莉亚调侃道，“你这七十年代的老古董。”

“没错，我的确这样说了，”鲍约翰回答，“这个词透着对某事十足的满意。说到满意，我个人认为……”

“我也觉得不错，”塞西莉亚说，“的确很牛。”好吧，下次一定会的。

鲍约翰大笑着把妻子揽进怀中轻吻她的脖子。

“很久没做了。”塞西莉亚说。

“我知道。为什么会这样？这就是我提前回家的原因，我突然变得无比饥渴。”

“在厄休拉修女的葬礼上，我一直想着这事。”

“就是这种感觉。”鲍约翰的声音里已开始有困意。

“有一天，一个卡车司机对我吹了声口哨。你要知道，我可是风采依旧。”

“我才不需要什么卡车司机提醒我这一点。我打赌，你那天穿着运动短裤。”

“我的确穿了，”塞西莉亚停顿了一下，“那天在商店里，也有人对伊莎贝尔吹了口哨。”

“小杂碎，”鲍约翰的语气其实不怎么强烈，“不过那发型让她显得更小了。”

“我知道。你可别告诉她。”

“我可不蠢。”他似乎快睡着了。

一切都好。塞西莉亚感觉自己的呼吸变得平缓，她也合上双眼。

“柏林墙对吗？”鲍约翰又问。

“没错。”

“我已经烦透了‘泰坦尼克号’。”

“我也是。”

塞西莉亚想让自己快些入睡，在心中默念着：“我的生活已经重归正轨，明天的日子又将恢复安宁。”

“那封信，你怎样处理了？”

她睁开眼，看着眼前的黑暗。

“我把它放回阁楼了，放进其中一个鞋盒。”

她在撒谎。这恶意的谎言脱口而出，仿佛只是在说对某个礼物或性爱很满意的白色谎言。那封信此刻正躺在走廊的档案柜里。

“你打开了吗？”

鲍约翰的声音有猫腻。他明明清醒得很，却假装快要睡着，塞西莉亚清楚地感觉到丈夫的身体如同被电击一样无比紧张。

“没有，”塞西莉亚也假装要睡着，“你让我别打开……我就没动它。”

鲍约翰的胳膊放松了下来。

“谢谢你。这让我有些尴尬。”

“别犯傻了。”

他的呼吸平缓下来，塞西莉亚刻意放缓呼吸配合他。

塞西莉亚说谎话是因为她不想失去读那封信的机会。好吧，它已经成了夫妻间真实的谎言。可恶。她多想忘记那封该死的信。

她已非常疲乏，这事还是留到明天再考虑吧。

醒来时，塞西莉亚发现自己正一个人躺在床上，鬼才知道她睡了多久。塞西莉亚瞄了一眼时钟，无奈没戴眼镜什么也看不清。

“鲍约翰？”塞西莉亚撑坐起来。浴室里没人回答。通常情况下，长途飞行后的鲍约翰总睡得像个死人。

头顶上传来轻微声响。

塞西莉亚立刻明白过来，心也随之狂跳。鲍约翰在阁楼上。他从不会进那阁楼。塞西莉亚见过丈夫幽闭恐惧症发作时唇上的汗珠。而今天为了拿到那封信，他居然冒险上了阁楼？

“除非有要命的事，我绝不会进那阁楼的。”难道这话不是鲍约翰说的？

那封信里有什么要命的事？

塞西莉亚一秒都没再犹豫，下床走向黑暗的走廊。她打开台灯，抽出档案柜最上方的抽屉，拿出标有“遗嘱”的红色文件夹。

塞西莉亚坐在转椅上，在台灯昏暗的微光下打开文件夹。

给我的妻子，塞西莉亚·费兹帕特里克

只在本人死后方能开启

塞西莉亚从抽屉里拿出开信刀。

她的头顶上传来慌乱的脚步声，“砰”的一声，像有什么东西被撞倒了。鲍约翰听上去都快疯了。塞西莉亚这才想到，丈夫这么快回到澳大利亚，一定是在昨晚通过电话后就动身了。

看在上帝的分儿上，鲍约翰，你到底怎么了？

塞西莉亚恶狠狠地一刀迅速裁开信封，抽出一封手写信。有那么一瞬间，塞西莉亚的目光无法聚焦，信上的小字似乎在眼前跳舞。

我的宝贝女儿伊莎贝尔

很抱歉让你承受这些

你给我带来的幸福远超过我应该拥有的。

塞西莉亚强迫自己好好读这封信。从左到右，一句一句地好好读下去。

第十五章

苔丝突然惊醒，之后便再也无法入睡。她看了一眼床头柜上的闹钟，不由得哀叹一声。此时不过深夜十一点半。苔丝打开床头灯，支起枕头，无奈地盯着天花板。

这是她少女时代的卧室，却无法勾起她的青春记忆。苔丝离家没多久，母亲便给这间卧室来了个大变样。母亲往这卧室里放了张豪华大床，还配上了床头柜和台灯。玛丽阿姨与她完全相反，几乎没有改动过费莉希蒂的卧房。费莉希蒂的卧室像是保留完好的考古遗迹，墙上至今还挂着旧日的海报。

苔丝的卧室唯一保持原状的只剩天花板。她望着天花板檐口的波浪边。从前每到周日清晨，苔丝总是一边望着天花板，一边担忧昨晚的派对有没有说错或是漏说什么。她曾经无比惧怕派对，如今也是。派对缺乏固定模式，常以随意为优，苔丝却别扭得连坐在哪里都不知道。要不是费莉希蒂，她绝不会参加什么派对。费莉希蒂倒很愿意参加派对，她常常陪苔丝站在房间一角，偷偷评论各位宾客以博苔丝一笑。

费莉希蒂曾是苔丝的救世主。

这难道不是事实？

今晚苔丝和母亲消灭了一杯白兰地和大量巧克力，（“你父亲离开时，我就靠这个挺了过来，”露西解释道，“这就是我的灵药。”）她们当时聊到了费莉希蒂的来电。“几天前，您一看到我就知道费莉希蒂和威尔出了问题，您是怎么知道的？”苔丝问。

“费莉希蒂从不肯让你拥有一件只属于自己的东西。”露西回答。

“什么？”苔丝不解地回答，“这不是真的。”

“你想要学钢琴，费莉希蒂便跟着学了钢琴。你开始玩网球，费莉希蒂也跟着玩。只不过你玩得太好，她被远远落在后头，于是，你瞬间对网球没了兴趣。你在广告业工作。真巧，她也是！”

“哦，妈妈，”苔丝回答，“你让这一切听上去太像刻意安排的。我们只不过碰巧喜欢同样的事。还有，费莉希蒂是个平面设计师，而我是销售经理，二者其实颇为不同。”

露西似乎不太认同，她噘起嘴说：“我并不是说她故意如此，可这姑娘让你窒息！你出生时我曾感谢上苍，感恩于自己没生下双胞胎。我想看到你按照自己的意愿过上你想过的生活，用不着和别人攀比竞争。可后来不知怎的，你和费莉希蒂的关系变得像我和玛丽一样！甚至比双胞胎更糟！我真想知道，若没有费莉希蒂整日缠着你，你会成为怎样的人，会交上怎么的朋友……”

“朋友？我一个朋友都交不到！我太害羞了！害羞得接近无能，社交活动至今让我感到不自在。”苔丝道出她的自我诊断。

“你是因为费莉希蒂才害羞的，”母亲说，“你的害羞正合她心意，其实你没那么胆小的。”

此刻，苔丝难受地扭动着脖子，这枕头太硬，她怀念起墨尔本家中的枕头。母亲说的是真的吗？她的大半辈子都浪费在与表妹变调的友谊上？

苔丝回忆起父母婚姻走到尽头的那个炎夏，那时的她像是得了场大病。她从未想到这事会发生在自己身上。没错，父母的关系的确每况愈下，二人之间有那么多不同点。可他们是苔丝的父母，她认识的所有人的父母都住在同一个屋檐下。苔丝有着极小的生活圈与朋友圈，大家的生活谨遵天主教义。她当然知道“离婚”这个词，但那就和“地震”一样。她打心眼儿里觉得这种事不会发生在自己身上。然而，就在父母发表完那个奇怪而不自然的公告后，父亲将所有衣物塞进度假用的行李箱中，搬去了一间满是尘土味道和旧家具的小公寓。整整八天，母亲不修边幅地穿着同一件衣服，在房子里又哭又笑，喃喃自语地四处走动。苔丝那年不过十岁，是费莉希蒂帮助她走过那个难熬的夏天。费莉希蒂和她一起去游泳池，二人并排躺着晒太阳，直到苔丝满意为止（费莉希蒂有一身雪白的美肌，她恨透了日晒）。费莉希蒂花私房钱为她买她最爱的专辑。每当苔丝坐在沙滩上哭泣，她都会为苔丝买来撒满巧克力的冰激凌。

每当有大事发生，苔丝总是第一时间给费莉希蒂打电话：失去童贞、丢掉第一份工作、第一次被男人抛弃、威尔对她说“我爱你”、和威尔第一次吵架、威尔求婚、羊水破裂、利亚姆第一次走路。

她们分享着生活的点点滴滴。玩具、脚踏车、第一幢娃娃屋（它现在还在外婆家）、第一辆汽车、第一间公寓、初次海外旅行。还有苔丝的丈夫。

允许费莉希蒂分享威尔的人正是苔丝自己。还能有谁呢？她让费莉希蒂变得像利亚姆的母亲、威尔的妻子。苔丝的整个人生都与费莉希蒂分享着。很显然，费莉希蒂胖得无法找到自己的丈夫和人生。这是苔丝潜意识的想法？又或者她认为费莉希蒂胖得根本不需要拥有自己的人生。

然而，费莉希蒂变得贪婪了，她想要独占威尔。

要是换作其他女人，苔丝绝不会说出“这桩丑事结束后请把我丈夫还给我”，这话根本不可想象。难道只因为这女人是费莉希蒂？就可以被原谅？那是她的意思吗？她可以与费莉希蒂共用一把牙刷，因此可以共有一个丈夫？话虽如此，这却让她的背叛更为糟糕，糟上百万倍。

苔丝俯身把脸埋进枕头里。此时她不应纠结于费莉希蒂，而应该考虑利亚姆（“那我怎么办？”父母离异时，十岁的苔丝反复问自己，“难道不需给我一个交代？”苔丝一直以为自己才是家庭的核心，没想到在这件大事上她居然没有投票权，完全无法改变事实）。

几周前苔丝还在某本书上读道：“所有离婚行为都会给孩子造成负面影响。即使双方在友善的气氛中分开，仍会给孩子带来伤害。”

母亲说，她们的状态比双胞胎还要糟糕。也许她说的是事实。

苔丝掀开被子爬下床。她需要出去走走，远离这幢房子以及纷扰的思绪，不再想着威尔、费莉希蒂、利亚姆，威尔、费莉希蒂、利亚姆。

苔丝想开着母亲的车兜兜风。她低头看了眼身上的条纹睡衣和T恤。要不要换件衣服？其实她没什么衣服可换，离家前她没带够衣服。没关系的，反正她也不打算下车。苔丝穿上一双平底鞋，蹑手蹑脚地溜出房间，目光在黑暗中机警地搜索。整栋房子笼罩在一片安静中，她打开客厅的台灯，给母亲留了张字条。

苔丝揣上钱包，从门后的挂钩上取走母亲的车钥匙，偷偷溜进夜幕中。

苔丝驾着母亲的本田疾驰在太平洋公路上。悉尼北岸万籁俱寂，像一片荒废之地。她看见一个手拿行李箱的男人正脚步匆匆地往前走，一定刚下火车正往家赶。

女人们一定不会在这么晚的时候独自走回家。苔丝想起威尔说过，他讨厌深夜时走在独行的女人身后。听到他的脚步声，那可怜的女人一定会以为身后跟着个变态杀手。“我总想大声喊出：‘没事的，我不是什么变态杀手！’”威尔说。“不过若有人在我身后喊出这话，我一定会没命地向前跑。”苔丝回答。“看吧，我们男人总是吃亏。”他说。

无论悉尼北岸发生了什么坏事，新闻中都会将该地形容为“荫翳蔽日的悉尼北岸”，这个词似乎能使一切显得恐怖阴森。

苔丝在红灯下停车，瞥见油位表闪烁的红色警示灯。

“真该死。”苔丝叹道。

街角处有一家灯火通明的加油站，苔丝于是把车开到那里。她走下车，发现这地方几近荒废。唯一能见到的只有前院一个坐在摩托车上的男人，他已加油完毕，正在调整头盔。

苔丝打开油箱，从狭槽中抽出喷嘴。

“你好。”那个男人说话了。

苔丝惊讶得一跳脚，转身寻找声源。骑摩托车的男人把车推了过来，停在苔丝对面摘下头盔。加油站闪烁的灯光使她的视线变得模糊。她看不清那男人的长相，只能依稀见到脸部的轮廓。

苔丝的目光转向服务站内空荡荡的柜台。该死的接待员上哪儿去了？苔丝用胳膊护着胸口，想起警察们对被骚扰的女人的建议。你应该表现得强势好斗，大喊类似于“不！滚开！我不想惹麻烦！滚！滚！”之类的话。曾有一段时间，每当威尔走进房间，苔丝和费莉希蒂都会打趣地喊出以上句子。

苔丝清了清嗓子，按照格斗课学过的样子握紧拳头。出门前若是穿了胸罩，她这会儿一定能表现得更加强势好斗。

“苔丝，”那男人见状，连忙开口，“是我，康纳。康纳·怀特比。”

第十六章

瑞秋从梦中醒来，醒后却再也记不清梦的内容。她只记得梦里慌张的感觉。这梦和水有关。梦里的珍妮还是个小姑娘。也许那孩子是雅各？

她坐起来，看了一眼时钟。现在是凌晨一点半。房间里还弥漫着浓浓的香草味。

醉酒后的瑞秋只觉得口渴难忍，这短短几个小时仿佛几年一样漫长。她下了床，这会儿再想睡着已不可能。瑞秋只能静静等待清晨的第一缕阳光爬进屋子。

瑞秋拿起遥控器，打开电视。这时候已经没什么值得看的节目。

瑞秋走到橱柜处，那儿储存着她全部的录像带。她的旧录像机还能勉强工作，因此，瑞秋能偶尔看看从前的电影收藏。“妈妈，这些电影如今都能用DVD看。”罗布不止一次担忧地对她说，好像用录像机是什么违法的事一样。瑞秋用手指滑过一盒盒录像带，却没心情看格蕾丝·凯利、奥黛丽·赫本甚至加里·格兰特。

瑞秋犹豫不决地翻看着抽屉里的录像带，直到看见一盒盒贴有标签的录像带：她的、艾德的、珍妮的以及罗布的。他们总会录下自己喜爱的节目。今时今日的孩子们一定会觉得录像带是种遗迹。如今，他们似乎只需从网络上“下载”节目。苔丝把录像带放在一边，不由得被录像带上写着的名字吸引。里面都是他们80年代观看的节目：《苏利文一家》《国家的实践》《儿子与女儿》。珍妮似乎是最后一个用过这盘录像带的人，是她在盒面潦草地写下“儿子与女儿”。

真有意思，多亏了《儿子与女儿》，瑞秋才赢了之前的竞赛。她还记得珍妮躺在客厅地板上，目不转睛地观看这愚蠢的节目，随着它一起哼唱伤感的主题曲。这曲子是怎样唱的？瑞秋能感觉到自己脑中已响起了旋律。

冲动之下，瑞秋将这盒录像带放进录像机，按下播放键。

电视里传来人造黄油的广告，那滑稽陈旧的样子让瑞秋瞬间想起当年的电视广告风格。接着《儿子与女儿》开始了，瑞秋在脑中哼唱着主题曲，讶异于自己能轻而易举地回忆起一切。节目里的帕特里克比瑞秋记忆中的更为年轻迷人。男主角痛苦的模样浮现在荧屏上，他皱着眉头一副苦不堪言的样子。这演员如今仍会出现在电视屏幕上，他仍会出演一些警讯类节目。所有人的生活都在向前，甚至包括《儿子与女儿》节目中的明星。可怜的小珍妮却永远停留在了1984年。

瑞秋准备按下弹出键，却在伸手前一秒听见珍妮的声音：“开始了吗？”

瑞秋的心跳瞬间停止，扬起的手停在半空中。

珍妮的脸出现在屏幕中，正一脸欢快地盯着镜头。她涂着绿色眼影，睫毛画得极浓，鼻子的一边还长着一颗青春痘。瑞秋以为女儿的模样深深烙印在自己心里，没想到她还是忘了一些细节。她忘记了珍妮的牙齿和鼻子。珍妮的牙齿和鼻子并无特别之处，但它们是属于珍妮的！而它们再次出现在瑞秋眼前。珍妮的犬齿长得有些朝内，鼻子在整张脸中所占的比例有些偏长。尽管如此，也许正因如此，她才那样美丽，甚至美过瑞秋记忆中的模样。

瑞秋家从未有过家庭录像机，艾德认为它们值不了那个价钱。珍妮在世时留下的唯一影像足迹是在一个朋友的婚礼上，那时她担任了新人的花童。

“珍妮。”瑞秋将手轻柔地放在电视屏幕上。

“你离镜头太近了。”电视里传来一个男孩的声音。

瑞秋的手落下了。

珍妮往后挪了挪。她穿着蓝色高腰牛仔裤，系着银色金属腰带，身着一件紫色长袖上衣。瑞秋记得自己熨烫过那件上衣，上衣复杂的袖褶给熨烫增添了不小的难度。

珍妮真是个美人坯子，她像只可爱的小鸟，也许像只苍鹭。上帝啊，这孩子当年真有那么瘦？她的四肢是那样瘦长。她怎么了？是不是得了厌食症？瑞秋当年怎么没注意到这些？

珍妮坐在一张单人床上，这间屋子瑞秋可从未见过。床上铺着红蓝相间的条纹床单，墙壁则由深棕色的木条组成。珍妮收起下巴，故作严肃地望着镜头。她把一支铅笔放在嘴边，假装那是麦克风。

瑞秋见了不由得大笑一声，祈祷似的将手合拢在一起。她怎么能忘呢？珍妮曾经很爱扮演记者。她会走进厨房，握着一根胡萝卜说：“请告诉我，克劳利太太，您今天过得怎样？普通？特别？”然后她会把胡萝卜举到母亲面前，瑞秋总会弯腰凑在胡萝卜前回答：“普通。”

她当然会回答普通。她的日子一向平凡而寻常。

"大家晚上好。我是珍妮·克劳利，在特穆拉特为您发回报道。我将为大家采访一位名叫康纳·怀特比的年轻人。"

瑞秋屏住呼吸，她扭过头，"艾德"这个名字已经到了嗓子眼。"艾德，快来，你一定要看看这个。"她上次这样说，已经是好多年以前了。

珍妮再次举起铅笔："怀特比先生，不知道你能不能在镜头前露个面，让我的观众们看看你。"

"珍妮。"

"康纳。"珍妮模仿着他的语气。

一个体格宽阔的黑发男孩出现在镜头前。他穿着一件蓝黄相间的橄榄球衣，缓步走来坐在珍妮身旁。他不自然地瞥了镜头一眼，又很快将目光挪开，仿佛预见到珍妮的母亲三十年后会在电视里看见他们。

康纳生着成年男人的身体，却长着一张男孩的脸。瑞秋能看见他额头零星的青春痘。和大多数处于青春期的男生一样，他生着一张惊慌的闷闷不乐的脸。青春期的男生常常急于证明自己已长大，无奈稚气难脱。三十年前的小康纳有着一副成年人的体格，样子的确不如现在顺眼。镜头前的他简直手足无措，只是慌张地摇晃双腿，用拳头轻轻砸向另一只手掌。

瑞秋能听见自己不规律的喘气声，她真想冲进电视里将珍妮拉开。她在那儿干吗呢？她一定是在康纳的卧室里。她怎么能独自进一个男孩的卧室？艾德知道了一定会大发雷霆："珍妮·克劳利。小姑娘，你赶快给我回来。"

"为什么一定要我过来？"康纳的目光转向镜头，"我不能坐在摄像机后头吗？"

"访谈对象不能入镜，"珍妮回答，"将来我可能得靠这盘录像带应征《新闻六十分》呢。”她对康纳微笑，康纳也报之以微笑：一个不自觉的，迷恋的笑容。

“迷恋”这个词说得一点没错。这男孩为瑞秋的女儿神魂颠倒。“我们只是好朋友，”他曾这样对警察解释，“她不是我的女朋友。”“可我知道她所有朋友，”瑞秋对警察说，“还知道他们的母亲。”她见到警察们欲言又止。数年后，当瑞秋好不容易下定决心扔掉珍妮的单人床，却在床垫下发现一包避孕药。她一点也不了解自己的女儿。

“那么康纳先生，和我聊聊你自己吧。”珍妮举起铅笔。

“你想知道些什么？”

“比如，你有没有女朋友？”

“我不知道。”康纳热切地看着珍妮，似乎突然长大了些。他将身子前倾，对着铅笔问：“我有女朋友吗？”

“这可不一定，”珍妮用手指绕着自己的马尾辫打转，“你还有什么要交代的？你有哪些优点？有哪些缺点？我的意思是，你应该主动打开话题，明白吗？”

珍妮的声音听起来好傻、好刺耳，甚至有些赖皮的感觉。瑞秋脸色一沉。“哦，珍妮，亲爱的，快停下！好好说话。你不能用那样的态度对他讲话！”只有电影中男女青年的调情才是甜蜜美好的，现实生活中只能让观看者不胜折磨。

“天哪，珍妮，如果你仍不能给我一个明确的答案，我的意思是……妈的！”

康纳站起身。珍妮对他骄傲地一笑，做出像孩子一样的俏皮表情。然而，康纳只听见了笑声，他径直走向录像机，用手遮住镜头。

瑞秋伸出手想要阻止他。不，别把机器关掉，别把她从我身边夺走。

画面突然静止，瑞秋的脑袋猛地缩回来，像被人扇了一个耳光。

杂种！杀人犯！

她的肾上腺素被仇恨点燃，瞬间飙升。怎么了？这就是证据！时隔多年终于有了新证据！

“克劳利太太，如果你想起任何事，请随时给我打电话。哪怕是半夜我也不介意。”贝拉赫警长多次对瑞秋说。

瑞秋从未打过电话。现在，她终于有了可以提供的资料。他们会抓住那小子。她会坐在法庭上，亲耳听到法官宣布康纳·怀特比有罪。

拨打贝拉赫警长的电话时，瑞秋不耐烦地用脚跟点地，脑中浮现的只有珍妮微笑的脸。

第十七章

“康纳？”苔丝这下看清了，“我只是来加油的。”

“开玩笑吧。”

苔丝让自己镇定了一小会儿。“你把我吓着了，”她气恼而尴尬地说，“我还以为你是个杀人狂魔。”

苔丝举起喷嘴。康纳还站在对面，似乎没有离开的打算。他把头盔夹在一条胳膊下，用期待的目光看着她。好吧，闲聊到此已经足够了，不是吗？快骑上车离开吧。苔丝更希望旧友们待在旧日回忆中：前男友们、老同学们和从前的同事。说真的，这些人的存在对她而言还有什么意义？生活已然继续。她乐意回忆曾经认识的朋友，却不愿和他们待在一块儿。苔丝对康纳露出不自然的微笑，想尽量回忆起他们为什么会分手。是因为她和费莉希蒂搬到墨尔本吗？康纳不过是众多前男友中的一个。大多数时候，苔丝总是先提出分手的那个。当那些前男友被费莉希蒂狠狠嘲笑过后，他们的恋情再也走不长远。总有新的男生替代从前那位的位置。苔丝认为自己桃花旺盛的原因在于她的魅力刚刚好，不会令人裹足不前。谁跟她约会，她都会答应。她不知道还可以说，不。苔丝记得，二人的关系中，康纳总是更为热情的那个。对她来说，他年纪太长，又过于严肃。那年，苔丝还在读大一，只有十九岁。这安静的“老男人”对苔丝表现出的强烈兴趣让她大为困扰。

苔丝那时对康纳大概不太友善。少女时代的苔丝实在太没自信，整天担忧着他人对自己的看法。她时刻提防着他人可能对她造成的伤害，却从未考虑到自己可能伤了别人的心。

“我刚刚还想到了你，”康纳说，“自从今天上午在办公室见到你，我一直在想，你是否愿意……聊聊近况？或许同我喝杯咖啡？”

“噢！”

和康纳·怀特比同饮咖啡？这件事似乎和苔丝当前的生活毫不相干。正如家中水管出现问题时，苔丝不会应利亚姆的要求陪他玩拼图游戏一样。她的人生刚刚经历了一场大爆炸，她才不会和眼前这位温柔却略显呆板的前男友共饮咖啡呢！

“他难道不知道我已经结婚了？”苔丝思量着，故意对康纳露出婚戒。此刻，她仍感觉自己处于坚不可摧的婚姻中。

回家乡就像加入脸书，人到中年的前男友们像蟑螂一样从木头里爬出来，提议“喝东西”，把小小的触须伸出来，寻找外遇的可能性。康纳结婚了吗？苔丝瞥了一眼康纳的手指，想要找到一枚婚戒。

“我说的不是约会。你可别那样想。”康纳或许意识到苔丝的顾虑。

“我没那样想。”

“别担心，我知道你已经结婚了。还记得我的外甥本杰明吗？他今年刚大学毕业，未来打算加入广告业。据说你从事的正是广告业，我只想利用你获得些专业意见，”康纳停顿了一下，“也许‘利用’算不上好词。”

“本杰明毕业了？”苔丝简直混乱了，“可他不是……刚念幼儿园吗？”

记忆如潮水般涌现。一分钟前的苔丝根本叫不出康纳外甥的名字，甚至不记得他还有个外甥。此刻，她仿佛突然看见本杰明卧室内的淡绿色墙纸。

“他十六年前的确在念幼儿园，”康纳回答，“现在的他是个毛发浓密、身高一米九的大高个儿。他还往脖子上文了一串条形码。我没开玩笑，文的真是条形码！”

“我们带他去过动物园。”苔丝惊叹道。

“也许吧。”

“你姐姐那时睡得可真香。”苔丝记起一个蜷缩在沙发里的黑发女人。她当时生着病。她难道是个单身母亲？苔丝当时居然没意识到。她应该多帮帮这女人。“你姐姐怎么样了？”

“事实上，我们已经失去了她。就在几年前，”康纳的话中满是遗憾，“心脏病发作。她不过五十岁，一直也非常健康。因此这消息让我们……非常震惊。姐姐去世后，我便成了本杰明的监护人。”

“上帝啊，对不起，康纳。”苔丝的声音因震惊而变得沙哑。这世界真是个充满伤心的地方。康纳和姐姐的关系不是一向很好吗？她叫什么名字？丽莎。没错，丽莎。

“一杯咖啡就好，”苔丝不由得脱口而出，“有什么问题尽管问我好了，只要能帮得上忙。”这世上伤心的人不止她一个。那么多人痛失挚爱，那么多女人的丈夫出轨。再说与自己现阶段生活不相干的人共饮咖啡，倒不失为散心的好办法。康纳·怀特比可不是什么变态怪人。

“那太棒了。”康纳露出微笑。

苔丝全然忘了他竟有着如此迷人的笑容。

康纳举起头盔："我会给你打电话，或发电邮。"

"好的，你是否需要我的……"油箱"咔"的一声，显示已经加满，苔丝取下喷嘴，将其放回加油车。

"你如今是圣安吉拉妈妈们中的一员。我能联系到你。"

"哦。那好。"圣安吉拉小学的妈妈？苔丝感觉自己似乎暴露在众人的目光之中。她手中拿着车钥匙和钱包，转身面对康纳。

"顺便说一句，我喜欢你的睡衣。"康纳微笑着上下打量她。

"谢谢，"苔丝回应道，"我也喜欢你的摩托车。我不记得你会骑摩托。"当年他开的不是一辆无聊的厢式小货车吗？

"这是我的中年危机。"

"我老公也是。"

"但愿没人让你付出太多代价。"

苔丝耸耸肩。哈哈。她又看了一眼康纳的摩托车："我十七岁时，母亲说她愿意和我签一份合同。只要我答应永远不坐在哪个男孩的摩托车后座，她愿意给我五百元。"

"你签了吗？"

"签了。"

"从未违反过合同内容？"

"从未违反。"

"我已经四十五岁了，"康纳说，"算不上是男孩。"

他们的目光相遇了。这段对话是不是变得……像在调情？苔丝记起自己在康纳身边醒来的日子。那是一间墙壁刷成白色的屋子，窗外是一条繁忙的高速公路。他是不是有张水床？她和费莉希蒂还嘲笑过那张床。他们交合时，康纳还戴着一枚圣克里斯托弗奖章，那金属块在苔丝脸部上方不停晃动。突然，她觉得很恶心。糟糕，这真是个错误。

康纳似乎察觉到苔丝心情的变化。

“无论如何，苔丝。我会给你打电话的。”他戴上头盔，踩下油门，举起一只戴黑手套的手道别，骑车轰隆离去。

苔丝看着他远去的背影，震惊地回忆起自己的第一次性高潮是在那荒唐的水床上得到的。现在想想，那张床上有很多第一次。他们躺在摇晃的水床中。对于苔丝这种遵从天主教义的好姑娘来说，性爱是肮脏又新奇的。

苔丝走进服务站付汽油钱，一眼瞥见镜中自己面红耳赤的样子。

第十八章

“你已经读过了。”鲍约翰说。

塞西莉亚看着眼前的男人，他竟如此陌生。他陌生得像个潇洒依旧的中年路人，至少在塞西莉亚眼中是潇洒的。鲍约翰生着一张老实的、让人信任的面孔。看到这张脸，人们都会放心地从他手上买一辆二手车。还有他的下颌，费兹帕特里克家的男人都生着结实的下颌。他还有一头浓密的灰发。鲍约翰常会夸耀自己的头发，总会用吹风机小心翼翼地将它们吹干。他的弟弟们为此没少取笑他。此刻，鲍约翰站在书房门前，他穿着一条蓝白条纹的平角短裤和一件红色T恤。他脸色苍白，额头上不停地冒汗，像是食物中毒。

塞西莉亚没听见他从阁楼上下来的脚步声，也没听见他进了走廊。她不知道丈夫在身后站了多久。她看见自己的双手紧紧夹在大腿间，像在教堂里的小姑娘。

“我读过了。”她回答。

塞西莉亚将信件摆在眼前，又读了一遍。这回速度更慢，好像鲍约翰站在她面前，信的内容就会不同。

信上的文字是用蓝色圆珠笔写下的，写得那么用力，摸起来像盲文一样凹凹凸凸。他拿笔时一定极重，似乎想把每个字烙印在纸上。信件没有分段与空格，所有字都挤在一起。

我亲爱的塞西莉亚，

当你读到这封信，我想必已经不在了。这话听上去夸张，可我相信人必有一死。此刻的你正在医院，和我们的宝贝女儿伊莎贝尔一起。小宝贝今天上午出生了，她是那么美丽，娇小而脆弱。当我第一次将她抱在怀中，清楚地感受到了一些从未有过的感受。我开始害怕将来可能发生在她身上的悲剧。这也是我写下这封信的原因。这样，当厄运降临在我身上时，我至少已经做出过努力。我喝了几杯啤酒，这时候，神志也许不太清晰。我也许会将信撕碎的。塞西莉亚，我必须告诉你，十七岁时，我杀死了珍妮·克劳利。如果她的父母还健在，你能否替我向他们送上歉意，告诉他们这是个可怕的意外。我不是故意的，只是一时失去了控制。我只有十七岁，实在蠢得一塌糊涂。真不敢相信那个人是我，整件事就像一场噩梦。你一定以为我吸了毒或是喝过酒，可我没有。我当时非常清醒。我只是突然抽风了，像那些愚蠢的橄榄球员说的，只是一时失去了理智。你或许认为我在给自己找借口，可我并没有这个意思。我做下了这种不可想象的事，却完全无法解释。我知道你在想什么，塞西莉亚，因为这世界对你而言非黑即白。你在想，他为什么不去自首？可你知道我为何不能进监狱，塞西莉亚。你明白我为什么不能被关起来。我知道自己是个懦夫，这也是我十八岁时企图自杀的原因。可我是个孬种，终究无法做到。请替我转告艾德和瑞秋，我没有一天不在想着他们的女儿。请告诉他们，悲剧只发生在一瞬间。珍妮前一秒还在笑着，她带着快乐离去。也许这听上去血腥恐怖。好吧，这听上去的确血腥恐怖。还是别告诉他们吧。这是场意外，塞西莉亚。珍妮说她爱上了别的男孩，她还嘲笑我。那就是她做的所有事。我丧失了理智。请转告克劳利夫妇，我很抱歉，万分愧疚。请转告艾德·克劳利，如今我也做了父亲，我很清楚自己犯下了何等罪过。愧疚像一颗毒瘤一样一点点吞噬着我，并且愈演愈烈。塞西莉亚，很抱歉让你承受这些。我知道你是个坚强的女人，你一定能挺过去。我深爱着你和我们的小宝贝，你给我的快乐是我不配得到的。我不配得到任何东西，没想到却拥有了一切。对不起。

献上我全部的爱意。

鲍约翰

塞西莉亚以为自己愤怒过很多次，但现在才明白，她以前根本不知道真正的愤怒为何物。纯然的愤怒白炽烫人，感觉狂热、疯狂、美妙。她觉得自己会飞，像恶魔般飞过屋子，用血淋淋的爪子划开鲍约翰的脸。

“这是真的吗？”塞西莉亚对自己的声音很是失望。她听上去相当弱势，这话绝不像从盛怒之人的口中说出的。

“这是真的吗？”她的语气强硬了一些。

塞西莉亚很清楚这一切都是事实，却在心中不断否认这一点，她必须去问。她想要渴求这些都变成假的。

“对不起。”鲍约翰双目充血，像一匹受惊的马儿似的不住地转动眼睛。

“可你绝不会。你不会，不会的。”

“我无法解释。”

“你甚至不认识珍妮·克劳利，”塞西莉亚很快纠正自己，“我甚至不知道你认识她。你从未提到过她。”

提到珍妮的名字，鲍约翰忍不住颤抖，只得撑在门框上。看鲍约翰本人颤抖的样子远比看信更震撼。

“如果你真的死了，”塞西莉亚继续道，“如果你真的死了，而我发现这封信……”

塞西莉亚愤怒得无法呼吸。

“你怎么能让我面对这些？让我帮你收拾？让我敲开瑞秋·克劳利的门，对她说……说这些？”塞西莉亚背过身子，以手掩面，开始转圈圈。此时，塞西莉亚半裸着身子，却无心烦恼衣着，她懒得去找做完爱后留在床脚的T恤。“今天晚上我才开车送瑞秋回家！我送她回了家！我还与她聊到了珍妮！与她聊到我对珍妮的回忆让我感觉那样良好。与此同时，这该死的信就躺在家里，”她挪开双手直视丈夫，“如果这封信被哪个女儿发现怎么办？”她刚刚想到这个问题。这是多么严重、多么致命，塞西莉亚不得不再说一遍：“如果这封信被哪个女儿发现怎么办？”

“我知道，”鲍约翰走进屋，后背贴着墙面，像面对着救火队员，“对不起。”

塞西莉亚看见他双腿一软，跌坐在地毯上。

“你为什么要写这封信？”塞西莉亚拾起信纸，又将它丢下，“你怎么能把这种事写下来？”

“我喝了太多酒，酒醒后第二天我便想把这封信撕掉，”鲍约翰泪水盈眶地看着妻子，“没想到把它弄丢了。为找这封信我几乎快要发疯了。我那时候一定忙着填写纳税申报单，我以为自己找过……”

“别再说了！”塞西莉亚吼道。每当鲍约翰找回弄丢的东西时，总是摆出这副无助的样子。这回塞西莉亚再也无法忍受。这封信可不是诸如汽车保险之类的寻常小物件。

鲍约翰做出噤声的手势，战栗着说：“你会把姑娘们吵醒的。”

他那紧张兮兮的样子让塞西莉亚觉得恶心，当个男人，她真想大喊。拿出勇气来，解决这件事，别让它缠着我！鲍约翰需要毁灭的是一个丑陋、恶心、恐怖的自己。然而，他似乎不打算做任何努力。

走廊传来一句微小的呼唤：“爸爸！”

是波利。她一向睡得最浅，每次惊醒后呼唤的总是爸爸。只有爸爸能替她驱赶梦中的怪兽。只有爸爸。这位父亲谋害了一个十七岁少女，他本人就是头怪兽。这位父亲将这不能与人言的邪恶秘密隐瞒了这么多年。直到这一刻，塞西莉亚才完全明白这一点。

塞西莉亚感到恐惧袭来，跌坐在椅子上。

“爸爸！”

“我来了，波利！”鲍约翰缓慢地迈开步子，勉强将身子支撑在墙上。他向塞西莉亚投来绝望的目光，扭头朝波利的房间走去。

塞西莉亚努力平复着呼吸。呼吸间，她见到珍妮·克劳利十二岁的脸庞。“这不过是场愚蠢的队列表演。”她看见报纸头版刊登着质感粗糙的珍妮黑白照，她的金色马尾辫垂在肩膀上。所有谋杀案受害者看上去都一个样：美丽、无辜、在劫难逃。她看见瑞秋·克劳利把前额歇在车窗上。你该怎么办，塞西莉亚？该怎么办？怎么能处理好这种事？面对工作，塞西莉亚一向能处理好问题，能使麻烦消解，让一切恢复秩序。那些时候，她所要做的不过是拿起电话、登上网络、填写表格，和负责人谈话，安排赔偿、更换、送上更好的样品。

而这次，无论塞西莉亚做什么都无法挽回珍妮。这残酷冰冷且无法挽回的事实不断地在她脑海徘徊，像一堵无法逾越的高墙。

塞西莉亚把手中的信纸撕成了碎片。

自首。鲍约翰一定得自首，这是显而易见的。只有这样他才能重新做人，做个清白的、崭新的人。鲍约翰要遵循法律与秩序。他会被送进监狱，会被审判。经历一场审判。被关押起来。可他不能被关押。他会发疯的。那该怎么办？药物治疗？精神治疗？塞西莉亚会为他求情，他总不会是第一个患有幽闭恐惧症的犯人。那些监牢事实上还挺宽敞的，里面还有运动场，不是吗？

幽闭恐惧症不会致命，只不过会让你自以为不能呼吸。

而掐在脖子上的两只手的确能置人于死地。

这个男人掐死了珍妮·克劳利。他将手放在珍妮纤细的脖子上，用力捏紧。这行为是否让他成为恶魔？没错，答案是肯定的。鲍约翰就是个恶魔。

塞西莉亚把信纸撕得越来越小，小到变成能以指尖揉捻的纸屑。

她的丈夫是个恶魔，这意味着他必须进监狱。塞西莉亚将成为囚犯的妻子。澳大利亚有没有囚犯妻子的互助组？如果没有的话，塞西莉亚打算自己建立一个。她像个疯妇一样歇斯底里地狂笑着！她当然会这样做！她可是塞西莉亚。她将成为囚犯妻子联合会的主席，还会组织筹款，为可怜的丈夫们送去空调。监狱里是否已经有了空调？还未装上空调的地方也许只有小学了。塞西莉亚幻想着自己等待搜查时和其他妻子聊天。“你丈夫因为什么入狱？噢，抢劫银行？是吗？我丈夫是因为谋杀。没错，他勒死了一个女孩。探监完毕后，我打算去健身，要一起吗？”

“她已经睡着了。”鲍约翰回到书房出现在塞西莉亚眼前。他用手指按摩着颧骨，这代表他十分疲惫。

他看上去可不像个魔鬼。他就是塞西莉亚的丈夫。胡子拉碴，头发凌乱，脸上挂着可怕的黑眼圈。这就是她的丈夫，是孩子们的父亲。

如果他残忍地杀害过某人，什么才能阻止他犯下同样的罪行？塞西莉亚刚刚还让这男人进了波利的房间，让一个杀人犯走进女儿房间。

可他是鲍约翰呀！是姑娘们的父亲。他是个父亲。

该怎么向女儿解释鲍约翰犯下的事？

爸爸要进监狱了。

这一刻，她的脑袋完全停顿。

这事绝不能告诉女儿。

“对不起，”鲍约翰无力地举起胳膊，他似乎想要拥抱塞西莉亚，却被一道无形的鸿沟阻隔，“亲爱的，我很抱歉。”

塞西莉亚用双臂护住赤裸的身躯。她颤抖得厉害，牙齿咯咯作响。“我可能崩溃了，”她自我安慰道，“我就要发疯了，这样也好，因为眼前的悲剧根本难以弥补，不可能弥补。”

第十九章

"你瞧！就是这儿！"

瑞秋按下暂停键，康纳·怀特比怒不可遏的样子凝固在屏幕上。这是张禽兽的脸。他的眼睛是地狱的深渊，嘴上挂着骇人的冷笑。这个片段瑞秋已反复看过四遍，每看一遍心中的肯定就多了一分。这是绝好的佐证，法庭上任何人都会相信这一点。

瑞秋转身看着沙发上的前警长。罗德尼·贝拉赫警长用手肘撑着膝盖，正捂着嘴忍住哈欠。

好吧，此时的确是午夜时分。贝拉赫警长（"你可以叫我老罗德尼。"他不止一次对瑞秋说）接到电话时显然已经熟睡。接电话的是警长太太，瑞秋听见她叫醒自己的丈夫。"罗德尼，罗德尼，是找你的电话！"他好不容易接起电话，声音也因困倦含混不清。"我很快就到，克劳利太太。"放下电话前，瑞秋听见他妻子说："去哪儿，罗德尼？你要去哪儿？为什么不能等到明天早上？"

他妻子听上去真像个唠叨的老太婆。

或许真应该等到第二天早上。瑞秋看见罗德尼努力想要忍住一个大哈欠，还不住地用手指按揉模糊的双眼。第二天再来，罗德尼或许能更清醒。此刻，他看上去一点也不好。最近他被诊断出患有二型糖尿病，饮食结构发生了不小的改变。看视频前罗德尼告诉瑞秋。“完全不能摄入糖分，”他悲伤地说，“再也吃不上冰激凌了。”

“克劳利太太，”等了好一会儿，罗德尼终于开口，“我很理解您的感受。您一定认为这视频能证明康纳心怀某种动机，然而，在我看来，这不足以成为证据。”

“他当时正与珍妮相恋！”瑞秋道，“他深深迷恋着我女儿，却被拒绝了！”

“令爱的确是位漂亮姑娘，”贝拉赫警长说，“也许很多小伙子都喜欢她。”

瑞秋瞠目结舌地望着他。她怎么从来没有发现罗德尼这么笨、这么愚钝？糖尿病是不是影响了他的智商？不吃冰激凌居然让他的脑子萎缩了？

“康纳可不是什么普通小伙子，他是最后一个见到珍妮的人。”瑞秋刻意放缓语速，确保罗德尼能听明白。

“他有不在场证明。”

“替他证明的人是他妈妈！”瑞秋不满地强调，“显然她在撒谎！”

“而他妈妈的男友也证明了这一点，”罗德尼继续道，“更重要的是，有个邻居下午五点见到康纳出门倒垃圾。这个邻居是位很可靠的证人，他是个律师，是三个孩子的父亲。我记得珍妮这个案子里的所有细节，克劳利太太。我向你保证，如果我们有任何……”

“他的眼睛里藏着谎言！”瑞秋打断他，“你说过康纳·怀特比的眼睛里藏着谎言。事实证明你是对的！完全是对的！”

“你瞧，这视频只不过证明他们之间产生了一点小争执。”

“小争执？”瑞秋哭喊道，“看看这孩子的脸！是他杀了我女儿！我知道就是他干的！这事实扎根在我的心里，我的……”瑞秋本打算说“身体”，可她不希望自己听上去像个疯子。可这是事实。她的身体的确在告诉她是康纳干的。瑞秋浑身发烫，像是发着高烧，连手指尖都是热的。

“好吧，克劳利太太。我会看看我能做些什么，”罗德尼说，“可我不能向您保证什么，但我一定会将这录像带送到该送的人手上。”

“谢谢，我能要求的也只有这些了。”这不是实话，瑞秋期待的可多了。她希望此时此刻能有一辆警铃呼啸的警车驶去康纳·怀特比家。她想看见康纳·怀特比被铐上手铐。想听到表情冷峻的警察对他宣读他的权利。噢，康纳坐上警车时，瑞秋才不愿意看到警长为他护住脑袋。她想看到康纳的脑袋一次次撞在警车上，撞到血肉模糊。

“你的小孙子怎么样了？长大了些？”罗德尼从壁橱架上拿起雅各的照片。

“他要去纽约了。”瑞秋把录像带递给他。

“没开玩笑吧？”罗德尼小心地接过录像带，又将照片放回原处，“我最大的一个孙女也要去纽约。她已经十八岁了。小艾米丽。她获得了美国一所顶尖大学的奖学金。人们管纽约城叫‘大苹果市’，对吗？不知道是为什么？”

瑞秋对他投去一个苦笑，送他走到前门：“我一点也不知道，罗德尼。完全没概念。”

1984年4月17日

生命最后一天上午，珍妮·克劳利与康纳·怀特比一同坐在公交车内。

坐在康纳身旁，珍妮感觉有些喘不上气。她一点点地吸气吐气，又做了几次深呼吸。然而这些没能帮上忙。

“冷静下来。”珍妮不断告诫自己。

“我有些话和你说。”珍妮说。

康纳没有回答。他的话一向不多。珍妮见康纳只是低头看着自己的双手，惹得她也朝他的手望去。康纳有着一双大手，珍妮见到他的手正在发抖，也许因为惧怕，也许因为期待。她自己的手也是冰凉的。珍妮的手总是凉的，因此她经常把手放在口袋里。

珍妮说：“我做了个决定。”

康纳突然扭过头看她。此时公交车来了个转弯，他们的身体碰到了一起，眼睛近在咫尺。

珍妮呼吸的速度太快，让她不由得怀疑自己是否生病了。

“告诉我。”康纳说。

星期三

第二十章

闹钟狠狠捏了塞西莉亚一把，让她在早上六点半立刻醒了过来。她正躺在鲍约翰身边，二人同时睁开眼睛。他们靠得太近，鼻子几乎贴在一起。

塞西莉亚望着鲍约翰蓝眼睛里的红血丝、他鼻子上的毛孔、坚实下巴上灰色的胡楂。

这个男人究竟是谁?

昨晚他们再度躺上床后，塞西莉亚只是呆呆地望着天花板，不理会鲍约翰在说些什么。她不需要再知道其他信息，连一个问题都没问。鲍约翰想要倾诉，想对她道出一切。他的声音很低，却满怀热忱。他用单调的音调说着绝不单调的事实。说得越多，他的声音便越沙哑。这一切像一场噩梦，静静地躺在黑暗中，听丈夫刺耳的低语。塞西莉亚咬住嘴唇才能克制尖叫的冲动："闭嘴，闭嘴，闭嘴！"

他爱上过珍妮·克劳利。疯狂的爱恋，近乎迷恋。青少年时期的人们总是那样。鲍约翰第一次遇见珍妮是在康士比的麦当劳，二人都想申请兼职。珍妮小学时就认得同校的鲍约翰，那时候他还没转入男子学校。那时候他们念同一年级，却不在同一个班。他甚至不记得眼前的姑娘，只觉得“克劳利”这名字有几分熟悉。后来他俩都没去麦当劳工作。珍妮在一家干洗店找到了兼职，而鲍约翰则在牛奶吧。他们很聊得来（天知道都聊些什么），珍妮给鲍约翰留下了电话。第二天，他便打了过去。

他以为珍妮是自己的女朋友，以为她会让自己失去处男之身。他们的恋情必须在秘密中进行，因为珍妮的老爸是个疯狂的天主教徒。十八岁前珍妮不能恋爱。他们的关系可以说处于完全保密的状态。秘密只让一切显得更为刺激，他们像是执行特别任务的特工。打电话到珍妮家，除了珍妮之外任何人接起电话，鲍约翰都要立马挂断。他们从不在公共场所牵手，两人的恋情一个朋友都不知道。珍妮坚持如此。他们一起看过一场电影，在黑暗中牵起了手。他们在火车上空荡荡的车厢内接吻，在合欢谷公园的圆形大厅内抽烟，约定上大学前一起到欧洲旅行。要交代的也就这些了。除了他每日每夜都在想着珍妮。他还为她写下情诗，却没好意思交给她。

他从未给我写过情诗。塞西莉亚不自觉地想。

那一夜，珍妮约他在合欢谷公园的老地方见面。那地方一向荒僻无人，还有一个可以供他们休憩接吻的圆厅。她说自己有些话要说。鲍约翰还以为珍妮从节育中心弄到了避孕药。没想到从她嘴里说出的竟是“抱歉，我爱上了另一个男孩”。鲍约翰惊得不知所措，霎时间只觉得头晕目眩。他根本不知道有别的男生在追求珍妮。“可我认为你是我的女朋友！”珍妮听完只是大笑。她看上去那么开心，像在庆幸自己不是鲍约翰的女友。鲍约翰崩溃了，觉得万分屈辱，怒火中烧。他的自尊比什么都重要。鲍约翰感觉自己像个傻瓜，也出于这个原因，他想要杀死珍妮。

鲍约翰似乎绝望地想倾诉。他说自己不想去辩白，或是刻意淡化事实，假装这是场意外。因为有那么几秒钟，他感受到自己真心想要杀人。

他不记得自己决定把手放在她的脖子上，却突然回过神，发现手圈着的是女孩纤细的脖子，而不是开玩笑似的掐住弟弟的脖子。他是在伤害一个女孩。他记得自己在想：我他妈在干什么？他赶紧把手松开，松了一口气。他还以为自己反应及时，不会勒死珍妮。没想到珍妮软绵绵地倒在鲍约翰怀里，呆呆地望着他身后的天空。“不，这不可能。”鲍约翰在心中呐喊着。他以为自己暴怒到失去理智的时间只有一秒，或许两秒吧，绝对不可能杀死她。

他到现在都不敢相信。即使过了这么多年。他仍对自己的举动感到惊惶。

珍妮的身体还是暖的，但他确信这姑娘已经死了。

然而后来，鲍约翰也想过自己是不是判断错了。为什么不试着救救她？这问题他已经问过自己几万回了。那时，他是那么确定。他确定珍妮已经走了。她给人的感觉是走了。

鲍约翰小心翼翼地将珍妮放在草坪上。他记得那时夜幕即将来临，天气开始转凉，于是把珍妮的校服外套盖在她身上。他的口袋里有一串妈妈的念珠，那天他参加了一场考试，念珠一直被用来祈求好运。他小心地将念珠放在珍妮手中。这是他表达歉意的方法，对珍妮，也对上帝。然后他逃跑了，一路狂奔直到不能呼吸。

他认为自己一定会被逮捕，日日担忧着哪个大块头警察把手拍到他肩膀上。

可他，甚至从未被问询。他和珍妮不在同一所学校或同一个青年组织。他们的恋情不被父母和朋友知晓，甚至没人看见过他俩走在一起。人们绝不会想到事实的真相。

鲍约翰说，一旦警察找上门，他会立马招供。如果有哪个倒霉蛋因此被控谋杀，他也会站出来说出事实。他不能让其他人含冤入狱。他还没有那么坏。

然而，从未有人向他问过这个问题。

90年代，鲍约翰从新闻报道中得知刑侦技术已发展到能从DNA中提取证据。鲍约翰害怕自己留下了什么证据，比如一根头发丝。不过他和珍妮的恋情只维持了一小段时间，保密工作又做得极好。就算他真留下了什么，也不会有人想到让他提供DNA样本的。没人知道他认识珍妮。他都快要说服自己不认识珍妮了，却从未成功。

随着时间一年年过去，糟糕的记忆也一点点堆积。有时候连着好几个月他都能保持正常，有时候满脑子想的只有这件事。他感觉自己简直要发疯了。

“它像只困在心底的怪兽，”鲍约翰愤怒地说，“时而悄无声息，时而横冲直撞。我努力将它控制住，用铁链把它锁住。你能明白吗？”

“不明白，”塞西莉亚在心中回答，“我真不明白。”

“后来我遇见了你，”鲍约翰继续下去，“我在你身上看到了一些特别的东西。我真心觉得你是个善良美好的姑娘，因此爱上了这份美好。望着你就像望着平静的湖面，你似乎能净化我。”

塞西莉亚似乎并不买账。“我才不是什么好姑娘，”她在心中呐喊，“我吸过一次大麻！我们一起喝到烂醉！我以为你爱的是我的好身材、活泼的陪伴和幽默感，而不是我的善良，拜托！”

他还在说，想要道出每一个细节。

伊莎贝尔出生后他初为人父，突然更深刻地意识到自己对克劳利夫妇造成了怎样的伤害。

“住在贝尔街时，我开车从珍妮的父亲身边驶过。他遛着狗走在我前往公司的路上，”鲍威尔说，“他的脸看上去……我不知道该怎样形容。像是被严重的疾病折磨，随时会倒地。然而他并没有倒下，还坚持遛着狗。我想着自己做下的事，想到我应该为他的痛苦负责。我想要错开上班时间，或绕行其他道路，却总能碰见他。”

伊莎贝尔还是婴儿时，他们曾住在贝尔街。塞西莉亚记忆中的贝尔街满是婴儿肥皂、舒缓霜和捣烂的香蕉味。小宝宝让他俩忙得团团转。有时候鲍约翰会晚一些去上班，为的是能在伊莎贝尔身边多躺一会儿，摸摸她的鼻子，挠挠她的肚子。然而这不是事实。他不过是想避开死于自己手中的女孩的父亲。

“每当遇见艾德·克劳利，我总想着‘就这样了，我要坦白’，”鲍约翰说，“可我想到了你和宝宝。我怎么能对你做出这种事？我该怎样告诉你？怎么能留你一个人养大宝宝？我想过离开悉尼。可我知道你不愿离开你父母，而且这样做也不对劲。像是在逃避。我得留在此处。我必须承受这一切，一遍遍地提醒自己犯下的罪行。我总会想到新的方式惩罚自己，让我一人受苦，不去连累他人。我必须赎罪。”

任何给他个人带来快乐的事物终会被他放弃。这正是他放弃赛艇的原因。他喜欢这项运动，但珍妮永远不可能体会到划艇的乐趣，因此他必须放弃。他卖掉了挚爱的阿尔法·罗密欧汽车，因为珍妮再没有机会开车。

他花了大量时间做社区服务工作，好像法官命令他做无休止的社区服务似的。

塞西莉亚还以为他只不过是拥有“服务社区的意识”，以为这是他们的共同点，实际上她以为的鲍约翰根本不存在。他是个捏造的人。他的整个人生都在演戏，为了上帝而演的一出戏，希望借此脱离苦海。

鲍约翰认为社区服务算不上严格的惩罚，因为从某种意义上来说他乐在其中。例如，他乐意担当森林救火员志愿者——这工作让他收获了友情、玩笑话和兴奋感。要是他得到的乐趣比对社区的贡献多怎么办？他永远在计算，揣测上帝希望自己做些什么，他还要付出多少？当然他也知道自己所做的一切微不足道，死后仍然可能堕入地狱。“他是认真的，”塞西莉亚思量着，“他真心觉得自己会堕入地狱，好像地狱是真实存在的，而不是一个抽象概念。”他用一种惊悚而熟悉的语气提到上帝。塞西莉亚和丈夫不是“那种”天主教徒。他们当然是天主教徒，会定期前往教堂。但是天哪，他们不是宗教狂，上帝不会出现在他们的每日谈话中。

当然，他们此刻进行的并不是寻常的每日谈话。

鲍约翰还在说，似乎没完没了。塞西莉亚想起那个传说，传说中有一种寄生在人类体内的异国蠕虫。消灭它的唯一办法就是保持饥饿，之后在嘴边放上一盘热气腾腾的菜肴，等蠕虫闻到食物的味道慢慢从喉咙里爬出来。鲍约翰此刻的声音就像那蠕虫：无尽的恐惧从他嘴里蠕动着爬出。

他告诉塞西莉亚，随着女儿们一点点长大，他的内疚感几乎发展到无法忍受的程度。他努力想要隐藏的噩梦、偏头疼、抑郁都源于此。

“今年早些时候，伊莎贝尔总让我想起珍妮，”鲍约翰说，“也许因为她们留着相同的发型。我总忍不住盯着伊莎贝尔。这感觉糟糕透了。我一直想象着有人会伤害伊莎贝尔，正如我……正如我当年伤害珍妮一样。多么纯洁无瑕的姑娘啊！我总认为自己应该承受珍妮父母承受过的悲伤，因此我不停想象伊莎贝尔故去的场景。我还为此流过泪，洗澡时，在车上，号啕大哭。”

“你去芝加哥前，埃斯特听见你在哭，”塞西莉亚说，“洗澡时。”

“是吗？”鲍约翰眨眨眼。

鲍约翰消化这一信息期间的安宁有多么美好。

好吧，塞西莉亚想着。结束了。他终于不再说了。感谢上帝，塞西莉亚仿佛身心都得到了解放，这感觉自上次产生后一直未有过。

“我还放弃了性爱。”鲍约翰再度开腔。

看在上帝的分儿上！

他告诉塞西莉亚，去年十一月，他突然想到了另一个惩罚自己的法子，于是六个月之内不再进行性行为。他甚至羞愧于自己竟没早些想到这一点。性爱曾是他人生中最大的乐趣之一。禁欲让他苦不堪言。他担心因为不能吐露实情，导致她以为自己有外遇。

“噢，鲍约翰。”塞西莉亚在黑暗中叹了口气。

这些年来，鲍约翰为了赎罪做出的一切是那么愚蠢，孩子气，没有意义，毫无规律。

“我邀请了瑞秋·克劳利参加波利的海盗派对。”塞西莉亚突然记起。几小时前，她居然那么天真无知。“今晚我开车送她回家，还和她聊到了珍妮。我还以为自己是个好人……”

她的声音沙哑了。

塞西莉亚听见丈夫突然深吸一口气。

“抱歉，”他说，“我知道这话已经说了很多次。我知道这于事无补。”

“没关系。”塞西莉亚几乎要笑出声来，这话多么言不由衷啊。

这便是塞西莉亚陷入沉睡之前的最后一点记忆。他们睡得像服用过安眠药一样。

“你还好吗？”醒来的鲍约翰问，“觉得怎么样？”

塞西莉亚闻到丈夫早晨起来时的口臭。她自己的嘴唇干得发裂，头疼难忍。这感觉像是宿醉，难受而羞耻，他俩昨夜像是经历了什么让人作呕的放荡行为。

塞西莉亚闭上眼，用两根手指按压前额。她不能再看眼前的男人。塞西莉亚的脖子酸痛无比，昨夜一定睡姿不对。

“你认为自己是否……”鲍约翰顿了顿，不自觉地清清喉咙，终于小声问道，“是否能继续和我在一起？”

塞西莉亚在他眼中看到一种原始的、真实的恐惧。

一场事件是否能定义人的一生？少年时代的一场恶行是否能抵消二十年的婚姻生活？在这二十年幸福婚姻中，鲍约翰一直是个好丈夫、好父亲。杀害他人后你便成了谋杀犯，可这仅仅适用于其他人身上。只适用于陌生人，你从报纸上读到的人。可是面对丈夫，塞西莉亚是否要另加判断？如果需要执行双重标准，又到底为了什么？

走廊上响起啪嗒啪嗒的脚步声，一个温暖的小身躯突然溜进被子里。

“早上好，妈妈。”波利一边说，一边在父母之间轻轻扭动。她把脑袋放在母亲的枕头上，用她的黑发蹭母亲的鼻子。“早上好，爸爸。”

塞西莉亚望着小女儿，仿佛自己从未见过这孩子。她生着洁白无瑕的肌肤、浓密纤长的睫毛、孔雀蓝的美目。这孩子从头到脚都那么纯净优美。

塞西莉亚与鲍约翰目光相遇，这时他完全明白了。这就是他们要在一起的原因。

“你好，波利。”两人异口同声地答道。

第二十一章

利亚姆说了些什么，然而苔丝并未听见。小男孩松开妈妈的手，在圣安吉拉小学的校门口徘徊不前。他们身边是汹涌的人流，父母和孩子们从他们两边跑过，在他们耳边喊叫着。苔丝俯下身子，没想到后脑勺被某人的胳膊撞到。

“你说什么？”苔丝揉揉脑袋说。此刻，她焦躁、紧张、神经兮兮。接送孩子的工作和墨尔本一样糟糕，这对她而言简直就是地狱。人山人海，摩肩接踵。

“我想回家，”利亚姆低头说，“我想爸爸了。”

“什么？”苔丝其实听得真切，她牵起儿子的手，“我们先别挡路。”

她很清楚这个时刻终会来临。她的计划顺利得不正常。利亚姆对这突如其来的转校相当乐观。“他的适应能力真好。”苔丝的母亲曾赞叹道。但苔丝想到的是，儿子在从前的学校遇到太多麻烦，因此才对新学校充满热情。

利亚姆拉扯着母亲的胳膊，让她再次弯腰。

“你、爸爸和费莉希蒂不要再吵架了。”他凑在苔丝耳边说。利亚姆的呼吸很温暖，苔丝闻到他嘴里的牙膏味。“对彼此说声对不起就好。对他们说你不是故意的，这样我们就能回家了。”

苔丝的心跳停止了。

真蠢。真蠢。真蠢。她真以为自己能瞒过利亚姆吗？利亚姆敏锐的的观察力令她称奇。

“外婆也能和我们一起去墨尔本，”利亚姆继续说，“我们能好好照顾她，直到她的脚踝恢复为止。”

真有趣。苔丝倒是从未想到过这一点。一直以来，她都认为自己在墨尔本的生活和母亲在悉尼的生活处于两个星球。

“机场能提供轮椅。”利亚姆严肃地说。这时，一个小女孩的背包不小心撞到他脸上，擦到他的眼角。他皱起眉头，眼泪从金色的眼睛里喷涌而出。

“亲爱的，”苔丝无助地说，她自己的眼泪也在眼眶中打转，“你瞧，其实你这会儿用不着上学。这真是个疯狂的想法……”

“早上好呀，利亚姆。我正在想你有没有到呢！”说话的是校长。她蜷缩起身子，使得自己与利亚姆同高。她的身体那么灵活，一定练过瑜伽。一个和利亚姆差不多年纪的男孩从他们身边走过，轻轻地拍了拍她灰白色的鬈发，好像她是一只小狗，而不是什么校长。“早上好，特鲁迪小姐。”

“早上好，哈里森！”特鲁迪举起手，围巾从她肩膀上滑落。

“抱歉，我们站在这儿似乎有些阻碍交通……”

特鲁迪对苔丝微微一笑，用一只手整理好围巾，注意力又很快回到利亚姆身上。

“你知道你的老师杰夫斯太太和我昨天下午做什么了吗？”

利亚姆耸耸肩膀，在脸上抹了一把，将眼泪擦去。

“我们把你的教室变到了外星，”她的眼中闪着兴奋之光，“我们的彩蛋狩猎活动将在外太空举行！”

利亚姆哼了一声，满脸狐疑：“怎么做的？你们是怎样做到的？”

“快跟我来看看吧，”特鲁迪起身牵住利亚姆的手，“和你妈妈说声再见吧，今天下午就能告诉她你在太空找到多少枚巧克力彩蛋了。”

苔丝轻吻了一下儿子的小脑袋：“好吧，祝你今天过得愉快。别忘了我会……”

“当然会有太空船。猜猜谁能坐上它？”特鲁迪边说边牵着男孩走开。苔丝见到儿子抬头看着校长，他的脸上突然闪现出小心翼翼的希望。之后，他很快被吞没在身着校服的人群中。

苔丝转身面向街道。每当把利亚姆交给他人看管，她总有挣脱枷锁的感觉，束缚她的重力似乎瞬间消失。

她现在该做些什么？利亚姆放学后，她又该对孩子说些什么？她不能撒谎，告诉儿子他的生活风平浪静，可她也不能将事实告诉他，对吗？“爸爸爱上了费莉希蒂。爸爸爱的那个人本该是我，我生他俩的气。我很受伤。”

通常情况下，事实总是最好的选择。

苔丝实在太仓促。她假装一切都是为利亚姆考虑。她把孩子猛地从自己家中、学校和生活里拉走，想出走的其实是她。她想要尽可能地远离威尔和费莉希蒂，而此刻利亚姆的快乐只能建立在一个奇怪的鬈发女人身上。

也许，她应该在家中教育孩子，直到他完全接受新生活为止。她能搞定大部分功课：英文、地理。这将会非常有趣！可数学呢？想到这个，苔丝的心情一下子跌倒谷底。上学时，一直是费莉希蒂帮苔丝补习数学，而现在她要帮利亚姆补习了。几天前，费莉希蒂还表示利亚姆上高中时自己就能重温二次方程式了。听了这话，苔丝和威尔耸耸肩相视而笑。他俩表现得那么正常！居然能如此成功地藏住他们的小秘密！

苔丝独自走在校园外的小径上，朝母亲的房子走去。这时，她听见身后传来一句问候。

“早上好，苔丝。”

是塞西莉亚·费兹帕特里克。这女人突然出现在她身旁，手中甩动着车钥匙。她走路的样子有几分怪异，像是有些跛足。

苔丝深吸一口气：“早上好！”

“今天是你送利亚姆上学的第一天，对吗？”塞西莉亚问。她戴着太阳镜，苔丝由此幸免于恐怖的眼神接触。她听上去像是患了感冒。“他表现得怎样？第一天总会有些棘手。”

“哦，还不错，但特鲁迪……”苔丝没再说下去，她注意到塞西莉亚脚上的鞋——它们根本不是一双。她穿着一只黑色板鞋，一只金色高跟凉鞋，怪不得她走路的样子不太正常。苔丝挪开视线，记起自己还有话未说完：“特鲁迪让小家伙很是开心。”

“噢，没错。特鲁迪无疑是个万里挑一的好校长，”塞西莉亚说，“这是我的车。”她指了指路旁一辆印着特百惠标志的亮白色汽车。“我忘了波利今天有体育课。我从没……无论如何，我把这事忘了。因此我得开车回家帮她拿运动鞋。波利爱上了体育老师，我如果把鞋送晚了可能会有麻烦。”

“康纳，”苔丝说，“康纳·怀特比是她的体育老师。”她想到昨夜与康纳在加油站的交谈，记起他把头盔夹在胳膊下的样子。

“没错。所有的小姑娘都爱他。事实上，半数的妈妈也喜欢他。”

“是吗？”他们曾一起倒在摇晃的水床中。

“早上好，苔丝。早上好，塞西莉亚。”迎面走来的是行政秘书瑞秋·克劳利。她穿着衬衫和商务裙，脚上却穿着一双跑鞋。苔丝不知道是否有人见到瑞秋能忍住不会去想珍妮·克劳利和公园惨剧。没人会想到瑞秋其实是个普通妇人，没人能预料到等待她的悲剧。

瑞秋停在她们跟前。又要聊下去了，简直没完没了。瑞秋看上去脸色苍白，满是疲倦，她那一头银发似乎也不如昨天整齐。“再次谢谢你昨晚送我回家。”她对塞西莉亚说完，又对苔丝微微一笑：“我昨夜去了塞西莉亚的特百惠派对，怕是喝了太多酒。这也是我今天步行来学校的原因，”她指了指脚上的球鞋，“真丢人，不是吗？”

接下来是一阵尴尬的沉默。苔丝理所当然地指望塞西莉亚先开口，但她的心思似乎飘到了远方。这沉默时刻简直怪诞难忍。

“昨夜你一定玩得很尽兴。”苔丝终于打破了沉默，无奈声音又响又夸张。她难道不能像个正常人一样讲话吗？

“的确是的。”瑞秋对塞西莉亚轻轻皱起眉头，她仍然一言未发。瑞秋见状又将注意力转回到苔丝身上。“利亚姆今天还好吗？”

“特鲁迪小姐把他好好地保护在羽翼下呢。”苔丝回答。

“那就好。他会没事的，特鲁迪对新来的孩子一向关照。我得去工作了。再见了，姑娘们。”

“祝你一天……”塞西莉亚清清嗓子，掩盖沙哑的声音，“祝你今天过得愉快，瑞秋。”

“你也是。”

瑞秋扭头走向学校。

“这下好了。”苔丝长舒一口气。

“哦，天哪，”塞西莉亚的手指压在嘴唇上，“我觉得我要……”她焦虑地扫视四周，像在寻找什么。“该死！”

她突然蹲下身子开始狂吐，像犯了重病。

“哦，上帝啊。”苔丝在心中哀叹道。她可不愿见到塞西莉亚·费兹帕特里克犯病。塞西莉亚干呕是否由于宿醉？食物中毒？她是否应该蹲下身子帮她拍拍背，像酒吧内的好友一样为她撩起头发？她和费莉希蒂为彼此做过这些。又或者她应该轻揉塞西莉亚的背部，像利亚姆生病时一样？站在一旁看着，她至少得说些抚慰同情的话来表达关心吧？总比在一旁袖手旁观好。但事实上，苔丝跟这个女人实在不熟。

怀着利亚姆时，苔丝经历了很长一段时期的晨吐。她在很多公共场所不小心呕吐过，那时，她想做的就是一个人默默离开。也许她此时应该悄悄走开？可她不能抛弃眼前这个可怜的女人。苔丝绝望地环视四周，想寻找一根救命稻草。有没有哪个妈妈能成功应付这一事件？有没有人知道究竟该怎么做？塞西莉亚在这学校一定有不少朋友，但此刻的街道突然变得了无人烟。

苔丝突然想到了该做什么：纸巾。她应该递给塞西莉亚一些有用而合适的物件，这聪明的想法让苔丝不禁有些自鸣得意。她慌忙将手探入包内，找到一包未打开的纸巾和一杯水。

“你就像个童子军。”威尔曾这样评价。那时他们刚确立恋爱关系，一夜观影回家的路上，威尔不小心把钥匙掉在路上，苔丝见状瞬间就找出一个手电筒。“如果我们有一日被困在荒岛上，一定要靠苔丝的手提包才能活下来。”费莉希蒂应和道。当然，那晚费莉希蒂也和他们在一起。她现在记起来了。费莉希蒂何时不在呢？

“我的天，”塞西莉亚直起身子，用手背擦擦嘴角，“真是尴尬。”

“拿着，”苔丝递去纸巾，“你还好吗？是不是因为……吃坏了什么？”苔丝注意到塞西莉亚脸色煞白，手不住地颤抖。

“我不知道。”塞西莉亚抬起头，她眼泪汪汪，眼袋发紫，眼睑下粘着新月形的睫毛膏，看上去糟糕透了。“真是抱歉。你一定有几百件事要忙，还是先走吧。”

“事实上我一件要做的事都没有，”苔丝回答，“一件都没。”她扭开瓶盖，“要喝点水吗？”

“谢谢你。”塞西莉亚喝了一口水，踉跄着站起来。在她跌倒前的一瞬间，苔丝抓住她的手臂。

“对不起，真对不起。”塞西莉亚几乎要哭出来。

“没关系的，”苔丝扶起她，“我想我可以载你回家。”

“噢，不麻烦了。你真好，可我真的没问题。”

“不，你才不是，”苔丝坚持道，“让我载你回家吧。回家后你好好睡一觉，我把你女儿的运动鞋送回来。”

“真不敢相信我差点又忘了波利那该死的运动鞋。”看塞西莉亚自责的样子，还以为她把女儿置于什么危险境地了。

“别这样。”苔丝从塞西莉亚手中夺来钥匙。她已无力反抗，只能任由苔丝打开车门。此时，苔丝内心充满了使命感和责任感。

“真是麻烦你了。”塞西莉亚重重地倚靠在苔丝肩上，一点点挪入副驾驶位。

“一点也不会。”这轻松正常的语气真不像出自苔丝之口。她关上车门，走向驾驶位。

“你现在真是个好公民了！”费莉希蒂在苔丝头脑中评论道，“接下来你就会参加家长与公民协会了！”

“滚开吧，费莉希蒂。”苔丝在脑中喊道。她轻轻转动手腕，打开引擎。

第二十二章

塞西莉亚怎么了？她显然不像平日的样子。瑞秋边朝圣安吉拉小学走去边思量着。把平日的高跟鞋换成运动鞋，以扁平足跨着大步行走，瑞秋觉得挺不自在。她能感觉到自己腋下和额角开始流汗，步行上班让她重新感受到自己的活力。今天早上离家前，瑞秋本想过叫辆出租车，因为昨夜实在耗费了太多精力。罗德尼·贝拉赫警长走后，瑞秋一直没睡着，只是一遍遍发疯似的在脑中重放珍妮和康纳的录像带。每想到康纳一回，那家伙的样子在记忆中就狠毒了一分。细想想，瑞秋觉得罗德尼不过是谨慎小心，不愿太早地勾起自己的希望。他已经是个老头了，做事圆滑了许多。如果这录像带被哪个聪慧机智的年轻警长看到，他（或她！）一定能一眼看出各种端倪，立即采取行动。

今天，如果在学校遇见康纳·怀特比怎么办？和他正面对质？控诉他的罪行？这些想法让瑞秋觉得头昏脑涨。她积攒多年的情绪一定会如火山一样爆发：悲伤、暴怒、仇恨。

瑞秋深吸了一口气。不，她不可以同康纳正面对质。她想看到正义通过正当途径得到伸张，她才不要事先做出什么有罪裁定。万一怀特比因为她没守住秘密而逃之夭夭怎么办？此刻瑞秋所感到的不全是快乐，还有其他情绪。希望？满足感？没错，正是满足感。她正为珍妮而努力着，这便是她感到满足的原因。她已经有很长时间没为女儿做出努力了：没能在寒夜里走进珍妮的卧房，在她单薄的肩上披上一层薄毯（珍妮常会感觉寒冷）；没能烹饪她最喜欢的起司和黄瓜三明治（要在上面抹一层厚厚的奶油，珍妮一直偷偷地想让自己丰润起来）；没能小心地帮她手洗衣衫，没来由地给她留下一张十元钞票。过了这么多年，瑞秋终于再度想为珍妮做些什么，能继续当她的母亲，在细微的方面照顾她。“我就要逮住他了，亲爱的。用不了多久了。”

提包中的手机铃声突然响起。瑞秋慌忙摸出手机，要在电话转入语音信箱前瞥一眼来电人。一定是罗德尼！要不然，还有谁会在这时候来电话？他已经有新消息了？可这也太快了，不可能是他。

“你好？”

接起电话前，瑞秋已看清了来电人。是罗布，不是罗德尼。这“罗”字给了她一瞬间的希望。

“妈妈，你还好吗？”

希望落空后的瑞秋努力抑制住自己的难过。

“一切都好，亲爱的。我正在去学校的路上呢。怎么了？”

罗布开始了长篇大论，瑞秋边听边往办公室走去。她路过一年级教室，在门外就听到孩子们的一阵阵笑声。瑞秋往教室内看了眼，看见她的上司特鲁迪·阿普比举起一条胳膊跑过教室，像个超级英雄。而一年级的老师双手捂着眼睛，笑得难以自控。教室内挂着的是迪斯科闪光灯吗？苔丝·奥利瑞的小儿子今天一定不会感到无聊了。根据那份报告，特鲁迪注定要调往教育部工作了……瑞秋叹了口气，打算十点以后再将她拖回办公室，把报告交给她。

“那就这样说定了？”罗布在电话那头问，“周日您会来和罗兰的父母见面？”

“什么？”瑞秋走进办公室，将手提包放在桌上。

“如果您愿意的话，也可以带些奶油蛋白甜饼来。”

“带奶油蛋白甜饼去哪儿？什么时候？”瑞秋完全没搞清楚儿子要做什么。

她听到罗布深吸了一口气。

“周日的复活节，来吃午饭，和罗兰的家人一起。我知道我们之前说了会上您那儿吃饭，但我们根本不可能面面俱到。纽约的事情实在让我们忙得不可开交。因此我们在想，您能不能一起来罗兰父母家，这下就能同时照顾到两家人了。”

罗兰的家人。罗兰的母亲每晚流连于芭蕾舞剧场和戏院，钟爱这所谓的高雅艺术。罗兰的父亲是个退休律师，他会和瑞秋客套几句，又带着礼貌的困惑表情迅速转身离开，像搞不清瑞秋是谁。餐桌上总会有个长着异域面孔的陌生人没完没了地聊起自己最近在印度或伊朗的神奇之旅。满桌除了瑞秋和雅各，所有人都觉得这话题吸引人。各种各样的客人似乎不会间断，瑞秋每次见到的都是新面孔。新面孔多到让瑞秋以为是罗兰的父母专门聘请客人们来席上发言。

“好吧。”瑞秋妥协地叹了口气。她至少能带雅各到花园里玩耍。为了雅各，没有什么是不能忍的。“就这样说定了。我会带蛋白甜饼去的。”

罗布爱极了她的蛋白甜饼。上帝保佑他。他似乎从未意识到母亲卖相难看的蛋白甜饼是餐桌上多余的点缀。

“还有，罗兰想知道您是否还想要些小饼干。哪种都行，我们那天晚上会带去的。”

“她真好。不过，那饼干对我而言太甜了。”瑞秋回答。

“她还想知道您昨晚在特百惠派对上是否玩得尽兴。”

周一来家里接雅各时，罗兰一定发现了冰箱上的邀请函。简直是在炫耀：“瞧瞧，我对婆婆的晚间生活多么上心！”

“派对很好。”瑞秋回答。她是否要告诉儿子录像带的事？这事会让他感到难过还是高兴？他有权知道。瑞秋有时意识到自己对儿子的悲伤甚为忽视，一心只想让他离自己远远的，去睡觉或看电视，让她一个人静静地痛苦。

“有些无聊对吗，妈妈？”

“派对不错。事实上，回家后……”

“嘿！昨天我为雅各拍好了护照照片。您等着看看吧，真是太可爱了。”

珍妮从未有过护照，然而，不过两岁的雅各有张能让他随时离开这个国家的护照。

“真等不及想看。”瑞秋不再打算将她的新发现告诉罗布。他一心忙于自己认为重要的事，哪有空理会有关自己姐姐被谋杀案件的调查？

罗布停顿了一下。他可不蠢。

“我们没忘记这周五的事，”他说，“我知道每到这时候你都会很难过。事实上，说到星期五……”

他似乎在等待母亲先开口。难道他接下来要说的才是这通电话的重点？

“没错，”瑞秋不耐烦地说，“星期五怎么了？”

“罗兰那天晚上本打算告诉你的。这是她的主意。不，这其实是我的点子。她说的某些话让我想到……无论如何，我知道你总会去公园。那个公园。我知道你总是一个人去，可我在想，也许我应该和你一起。如果可以的话，我们可以带上罗兰和雅各。”

“我不需要……”

“我知道你不需要我们陪伴，”罗布打断道，坚定得不寻常，“但这次我也想要在场。为了珍妮。为了告诉她……”

瑞秋听到他破了音。

罗布清清嗓子再度开腔，这次的声音更低。

“在这之后，车站附近有家不错的咖啡馆。罗兰说它周五会开门，我们可以一起吃早餐，”罗布咳了一下慌忙说，“至少可以喝杯咖啡。”

瑞秋想象着罗兰站在公园中的样子，一定既时髦又肃穆。她会穿一件奶油色大衣，在腰间紧紧地系上皮带，头发扎成低马尾以显庄重，不会兴高采烈地摇晃，口红也不会太亮。她总能在正确的时间做正确的事、说正确的话，把“自己丈夫姐姐的死亡纪念日”完美地列入她的社交日历。

“我真的宁愿……”瑞秋想到罗布破音的样子。这活动也许是罗兰安排的，却也是罗布需要的。也许他对姐姐的缅怀远重要于瑞秋渴望独处的小心愿。

“好吧，”她终于松口，“你们可以和我一起。通常我很早就会到那儿，大约六点。不过这些天雅各似乎天刚亮就能醒来，对吗？”

“没错！他的确是！我们会准时到场的。谢谢您，这对我们而言……”

“其实我今天有很多事要忙，如果你不介意的话……”这通电话的时间已经够长了，罗德尼或许正给她打来电话，瑞秋可不愿让他等着。

“再见，妈妈。”罗布悲伤地说。

第二十三章

塞西莉亚的屋子温馨舒适，阳光从大大的窗户中轻柔地泻入屋内。自窗内望去，便能见到主人家悉心照料过的后院和游泳池。室内的墙壁上挂着有趣可人的家人照片以及孩子们的手绘作品。屋内的陈设物件无一不细心归置，却不会显得过分正式，让人不敢落脚。沙发看上去松软舒适，书架内挤满各式书籍和小饰品。屋内随处可见小姑娘们留下的痕迹：各类运动器材、一架大提琴、一对芭蕾舞袜，然而，这些小物件都被收拾妥当，绝不会让人感觉凌乱。这间屋子整洁得像是售屋广告里的房子，还被房屋中介标记为“梦幻家宅”。

“我喜欢你的房子。”苔丝领着塞西莉亚去厨房，中途忍不住感叹。

“谢谢你，这……哎呀！”塞西莉亚突然停在厨房门口，“抱歉让你看到这乱糟糟的样子！”

“你在开玩笑吧？”厨房中央台上的确留着几只早餐碗，微波炉上放着一杯半满的苹果汁，餐桌上有几幅画和一堆书。除此之外，一切都整整齐齐。

看着塞西莉亚在厨房内飞奔着收拾的样子，苔丝不禁被逗乐了。用不了几秒，塞西莉亚便把餐盘堆入洗碗机，将麦片放回储物柜，又用纸巾擦净厨房水槽。

“我们今天早上实在太匆忙，”看塞西莉亚认真擦水槽的样子，还以为这水槽是她性命所系，“通常情况下，不收拾好房间我是不会出门的。我知道自己这样做很荒唐，我妹妹常说我有些心理失调。是什么来着？没错，强迫症。”

苔丝认为她妹妹说得不无道理。

“你应该好好休息。”苔丝说。

“快请坐。你想要喝咖啡还是茶？”塞西莉亚狂乱地说，“我这儿有小面包卷、饼干……”她停了下来，闭上眼按着额头，“上帝啊。那是，啊哈，我在说什么？”

“看来我应该给你倒杯茶。”

“我也许真的需要……”塞西莉亚抽出一把椅子，视线突然落到自己的鞋上。

“我的鞋不是一双。”她惊骇地说。

“没人会注意到的。”苔丝安慰道。

塞西莉亚俯身坐下，将手肘倚在桌上。她向苔丝投去一个懊悔得近乎羞涩的笑容：“我平日给圣安吉拉教区的人们留下的可不是这种印象。”

“哦，”苔丝往一只闪亮的水壶里灌满水，注意到自己不小心在塞西莉亚的水槽内留下几滴水珠，“你的秘密在我这儿安全无比。”

说完这话，苔丝顿时觉得不妥，这是不是在暗示塞西莉亚的举动有些丢人？她赶紧转换话题：“你女儿是不是在做关于柏林墙的作业？”

她朝桌上的一摞书望去。

“我二女儿埃斯特出于兴趣在研究这段历史，”塞西莉亚回答，“她对各种事件都有着狂热兴趣。我们到头来都成了专家，不过过程的确有些难熬。”她深吸一口气，突然转身面向苔丝。这举动像是，一场晚宴上，塞西莉亚突然决定把注意力从对面的宾客转移到苔丝身上。“你有没有去过柏林墙，苔丝？”

她的语调可有些不正常，是因为她又不舒服了？塞西莉亚是不是在吸毒？还是因为精神疾病？

“不，其实我没去过。”苔丝打开塞西莉亚的餐具柜，见到眼前形态大小各异的特百惠收纳盒，她不禁瞪大眼睛。塞西莉亚的餐具柜简直堪比杂志广告。“我去过几次欧洲，但我表妹，费莉希蒂……”苔丝停了下来。她本想说表妹费莉希蒂对德国不感兴趣，因此她也从未去过德国。苔丝第一次因为口中要说出的怪事而闭口。这算什么？难道她对德国是否喜好完全不重要？（她究竟是如何看待德国的？）这时，苔丝见到一只托盘上排了好几排茶包。“上帝啊，你这儿什么都有。你要喝哪种茶？”

“哦，伯爵红茶，不加糖。说真的，还是让我来吧！”塞西莉亚站起身。

“坐下，坐下。”苔丝的语气近乎命令，像是认识了塞西莉亚一辈子。眼前的塞西莉亚表现得一点不像她自己，苔丝也是。塞西莉亚闻言只得坐下。

苔丝突然想到：波利不是急需拿到运动鞋吗？要不要我赶快送到学校去？

没想到塞西莉亚先开了口：“我又忘了波利的运动鞋！忘得一干二净。”

塞西莉亚大惊失色的样子让苔丝忍不住微笑，她像是这辈子第一次忘记某事。

之后，塞西莉亚缓缓地说：“他们十点才会去体育场。”

“这样的话，我就和你喝杯茶吧。”苔丝说。她自作主张地打开一包看上去价格不菲的巧克力小饼干，为自己的莽撞兴奋不已。来点刺激的生活吧。“想来些小饼干吗？”

第二十四章

塞西莉亚看着苔丝将茶杯（她用错了杯子，塞西莉亚从不会用这种马克杯招待客人）举到唇边，对自己微笑。她一点也不知道塞西莉亚脑海中回荡着怎样的独白。

想知道昨天晚上我发现了什么吗，苔丝？我的丈夫谋杀了珍妮·克劳利。哇哦，没错，瑞秋·克劳利的女儿，就是她。那个有着悲伤目光的银发老太太，那个今早从我们身边走过，看着我的眼睛微笑的女人。因此，此刻我陷入了一大困境，苔丝。一个真实困境！

塞西莉亚若是将这些话说出口，苔丝会作何反应？塞西莉亚一直认为苔丝是神秘而自信的人，她不需要用刻意的谈话填补言语空白。而现在，她突然想到苔丝的冷淡也许是由于害羞。塞西莉亚见到苔丝目光中好像要鼓起的勇气，见到她小心翼翼地挺直腰板，像个到别人家中做客的孩子。

苔丝的确对塞西莉亚挺好，那场荒唐的呕吐事件后也甘愿载她回家。她会不会以后见到瑞秋都要呕吐呢？要是这样就麻烦了。

苔丝瞥向那堆关于柏林墙的书："我一直很爱读逃跑故事。"

"我也是，"塞西莉亚回应道，"特别是成功逃脱的案例。"她翻到书中间的照片集。"看见这家人了吗？"她指向一张黑白照片，照片上一对青年男女领着四个衣着邋遢的小鬼。

"这个男人劫了一列火车。当时人们管他叫'嘉里加农炮'。他把火车开到全速，径直冲过封锁。列车员蹲在座位底下高喊着：'你疯了吗？'子弹在他们头上横飞。你能想象吗？不是站在他的立场，而是她，一位母亲。我一直在思考这事。当时四个孩子正趴在火车内的地板上，子弹在他们头顶呼啸而过。她编了一个故事分散孩子们的注意力。她说自己之前从未给孩子们编过故事。说实话，我也没给自己的孩子编过故事，我是个没什么创造力的人。你呢？会为自己的孩子们编故事吗？"

苔丝把指甲伸进嘴里："偶尔吧，我猜。"

我一定话太多了。塞西莉亚想。可她很快意识到自己说的是你的孩子们，而苔丝只有一个儿子。塞西莉亚不知道要不要纠正自己的错误，万一苔丝很想多生几个孩子，却出于某些原因没能如愿呢？

苔丝将书拿到跟前，看着书中的照片："我想这照片说明人们愿意为自由付出些什么。如今的我们总以为自由是理所当然的。"

"可我若是这男人的妻子，我一定会拒绝。"塞西莉亚听上去焦虑不安，仿佛真的面临抉择。她意识到不妥，努力平复自己的语调。"我不认为自己有那么勇敢。我会说：'这不值得。就算被困在墙内又怎样？我们至少还活着，孩子们至少还活着。为自由付出生命，代价太高了。'"

鲍约翰的自由又是以什么为代价？瑞秋·克劳利？她就是代价？她心灵的平静？她的内心究竟怎样才能宁静下来？也许只能等到她最终得

知女儿因何而死，又是死于何人之手，看到犯罪之人被绳之以法？塞西莉亚至今仍然在生一位幼儿园老师的气，那位老师曾把伊莎贝尔弄哭。幸好伊莎贝尔本人都不记得这事了。塞西莉亚想象不出瑞秋的感受，只觉得胃在翻滚。她放下茶杯。

“你的脸色白得像张纸。”苔丝说。

“我也许染上了什么病毒。”塞西莉亚解释道。这病毒是我丈夫传染给我的，一种极度恶心的病毒。哈！恐惧中的塞西莉亚居然笑出了声。“也许是别的原因。可以肯定的是，我的确被传染到了什么。”

第二十五章

苔丝开着塞西莉亚的车前往学校为波利送运动鞋。她突然想到，如果波利今天有体育课，这意味着利亚姆也一样。他俩不是同一个班吗？利亚姆可没穿运动鞋。没人告诉苔丝今天有体育课。也许他们说了，她却没记下来。苔丝不知道是否应该在母亲门前停车，也为利亚姆准备一双跑鞋。她犹豫不决，难以判断。没人告诉过她，做一个母亲意味着你要做出成千上万个小决定。生下利亚姆之前，苔丝一直以为自己是个果断的人。

好吧，现在已过十点，她最好别冒险错过时间。这事看上去挺重要的，苔丝不想看到塞西莉亚失望。这可怜的女人似乎病得厉害。

塞西莉亚说她可以把鞋送去波利的教室，也可以直接去找体育老师。“你大概能在体育场碰见康纳·怀特比，”她说，“这样更方便些。”

“我认识康纳，”苔丝讶异于自己所说的话，“事实上我还和他约会过一段时间。数年前。算得上陈年旧事了。”苔丝感到无比局促。她为什么要说这些？讨厌又没意义。

塞西莉亚看上去颇为惊讶："他可是圣安吉拉教区最受人追捧的单身汉。我可不会告诉波利你俩约会过，否则，她会杀了你的。"

她很快发出一阵不安的尖笑，抱歉地提出自己最好此刻躺下休息。

苔丝找到康纳时，他正在操场上细心地将篮球分配到不同颜色的活动区。他身着一件雪白的T恤和黑色运动裤。此刻，他似乎没有昨夜在加油站时那么吓人了。阳光下，可见康纳的眼角有着深深的皱纹。

"又见面了，"他微笑着接过苔丝递来的鞋子，"我猜这鞋子是送给利亚姆的。"

你第一次吻我是在一片海滩上。苔丝想着。

"不，这是给波利·费兹帕特里克的。塞西莉亚病了，我替她将鞋子送来。不过利亚姆也没有任何运动护具。你不会罚他留堂的，对吧？"

又来了，她的语调中透露出调情的味道。她为何要对康纳调情？只因为记起了他们的初吻？还是因为费莉希蒂从未喜欢过他？因为她的婚姻已支离破碎，所以继续证明自己魅力依旧？因为她在生气？悲伤？因为她没理由不这么干？

"我会温柔待他的，"康纳小心地将波利的小运动鞋放到一边，"利亚姆喜欢运动吗？"

"他喜欢跑步，"苔丝回答，"总是无缘无故地跑起来。"她想到了威尔。威尔是澳大利亚澳式足球联盟的忠实支持者。利亚姆还是个小婴儿时，威尔就兴奋地幻想自己带着儿子看比赛的样子。不过到目前为止，利亚姆对威尔钟爱的足球兴趣寥寥。苔丝明白威尔一定很失望，可他只是一笑置之，偶尔自嘲了事。一次，当他们一家人围坐着看电视时，苔丝听见利亚姆说："我们一起到屋外跑步吧，爸爸！"威尔其实一点也不喜欢跑步，他叹了口气，无奈地顺从儿子。一关掉电视机，父子俩就开始绕着后院疯跑。

苔丝才不会让费莉希蒂毁掉这份父子情。她不会让利亚姆和一个完全不了解他的父亲尴尬地相处。

“他对新学校适应得怎么样？”康纳问。

“我认为还不错，”苔丝摆弄着塞西莉亚的车钥匙，“可他今天早上情绪有些低落，小家伙想爸爸了。他爸爸和我……不管怎样，我愚蠢地以为利亚姆察觉不到这一切。”

“你总能惊讶地发现这些小家伙有多聪明，”康纳从布袋中拿出两个篮球，把它们放在胸前，“但你很快又惊讶地看到他们有多愚蠢。这是一所充满爱的学校。我从未见过一所如此关爱学生的学校。这都归功于校长。她是个怪人，却事事以孩子为先。”

“这个世界和你当初从事的会计行业一定大不相同。”

“哈！你知道我做会计时是什么样的，”康纳向苔丝投去一个友好而温柔的微笑，仿佛对她的爱历久弥新，“我不知怎的就忘了。”

克朗塔夫海滩，苔丝突然想到，那就是你第一次吻我的地方。美好的初吻。

“已经过去好长时间了，”苔丝的心跳开始加速，“我几乎记不起多少。”

我几乎记不起多少。这可不合道理。

“是吗？”康纳俯身放下一只篮球，起身时，他的目光迎上苔丝的双眼，“我倒是记得很多。”

他这是什么意思？他是记着他俩的恋情，还是记得不少90年代的事？

“我该走了，”苔丝不小心迎上康纳的目光，又迅速望向一边，好像直视他人的眼睛是件不礼貌的事，“不打扰你工作了。”

“好的，”康纳在两手在手掌间运球，“喝咖啡的约定还有效吗？”

"当然，"苔丝对着康纳所在的大致位置微笑，"祝你们玩得开心。"

"我们会的。我保证会留心利亚姆。"

苔丝迈步走开，她记起费莉希蒂有多爱陪威尔看球赛。这是他们之间的共同点，是一个共同兴趣。他们一起在电视机前加油助威，她却在坐在一旁静静地读书。苔丝转过身子。"还是喝酒吧，"她这回真切地迎上康纳的目光，亲密得近乎身体接触，"我是说，不要喝咖啡。"

康纳将一只球放在脚边："那么，今晚怎样？"

第二十六章

塞西莉亚坐在餐具室的地板上，用手臂揽住膝盖埋头哭泣。她起身从橱柜的最底端拿出一沓纸巾，扯出其中的一张，用力地擤了擤鼻涕。

她不记得自己缘何走进这间屋子。也许只有整齐的特百惠收纳盒才能让她的心情平静下来。这些密封良好、形状各异的小盒子，它们蓝色的密封盖能让食物保持新鲜松脆。塞西莉亚的餐具室里绝没有腐烂的秘密。

她闻到一丝芝麻油的味道。塞西莉亚一直小心翼翼地擦干净油瓶，此刻仍能闻到这味道。也许她应该把这瓶芝麻油丢掉，可鲍约翰很爱吃这个。

谁在乎鲍约翰爱吃什么？婚姻的天平再也无法平衡，她已占了上风，显然可以做自己想做的决定。

此时门铃响了。塞西莉亚猛吸一口气："一定是警察！"

可警察没理由现在就现身。毕竟这么多年来只有塞西莉亚知道这件事。“我真恨你，鲍约翰·费兹帕特里克。”塞西莉亚站起身，只觉得脖子一阵酸痛。她拿起一瓶芝麻油，将其扔进前门的垃圾桶里。

按门铃的不是警察，而是鲍约翰的母亲。塞西莉亚困惑地眨眨眼。

“你刚才在浴室吗？”弗吉尼亚问，“我差点没坐在台阶上。我的两条老腿都开始酸了。”

弗吉尼亚总有本事让你感觉内疚难过。她有六个儿子和六位儿媳，这些人中，塞西莉亚是唯一没被她惹出眼泪、怒火和挫败感的。这都源于塞西莉亚不可动摇的自信，她坚信自己是个称职的好妻子、好母亲、好主妇。放马过来吧，弗吉尼亚。每当弗吉尼亚审视鲍约翰平整干净的衬衫和塞西莉亚一尘不染的熨衣板时，塞西莉亚总忍不住这样想。

每周三的太极课结束后，弗吉尼亚总会“顺道访问”塞西莉亚家，到此处喝上一杯茶，吃些新鲜烘焙的小点心。“你怎么忍受得了？”塞西莉亚的弟妹曾如此感叹。她本人其实并不介意，这感觉像是每周都要参加一场目标不明的战斗，但塞西莉亚觉得自己大多数时候是赢家。

但不是今天。今天，她没有足够的勇气。

“这是什么味道？”弗吉尼亚伸过脸颊等待儿媳的贴面礼，“是芝麻油吗？”

“没错，”塞西莉亚闻了闻自己的双手，“进来坐吧。我去烧水。”

“其实我不怎么喜欢芝麻油的味道，”弗吉尼亚说，“这是亚洲人喜欢的东西，不是吗？”她在桌边坐下，在厨房内搜寻污渍和不妥之处。“鲍约翰昨晚怎样？今天早上他给我打了电话。他能提早回来可真好，姑娘们一定高兴坏了。她们都是爱爸爸的好孩子，你的三个女儿，对吗？让我不敢相信的是，鲍约翰昨夜才刚回来，今早居然匆匆忙忙地去了办公室！他一定还没适应时差。我可怜的儿子。”

鲍约翰今天早上本想留在家里。“我不能留你一人面对这些，”他说，“我不会去办公室的。我们可以聊聊，好好聊聊。”

然而，在塞西莉亚心中，此刻没有什么能比聊天更糟糕的了。她坚持让鲍约翰去工作，几乎是将其推出门口的。塞西莉亚需要避开丈夫一会儿，她需要思考。鲍约翰整个上午不停地打电话来，在语音信箱里留下狂乱的留言。鲍约翰是在害怕她会将自己所知的一切告诉警察?

“鲍约翰是个很有职业道德的人。”等待她的茶时，塞西莉亚的婆婆说。

“要是知道了昨天晚上发生了什么，想象一下你会怎样吧。”塞西莉亚在心中哀叹。她感觉到弗吉尼亚精明的目光正对其进行着评估。弗吉尼亚不是傻瓜，这是塞西莉亚的弟媳们犯下的错误，她们总会低估眼前的敌人。

“你看上去不太好，”弗吉尼亚说，“像是累坏了。你实在太努力了。我听说了你昨夜的派对。太极课上我和马拉·埃文斯闲聊，她说你的派对大获成功。派对上每个人都喝得烂醉。她还提到，昨夜是你载瑞秋·克劳利回家的。”

“瑞秋是个好人。”塞西莉亚将弗吉尼亚的茶放在她眼前，茶杯旁更配有各色烘焙小点心（这些小点心是弗吉尼亚的软肋，总能帮助塞西莉亚逃过一劫）。她在提到瑞秋的名字时，不会感到难受欲吐吗？“我还邀请了她参加波利下周末的海盗派对。”

哦，这可太棒了。

“是吗？”弗吉尼亚说完停顿了一下，“鲍约翰知道吗？”

“知道，”塞西莉亚回答，“他知道。”这是个奇怪的问题。弗吉尼亚明知道他儿子并未参与生日派对的筹划。塞西莉亚将牛奶放入冰箱，转身望着弗吉尼亚。

“您为什么要这样问？”

弗吉尼亚将一块椰子柠檬片放入口中："他不介意？"

"他为什么要介意？"塞西莉亚小心地抽出一张椅子，也在桌边坐下。她感觉有人正用手指杵着她的前额，好像她的脑袋是面团做的。她抓住了弗吉尼亚的目光。她有着和鲍约翰一模一样的眼睛。弗吉尼亚曾是个美人，如果哪个倒霉的儿媳没从家庭照片中认出昔日的她，弗吉尼亚一定不会原谅她。

弗吉尼亚先收回目光："我不过是以为鲍约翰不愿意自己女儿的派对上人太多。"她有些走音。她拿起一块饼干，咀嚼的动作很不自然，好像是装出来的。

"她知道。"塞西莉亚猛然清醒过来。

鲍约翰明明说过这事没人知道。他坚称这事没人知道。

她们沉默了一小会儿。房间内只有冰箱在嗡嗡作响。塞西莉亚感觉自己的心跳开始加速。弗吉尼亚不可能知道的，对吗？她突然不由自主地大口吸气，吞了吞口水。

"我和瑞秋聊到了她的女儿，"塞西莉亚听上去快窒息了，"珍妮。就在回家的路上。"她停顿了一下想要平复呼吸。弗吉尼亚放下食物，假装在手提袋里寻找什么。"你还记得……当时发生了什么吗？"

"我记得很清楚，"弗吉尼亚从包里拿出一包纸巾来擤鼻子，"各大报纸爱极了这一事件。它们刊载了成页成页的照片，其中一张照片甚至是……"她清了清嗓子："一串念珠。念珠的十字架是珍珠母做的。"

念珠。鲍约翰提到过他母亲那天将自己的念珠给了他，因为他当时有一场考试。弗吉尼亚一定认出了那串念珠，却没说一个字，没问半个问题，这样的话她就不需要听到答案了。可她显然知道这答案，一定如此。塞西莉亚感觉腿上爬过一阵毛骨悚然的湿冷，像是真的得了感冒。

“可那是很久以前的事了。”弗吉尼亚补充道。

“没错。不过，这一定让瑞秋痛不欲生，”塞西莉亚说，“被蒙在鼓里，她不知道究竟发生了什么。”

她们的目光都定格在桌边上。这次弗吉尼亚没有回避。塞西莉亚能见到弗吉尼亚嘴角皱纹上的橙色香粉。周三的屋外充斥着各种轻柔的声音：小鹦鹉的鸣叫声、麻雀的喳喳声、远方传来的鼓风机声和关车门的声音。

“就算知道了也不能改变事实，对吗？这不能让珍妮死而复生，”弗吉尼亚拍拍塞西莉亚的胳膊，“你脑中所想的事已经够多了。可你要知道，无论如何，你的家庭是第一位的。你的丈夫和女儿是第一位的。”

“是的。当然。”塞西莉亚想要开口，又突然停了下来。弗吉尼亚所传达的信息清楚而响亮。罪恶的气息布满了整间房子，闻上去像是讨厌的芝麻油味。

弗吉尼亚露出一个甜蜜的微笑，再次用指尖夹起椰子柠檬片：“我没必要对你说这些，不是吗？你是个母亲。你所做的任何事都是为了你的孩子们，正如我一样。”

第二十七章

临近放学时，瑞秋还忙着将学校的各项通知打印成文，她的手指在键盘上飞速地敲击着。*校内糖果店开始提供美味而健康的寿司！校园图书馆须招募更多志愿者！别忘了明天的复活节软帽游行！康纳·怀特比被控谋杀瑞秋·克劳利之女。万岁！让我们向瑞秋致以最诚挚的祝福。学校现公开招聘新体育老师。*

她用小拇指按下删除键。删除。删除。

电脑桌旁的手机开始振动，瑞秋一把将它抓在手中。

"克劳利太太，我是罗德尼·贝拉赫。"

"罗德尼，"瑞秋说，"你有什么好消息要告诉我吗？"

"嗯。我只想让您知道，我已将录像带交给谋杀悬案组的同事，"罗德尼听上去有些不自然，像在照着稿子念，"因此它绝对交到了对的人手中。"

"那很好，"瑞秋回答，"这是个开始！意味着他们将重启珍妮的案子！”

“克劳利太太，事实上珍妮的案子从未结案过，”罗德尼说，“它仍然在调查中。验尸官经过检验得出结论后，这案子一直都未曾结案。因此我想说的是，新来的小伙子们会好好调查那盘录像带。他们一定会的。”

“那他们会再一次问询康纳吗？”瑞秋将听手机用力按压在耳朵上。

“我想是有可能的，”罗德尼回答，“不过请别抱太大希望，克劳利太太。请别这样。”

瑞秋感到一阵失望，像是被人告知自己的测验未合格。她还不够好，没能帮到自己的女儿。她又一次失败了。

“听着，这只是我的个人见解。新来的年轻人比我更年轻、更聪明。这周内，谋杀悬案组的同事们会打电话告诉你他们的想法。”

放下手机回归电脑时，瑞秋感觉自己的视线开始模糊。她意识到自己一整天都抱着热烈的期待。她以为找到录像带是个开始，能将大家调动起来，最终得到好的结果。她甚至认为这盒录像带能将珍妮带回来。瑞秋内心一个幼稚的角落似乎永不接受她的女儿被人谋杀的事实。有一天，一定会有些受人尊敬的大人物负责把一切带回正轨。那个受人尊敬的大人物指的是上帝吗？难道她真有这么盲目？或者是潜意识？

上帝才不在乎呢。能让上帝在乎的东西少之又少。上帝给了康纳自由意志，康纳用这自由勒死了珍妮。

瑞秋将椅子从桌边抽出，扭头望向窗外的校园。这办公室视角极佳，自上俯瞰能将整个校园尽收眼底。此时临近放学时间，家长们均已准备就绪。三五成群的妈妈正在热聊，偶尔来到的爸爸在后方出没，用手机查看电邮。瑞秋见到一位父亲急匆匆地为一位坐轮椅的夫人让路。那是露西·奥利瑞，她的女儿苔丝替她推着轮椅。瑞秋见到苔丝俯身倾听母亲所说的话，听罢仰头大笑。这对母女默默颠覆了彼此的角色。

你有可能与自己的成年女儿成为朋友，与自己的成年儿子却不可能。这就是康纳从瑞秋身上夺走的：他夺走了瑞秋未来可能与女儿建立的一切关系。

“我不是第一个失去孩子的女人，”事情发生的第一年，瑞秋不停地劝自己，“我不是第一个，也不会是最后一个。”

当然，这个想法无法让她释怀。

代表着放学的铃声终于敲响，下一秒，孩子们跌跌撞撞地蜂拥着跑出教室。耳边响起的又是孩子们熟悉的午后之声：笑声、喊叫声和哭闹声。瑞秋见到奥利瑞家的小男孩奔向外祖母的轮椅。这孩子差点摔倒，因为他两只手笨拙地抱着一个覆盖着铝箔的巨大硬纸壳模型。苔丝弯腰蹲在母亲的轮椅旁，三人都兴致勃勃地观察那……太空飞船？这无疑是特鲁迪的杰作。忘了什么课程进度吧，如果特鲁迪决定一年级今天的任务是制作太空飞船，那它就是。罗布和罗兰最终将永远留在美国，雅各将学会美国口音，只会以美式煎饼做早餐。瑞秋永远见不到他抱着模型从学校里走出来。警察不会因那盒录像带做出任何行动，他们只会让它永远尘封在档案袋里。他们甚至没有录像机来看它。

瑞秋回到电脑前，双手无力地搭在键盘上。她在等一件永远不会发生的事，足足等了二十八年。

第二十八章

提出一同喝酒的建议绝对是个错误。她到底在想些什么？酒吧里挤满了年轻靓丽的买醉者，苔丝忍不住盯着他们看。在她眼中，这群人似乎都是些高中生。他们这时候本该在家好好学习，而不是在此处吵闹发牢骚。康纳为他们找到一处空位，能在这拥挤的酒吧中找到空位本是幸运，无奈这座位正巧在一排吵闹的扑克机旁边。每当康纳未听清苔丝的话时，苔丝总能见到他脸上闪过一阵惊慌。苔丝喝的是一杯不是特别好的酒，喝下一口她便开始感觉头疼。从塞西莉亚家走到此处，苔丝的双腿已酸痛无比。每周二晚上，苔丝曾和费莉希蒂一同参加有氧搏击课。然而，除了周二，她再也找不出时间练习，不得不忙于工作和孩子。苔丝突然记起自己为利亚姆的武术课付了一百九十元，而这课程今日已于墨尔本开课。该死，该死，该死。

她这是在干什么？她难道忘了悉尼的酒吧和墨尔本的比起来有多糟糕？因此年过三十岁的男女根本不会来这种地方。如果你是个住在北岸的成年人，一定会选择在家里饮酒，到不了十点就早早地上床睡觉。

她真想念墨尔本。想念威尔，想念费莉希蒂，想念从前的生活。

康纳探过身子："利亚姆有着很好的手眼协调能力。"在嘈杂的扑克机旁，他不得不大声喊出这话。看在上帝的分儿上，现在是在开家长会吗？

苔丝今天下午接利亚姆放学时，小家伙似乎兴高采烈，一句也没提到威尔和费莉希蒂。相反，他滔滔不绝地称赞这是他参加过的最棒的彩蛋狩猎活动。利亚姆聊到自己将一些彩蛋分给了波利·费兹帕特里克，她将要举办一场绝妙的海盗派对，班上每个人都收到了邀请。他聊到自己在体育场做了很有意思的游戏，明天还有复活节帽子游行，老师们将打扮成彩蛋的模样！苔丝不知道儿子的兴奋是源于新鲜体验，还是吃了太多的巧克力，总之，此刻，他一点都不怀念从前的生活。

"你想念马尔库斯吗？"苔丝问。

"不怎么想，"利亚姆回答，"马尔库斯其实很刻薄。"

他不肯自己做复活节花帽，而是用露西的旧草帽配上假花与兔子玩偶，做成奇怪却漂亮的帽子。然后，利亚姆吃光了所有晚餐，洗澡时开心地唱起歌，七点半就沉沉地睡去。无论发生了什么，他都不愿回到墨尔本的学校了。

"这是从他父亲身上遗传来的，"苔丝叹了口气，"良好的手眼协调能力。"她喝了一大口酒。威尔绝不会带她来这种地方。他熟悉墨尔本最好的酒吧：时髦、雅致、光线柔和的好酒吧。他会坐在她对面与她聊天，他们的对话永远流畅自然，不会支支吾吾。他们至今还能让对方会心大笑。每隔几个月，他们总会来一场二人之行：看一场表演，共进一次晚餐。这难道不是夫妻间应该做的吗？在你的婚姻生活中安排些固定的"约会之夜"（其实她不太喜欢这个词）？

他们夫妻外出约会时，总由费莉希蒂照顾利亚姆。回家之后，他们总会和费莉希蒂小酌一杯，并对她讲当夜的趣事。有时候，他们回家太晚，费莉希蒂会在家中过夜，第二天早上再一起吃早餐。

没错，费莉希蒂是她约会之夜的重要组成部分。

躺在客房的费莉希蒂是否幻想着自己能躺在苔丝所在的位置？苔丝的所作所为又是否无意间对费莉希蒂造成了伤害？

“你说什么？”康纳身体前倾，试图听清苔丝的话。

“他是从……”

“威武！威武！威武！”坐在苔丝斜对面的一个肩膀宽阔的少年像大猩猩一样拍击着自己的胸膛。

“小心点，兄弟！”康纳抗议道。

“抱歉！我们刚刚赢了……”少年转身的瞬间神色一亮，“怀特比先生！嘿，伙计们，这是我小学时的体育老师！他可是世界上最棒的体育老师！”他伸出手，康纳起身与他握手，同时向苔丝投来一个懊恼的表情。

“你最近混得怎样，怀特比先生？”男孩把手放回牛仔裤口袋，摇头望着康纳，想要努力抑制住心中的某些情感。

“我很好，丹尼，”康纳回答，“你怎么样？”

少年像是突然被什么惊人的想法侵袭：“你猜怎么着？我要给你买杯酒，怀特比先生。见到你真他妈开心。我是说真的。请原谅我的用词，我喝醉了。您要喝杯什么，怀特比先生？”

“谢谢你的好意，丹尼。可我们正打算离开呢。”

康纳指了指苔丝所在的方向，她立刻机械地拎包起身，与康纳像一对相恋多年的爱侣。

“这位是怀特比太太吗？”少年出神地上下打量苔丝。他向康纳投去一个“心照不宣”的眼神，对他伸出大拇指。他又转向苔丝：“怀特比太太，你的丈夫是个传奇，一个不折不扣的传奇。他教会了我跳远、曲棍球、板球以及……以及……总之大学里有的一切运动。我知道自己看上去像个运动员，实际上我的肢体一点也不协调。怀特比先生，他……”

“我真的要走了，伙计，”康纳拍拍少年的胳膊，“见到你真高兴。”

“我也一样，伙计。”

康纳领着苔丝走出酒吧，步入安静美好的夜幕中。

“抱歉，”康纳说，“我在里头几乎都要疯了。我感觉自己快要变成聋子。这时候又遇见了从前的学生……天哪！我好像还牵着你的手。”

“看上去是的。”

你在干什么呢，苔丝·奥利瑞？苔丝并没有放手。如果威尔可以爱上费莉希蒂，费莉希蒂可以恋上威尔，她为何不能和前男友牵牵手？

“我还记得自己当年很爱你的手，”康纳清清嗓子，“我猜这话有些越界了。”

“噢。”

他用手指轻柔地抚摩苔丝的指关节，轻柔得几乎没能察觉。

她几乎忘记了这种感觉：脉搏开始加速，感官快要爆炸，好像自一场长长的梦中醒来。她已经忘了这刺激、渴望和融化般的甜蜜感。经历了十余年的婚姻，没人还能保持这感觉。这是人人都知道的，像是婚姻的固定法则。苔丝早已接受了这一法则，这对她而言似乎从来不是个问题。她甚至不知道自己还怀念这感觉。就算她真的怀念，这渴望也是愚蠢而孩子气的。无所谓啦，有谁会在乎呢？她还有个孩子要照顾，有一大堆生意要忙。但是上帝啊，她忘记了渴望的力量。在这强烈的渴望之下，一切都显得微不足道。这便是威尔和费莉希蒂相恋的原因。苔丝沉浸在平凡的婚姻生活中，他们却找到了心中的渴望。

康纳的拇指加大了少许力度，这举动让苔丝感觉被一阵渴望击中。

也许，苔丝未背叛威尔的唯一原因在于她从未有过机会。事实上，苔丝从未背叛过她的任何一任男友。她对自己的性经历一向坦诚公开。她从未有过一夜情，从未在醉时亲吻其他女孩的男友，从未在懊悔中惊醒。她一直做的都是正确的决定。为什么？为了谁？谁会在乎呢？

苔丝的目光落在康纳手上，感觉又震惊又着迷，像是从未有人如此轻柔地搓揉自己的指节。

第二十九章

“我们为什么没有烤羊排吃？”波利问，“爸爸回家后通常都有烤羊排吃。”她用叉子指了指眼前一盘烤得过熟的鱼。

“你为什么要煮鱼？”伊莎贝尔问，“爸爸讨厌吃鱼。”

“我并不讨厌。”鲍约翰辩白道。

“你就是。”埃斯特否定地说。

“好吧，它并非我的最爱，”鲍威尔继续道，“可这鱼的确不错。”

“不，它才没有‘不错’呢。”波利放下叉子，叹了口气。

“波利·费兹帕特里克，你的礼貌到哪里去了？”鲍约翰严肃起来，“你妈妈好不容易才做出这……”

“别。”塞西莉亚举起一只手。

餐桌上寂静无声，好像人人都在等她继续发言。她放下叉子，饮了一大口酒。

“我以为你要为大斋节禁酒呢。”波利说。

"我改变主意了。"

"你可不能就这样改变主意！"波利震惊地说。

"今天大家过得怎样？"鲍约翰试图打破僵局。

"房子里到处都是芝麻油的味道。"埃斯特抽了抽鼻子。

"我还以为今晚的晚饭是油麻鸡呢。"伊莎贝尔附和道。

"鱼是益脑食物，"鲍约翰说，"它能让我们变聪明。"

"那么因纽特人为什么不是世界上最聪明的人种？"提问的是埃斯特。

"也许他们就是。"鲍约翰试着回答。

"这鱼真难吃。"波利抱怨着。

"有一个因纽特人得过诺贝尔奖吗？"埃斯特还执着于刚才的问题。

"这鱼尝起来真有些奇怪，妈妈。"伊莎贝尔也忍不住抱怨。

塞西莉亚站起来，在女儿们震惊的目光中将满满的盘子清走："你们可以吃烤面包。"

"没关系的！"鲍约翰紧握住手中的盘子不放，"我真的挺喜欢。"

塞西莉亚夺下他的盘子："不，你才不。"说这话时，她并未与丈夫进行眼神接触。自鲍约翰回家，塞西莉亚都没有看过他的眼睛。她想要表现得正常一些，想看到生活继续走下去。这是在纵容？默许？是在背叛瑞秋·克劳利的女儿？

事实上，塞西莉亚还没决定好怎样做。什么都不做？如果她从此对鲍约翰冷淡下来，世界又会有些怎样的改变？她难道真想要改变些什么？

别担心，瑞秋，我对谋杀你女儿的罪人很刻薄。我才不会给他准备什么烤羊排！绝对不会！

她的酒杯又空了。上帝啊，她喝得真快。塞西莉亚从冰箱中拿出一瓶酒，将酒杯倒满。

苔丝和康纳相背而卧，呼吸凌乱而急促。

“老天。”康纳终于开了口。

“真棒。”苔丝感叹着。

“我们好像还在走廊呢。”康纳说。

“似乎真是如此。”

“我还以为我们至少能进卧室。”

“不过，这倒是个不错的玄关。”苔丝说。

此时，他们正躺在康纳昏暗公寓的地板上。她感觉到背部下方有薄薄的地垫，甚至感觉到地面的铺料。公寓内充满了蒜头和洗衣粉的味道。

苔丝开着母亲的车随康纳来了这公寓。他在防盗门外吻了她，又在楼梯井处、前门处一次次对她献上长长的吻。钥匙一插进门内，他们就开始疯狂地撕扯对方的衣衫，激情地碰撞到墙上。这一系列动作是不可能在一场长期关系中找到的。因为这太戏剧化，夫妻间没必要体验这些，尤其在电视节目正精彩的时候。

“我最好准备个安全套。”关键时刻，康纳在她耳边轻声说。“我吃了避孕药，”苔丝回答，“你看上去也不像有病的。哦，上帝啊，拜托直接来吧。”

“好的。”他听令照办。

此刻，苔丝正收拾衣衫，等待着愧疚感的降临。她是个已婚女人，而且并不爱眼前的男人。她出现在这里的唯一原因，在于她的丈夫爱上了别人。数日前的苔丝绝对想象不到此刻发生的一切，这实在荒诞可笑。此时，苔丝本该感觉自我厌恶，感觉自己罪恶而肮脏，实际上，她感觉到的只有……快乐。是真心实意的快乐，快乐得近乎荒诞。她想到威尔和费莉希蒂以及她如何将咖啡泼到二人真诚而痛苦的脸上。她记得费莉希蒂那天穿着一件新买的白色真丝衬衣，那咖啡渍永远不可能洗掉。

苔丝环视四周，在昏暗的室内，她只能隐约看见康纳朦胧的影子。她能感觉到来自身旁的体温。康纳比威尔更高更壮，身材明显也更好。她想到威尔矮壮多毛的身体——那样熟悉而美好。那身躯虽说无比熟悉，在她眼中仍不乏性感。苔丝还以为威尔就是她性史的句点。她还记得，自己第一次生出这种想法是在他们订婚的第二天早上。那是一种如释重负的感觉。她再也用不着面对那些陌生男人的身体了，再也不用与人进行有关避孕的尴尬话题。她有威尔就好。威尔就是她想要的、所需的一切。

而现在，她躺在前男友家的走廊上。

“生活一定会给你带来惊喜。”苔丝的祖母曾经常这样说。她的生活中有不少能给其带来惊讶的事物，诸如一场感冒、一个香蕉之类的小事。

“我们当时为何分手？”她问康纳。

“你和费莉希蒂当时决定搬去墨尔本，”康纳回答，“而你从未问过我是否愿意一同前去。因此我想，好吧，看来我被人甩了。”

苔丝眨眨眼：“我有那么可怕？我听上去真是坏透了。”

“你伤透了我的心。”康纳可怜巴巴地说。

“真的？”

“也许吧，”康纳回答，“如果不是你，那就是同时和我约会的特丽莎。我总会把你们搞混。”

苔丝用手肘往他侧身一顶。

“你给我留下了一段美好回忆，”康纳严肃起来，“重遇你的那天我简直高兴坏了。”

“我也是，”苔丝回答，“也很开心与你重遇。”

“撒谎。你看上去吓坏了。”

“我只是有些惊讶，”苔丝赶紧转换话题，“你的水床还在吗？”

“真不幸，它没能挺过新千年，”康纳回答，“我认为它会让特丽莎感觉晕船。”

“别再说特丽莎了。”

“好吧。你要不要找个更舒服的地方躺下。”

“我感觉还行。”

他们安安静静地依偎着对方，直到苔丝打破沉默：“哼，你这是在干什么？”

“只想看看我是否还熟悉自己的领地。”

“这有点，我不知道，粗鲁？性别歧视？”

“你喜不喜欢这样，特丽莎？等等，那是你的名字吗？”

“拜托，你还是别说话了。”

第三十章

塞西莉亚坐在埃斯特身旁，陪她看视频。视频内显示的是1989年一个清冷的夜晚，那一夜，漫长的柏林墙轰然倒塌。塞西莉亚本人对这段历史渐渐有了兴趣。鲍约翰的母亲走后，她从餐桌上拾起埃斯特的书，一直读到接孩子放学时。她本有许多事要做——特百惠派送、准备复活节及派对事宜。然而，静静地坐着读书能让她假装自己没有想着脑中一直在想的那件事。

此刻，埃斯特在喝热牛奶，而塞西莉亚喝下的已是她的第三杯抑或是第四杯酒。鲍约翰在听波利念书，而伊莎贝尔正坐在电脑前下载音乐。他们的家庭笼罩在一片惬意的“爱家之光”下。塞西莉亚吸吸鼻子，麻油味似乎已经弥漫到整间屋子。

“快瞧，妈妈。”埃斯特用手肘捅捅她。

“我在看着呢。”

塞西莉亚在脑海里追溯记忆中1989年的画面，它们可比视频中喧嚣得多。她记得人们在墙头上跳舞，兴奋地将拳头挥向空中。印象中似乎还有哪个明星为这欢庆时刻献唱。可埃斯特找到的视频安静得诡异。自东柏林走来的人们似乎也有惊讶和快乐，却表现得冷静沉着，秩序井然（他们毕竟是德国人，和塞西莉亚是一类人）。留着80年代发型的男男女女喝光整瓶整瓶的香槟，仰着头面对镜头露出微笑。他们欢呼大笑，相互拥抱，低头哭泣，把汽车喇叭按得啪啪响，然而这一切都在完美的秩序中进行，这感觉真棒。甚至包括那些抡锤子砸墙的德国人似乎也控制着喜悦，而不是恶狠狠地敲。塞西莉亚见到一个与自己年龄相仿的女人正和一个穿皮夹克的大胡子跳舞。

"妈妈，你怎么哭了？"埃斯特问。

"因为他们太幸福了。"塞西莉亚回答。

因为他们忍下了这堆原本不可接受的事。因为那个女人，包括很多德国人都认为，柏林墙终有一日会倒下，却不会在她有生之年，她以为自己一定等不到这一天。然而，她等到了，于是才跳得那么欢快。

"真奇怪，你总会为高兴的事落泪。"

"我知道。"

欢乐的大结局总会让塞西莉亚忍不住泪流，这让她感到解脱。

"你想不想来杯茶？"鲍约翰在客厅里问。听到爸爸的话，波利将书放到一旁。鲍约翰焦虑地看着塞西莉亚。一整晚，塞西莉亚都能感受到他怯懦而挂念的目光，这让她烦躁得要发疯。

"不用，"塞西莉亚避开他的眼神，尖声说道。她能感受到女儿们困惑的目光落到自己身上，"我不需要喝茶。"

第三十一章

“我还记得费莉希蒂，”康纳说，“她是个有趣而机智的人，但也有些吓人。”

他们挪到了康纳床上。名曰床，其实只是张普通大小的床垫，上面铺着埃及棉床单（苔丝都把这给忘了：忘了他多么爱舒适柔软的好床单，忘了他总要把床铺收拾得像旅店一样）。康纳热了昨夜剩下的意大利面，二人坐在床上一起吃。

“我们也可以文明地坐在桌边，”康纳提出，“我能做些沙拉。应该把餐具垫拿出来。”

“我们待在这儿就好，”苔丝说，“否则我又会觉得尴尬了。”

“有道理。”

意大利面的味道好极了，苔丝忍不住狼吞虎咽。她此刻的饥饿感同利亚姆还是婴儿时一样强烈，那时候苔丝时不时得起床哺乳。

只不过这晚她不是天真无邪地喂儿子吃奶，她刚和一个男人经历了两次激烈而美好的性爱。这男人不是她丈夫。她本该食不下咽，而非像这般饥不择食。

“这么说，她和你的丈夫有场外遇？”康纳说。

“不，”苔丝说道，“他们只是爱上了彼此。纯洁而浪漫的爱。”

“这太可怕了。”

“我知道，”苔丝说，“我周一才发现这事，而我现在……”她用勺子指了指这间房间，还有衣冠不整的自己（此刻，苔丝只穿了一件T恤。起身准备弄意大利面的康纳从抽屉里拿出这件T恤递给她。它闻上去非常干净）。

“在我这儿吃意大利面。”康纳替她说完整句话。

“好吃极了的意大利面。”

“费莉希蒂难道不是……”康纳想要找到一个合适的词，“我该怎么说呢……难道不是个相当结实的姑娘？”

“她曾经胖得要命，”苔丝说，“可她今年减去了四十千克脂肪，已经变得光彩照人。”

“啊哈，”康纳停顿了一下，“你接下来打算怎么办？”

“我一点主意都没有，”苔丝说，“就在上周我还以为自己的婚姻生活幸福美满，无可挑剔。他们将这事告诉我时，我实在惊呆了。直到现在我仍感觉震惊不已。可后来……看着我，仅仅三天之内，实际上是两天，我就和我的前男友……吃起意大利面了。”

“人生有时候就是很难说，”康纳说，“别担心。”

苔丝吃完手中的意大利面，还不甘地用手指在碗中继续搜刮。“你为何还单身？你会做饭，还会其他的事，”苔丝含糊地指着床上，“都做得很棒。”

“这么多年来，我一直苦念着你。”他严肃起来。

“不，你才没有呢，”苔丝皱起眉头，“你没有的，对吗？”

康纳拿走苔丝手中的空碗，把它和自己的碗摞在一块儿。他把两只碗放在床头柜上，再次躺下。

“有好长一段时间，我的确想念着你。”他承认道。

苔丝的欢乐心情开始消退：“对不起，我不知道……”

“苔丝，”康纳打断她，“放松。那是很久以前的事了，我们在一起的时间其实也不算长。只是那时的我们和现在大不相同。我是个无聊的会计师，而你年轻有活力，时刻准备着未来的冒险。只是自你离开以后，我常常会想你的未来将有怎样的变化。”

苔丝从没想过同样的问题，一次都没有。她几乎从未想到过康纳。

“这么说，你从未结过婚？”

“我和一个女人同居过几年。她是位律师，名叫安东尼娅。我们尝试着建立一段稳定关系，我想我们也许会结婚的。然而我姐姐突然离世，之后的一切都变了。我需要照顾我的外甥。我对会计工作失去了兴趣，安东尼娅对我也没了兴趣。因此，我决定去攻读体育教育。”

“可我仍然没弄明白。利亚姆在墨尔本的小学里有位单身父亲，女人们如潮水般向他涌去。在一旁看着都让人觉得尴尬。”

“好吧，”康纳说，“我可没说过没人涌来。”

“这么多年来，你都在流连花海？”苔丝问。

“差不多吧。”康纳突然停了下来。

“怎么了？”

“没什么。”

“说吧。”

“我需要承认一些事情。”

“一些‘有料’的事？”苔丝猜道，“别担心。自从我丈夫建议我和他的情人三人共同生活后，我的思想已变得空前开放。”

康纳向她投去一个同情的微笑：“也没那么‘有料’。我只想告诉你，去年一年我都在看心理医生。我有……人们通常怎么形容来着？我正在‘经历’一些小波折。”

“哦。”苔丝小心地回应。

“瞧瞧你脸上关切的表情，”康纳说，“我没有发疯。只是有一些小问题需要……搞定。”

“很严重的问题？”其实苔丝不确定她是否真想知道。她与康纳的一夜激情不过是她生活的一个小插曲，是一场疯狂的小逃离（她意识到自己已经开始给整件事下定义，试图让这一切更容易被接受。也许她的自我厌恶就快袭来）。

“当我们还在约会时，”康纳继续道，“我是否告诉过你，我是最后一个见到珍妮·克劳利在世的人？就是瑞秋·克劳利的女儿？”

“我知道她是谁，”苔丝说，“我也很确定你没有告诉过我这些。”

“事实上，我知道自己没说过，”康纳说，“因为我从未与人聊起过这件事。除了警察和珍妮的母亲，几乎没人知道。有时我觉得瑞秋·克劳利以为这可怕的事是我干的。她总会用一种异常的眼光看我。”

苔丝感觉一阵凉意。他谋杀了珍妮·克劳利，而他现在还要谋杀自己。到时候，大家都会发现她以老公劈腿当借口，和前男友上床。

“那你到底有没有这样做？”她问。

听了这话，康纳的头猛地向后仰，仿佛被她打了一个耳光：“苔丝！没有！当然没有！”

“抱歉。”苔丝放松下来。他当然没有。

“上帝啊，真不敢相信你以为……”

“对不起，对不起。珍妮是你的朋友吗？还是女朋友？”

“我想让她做我的女朋友，”康纳说，“那时候我差不多和她约上会了。放学以后她会来我家。我总会严肃而恼怒地问：‘好吧，这意味着你是我的女朋友了，对吗？’那时我强烈渴望着她的承诺。我希望这一切是板上钉钉的，她就是我的第一任女朋友。而她只是含糊其词：‘我不知道，我还没决定好呢。’那时我都快疯了，然而，就在她遇害的那天早晨，珍妮告诉我她已经决定了。也就是说，我赢得了这场竞赛。我高兴得像是中了彩票。”

“康纳，”苔丝安慰道，“我真为你感到难过。”

“那天下午她来到我家，我们一起在我房间内吃薯片，拥吻了半个小时。我目送她到火车站，第二天却在广播中听到一个女孩在合欢谷公园被人勒死了。”

“我的上帝。”苔丝感叹道。她感觉自己无能为力。那日和母亲坐在瑞秋·克劳利办公桌前，她也有着同样的感受。为利亚姆填写表格时，她在脑海中不住地想着“她女儿被人谋杀了”。她认为自己的人生中没有任何事件能与康纳的遭遇相提并论，因此也无法以正常的方式与他对话。

她好不容易开口：“真没想到，我们在一起时你居然没告诉我这些。”

话说回来，康纳哪有必要告诉她？他们在一起不过六个月。就算夫妻也用不着分享一切。苔丝就没告诉丈夫自己的社交恐惧症，她总觉得将这事告诉威尔会很尴尬。

“我和安东尼娅同居了好多年才告诉她，”康纳说，“她觉得这话题让她极其不快。于是，我们后来所聊的话题变成了我给她造成了多大的困扰，而非事件本身。我想，这也许是我们最终分手的原因。我并不擅长‘分享’。”

“我以为女孩们喜欢了解新鲜事物。”苔丝说。

“故事中有一部分是我从未告诉安东尼娅的，”康纳说，“我从未告诉过任何人，除了——我的心理医生。关于我的畏缩。”

他停住了。

“你可以不告诉我的。”苔丝爽快地说。

“好吧，那就谈谈别的话题吧。”

苔丝拍拍他的肩膀。

“我母亲为我说了谎。”康纳说。

“什么意思？”

“你没见过我的母亲，对吗？我们相遇前她就去世了。”

苔丝与康纳的另一段回忆浮上脑海。她曾问到康纳的父母，而他回答：“我父亲在我还是个婴儿时就离开了。我母亲在我二十一岁时过世。我母亲是个醉鬼，其他也没什么好说了。”当苔丝对费莉希蒂复述这段谈话时，她评论道：“和母亲有问题的人，还是离远一点比较好。”

“我母亲告诉警察，那天下午五点时，我与她以及她的男友一起待在家里。可事实不是这样的。那时我一人在家，而他们当时正在某处买醉。我从未要求过她为我说谎，可她主动这样做了。这是她无意识的举动，而她也乐在其中。她喜欢对警察撒谎。警察离开时，母亲为他们打开门，还趁机回头冲我眨眨眼。眨眼！这让我感觉自己做了坏事。可我能做什么呢？我不能告诉警察母亲为我撒了谎，这会显得像在刻意藏匿。”

“她不会真以为你干了什么吧？”苔丝问。

“警察走后，她像这样举起一根手指说：‘康纳宝贝，我不需要知道什么。’她还以为自己这是在演电影呢！而我告诉她：‘妈妈，我没有。’她只是回答：‘给我倒杯酒，亲爱的。’自那以后，每当她喝得烂醉都会说：‘要知道你欠我的人情，你这不知感恩的小畜生。’这给了我一种永恒的负罪感，甚至让我以为自己真做了什么，”康纳耸耸肩，“无论如何，我长大了，而妈妈也不在了。我从未和人聊起过珍妮，甚至不让自己想到她。姐姐去世后，我开始照顾本。一拿到教师文凭，我便得到了圣安吉拉小学的岗位。直到工作的第二天，我才知道珍妮的母亲也在那儿工作。”

“这感觉一定很怪。”

“我们之间没什么交流。刚开始我还试着和她聊到珍妮，可她明确表示自己不喜欢饶舌闲聊。我对你说这些是因为你问我为何一直单身。我那昂贵的心理医生觉得我自认为不配得到快乐，我为自己未曾对珍妮做的事情有了负罪感，”他抱歉地对苔丝微笑，“你看到了，我伤痕累累，不仅仅是从循规蹈矩的会计师变成体育老师。”

苔丝将他的手放入自己手中，二人的手指紧紧交缠在一起。苔丝看着他们的手，突然认识到自己正握着一个男人的手，尽管不久前他们还做了那过分亲密的事。

“我很抱歉。”苔丝说。

“你为什么要抱歉？”

“因为珍妮，因为你姐姐的死，”她停顿了一下，“也因为我以那种方式和你分手。”

康纳在她额上画了个十字架：“我赦免你的罪，孩子。好吧，这话应该怎么说来着？我已经很久没有告解了。”

“我也是，”苔丝说，“看来，你赦免我之前是故意让我以苦行赎罪的。”

“哦，是的宝贝。”

苔丝咯咯笑着松开手指：“我该走了。”

“是不是我的‘小问题’把你吓着了？”康纳问。

“不，你没有。我只不过不想让我母亲担心。她预料不到我会这么晚回家，一定还在等着我呢，”她突然记起康纳与自己邀约的初衷，“嘿，我们还没有聊到你外甥的事。你不是想问我些就业意见吗？”

康纳微笑着说：“本已经找到工作了。我只想找个借口见见你。”

“真的吗？”苔丝听了大感开心。还有什么能被人需要，被人渴望更美好呢？

“是的。”

他们凝视着对方。

“康纳——”苔丝先开口。

“别担心，”康纳说，“我没有任何期许，我知道这是什么。”

“是什么？”苔丝感兴趣地问。

康纳停顿了一下：“我不确定。和心理医生确认后，我也许会告诉你的。”

苔丝哼了一声。

“我真的该走了。”

然而，她花了半个小时才好不容易把衣服穿回去。

第三十二章

塞西莉亚跟着丈夫进了盥洗室。鲍约翰正在刷牙，塞西莉亚也拾起牙刷，挤出牙膏开始刷。他们的目光在镜子里相遇了。

塞西莉亚停下手中的动作。

“你妈妈已经知道了。”她说。

鲍约翰低头吐出一口漱口水：“什么意思？”他直起身子，用毛巾擦干嘴，又将它随意地挂回挂杆。看那散漫样子，还以为他故意不把毛巾挂好呢。

“她知道了。”塞西莉亚又说了一遍。

鲍约翰转过身：“你告诉她了？”

“不，我——”

“你为何要这样做？”他的脸上失了颜色，他从未像现在一样惊得不知所措。

“鲍约翰，我没告诉她。我提到瑞秋会来参加波利的派对，她问我你对这事的态度。我能看出来。”

鲍约翰的肩膀放松下来：“这是你的主观臆测。”

他听上去那么肯定。每当他们就一个问题产生争执时，鲍约翰总是自信地认为他才是正确的那个。他甚至从未想过自己也许会是错的那个，这让塞西莉亚发狂。她好不容易才忍住不扇他一个耳光的想法。

这就是问题所在。鲍约翰所有的缺陷此刻变得清晰无比。这是一个遵章守法、温和的丈夫和父亲存在的小缺陷：他的顽固专断在很多时候已让人感到不快，特别是心情本就不佳的时候。每当二人产生争执，鲍约翰的固执己见总让塞西莉亚沮丧不已。除此之外，他不修边幅，还总弄丢自己的财物。这些问题看似无伤大雅，再普通不过，然而如今这些缺点属于一个杀人犯。这让一切大为不同，足以对此人加以定义。鲍约翰的优秀品质此刻变得微不足道，甚至像是刻意伪装出的。她怎样才能用从前的眼光看他？如何能继续爱着他？朝夕相处的丈夫俨然成了陌生人。她曾经爱上的不过是个幻象。那双深情凝望过她的蓝眼睛正是珍妮临死前见到的最后影像。那双强壮的大手抱住过塞西莉亚柔软脆弱的宝贝女儿们，也正是这双手伸向了珍妮的脖子。

“你母亲早就知道，”塞西莉亚告诉他，“她认出了新闻图片中的念珠。她还隐晦地对我说，一个母亲会为她的孩子做一切事情。她认为，我也应该为我的孩子做同样的事情，假装什么事都没有发生。这感觉真诡异。你母亲让人毛骨悚然。”

说这话似乎有些越界。鲍约翰一向不接受他人对自己母亲的批评，塞西莉亚通常会选择尊重他，尽管这会让自己不快。

鲍约翰跌坐在浴室一角，不小心将毛巾从横杆上撞了下来：“你真的认为她知道？”

“没错，”塞西莉亚回答，“就是这样。妈妈的好宝贝或许真能逃脱杀人犯的惩罚。”

鲍约翰眨眨眼，塞西莉亚差点就要抱歉。可她很快意识到这不是平日里无关痛痒的小争执。规矩已全然改变，此刻的她无论多么坏脾气都能被理解。

塞西莉亚再次拾起牙刷，机械地用力刷着牙齿。牙医前不久才告诉她，她一直以来刷牙太用力，已损伤到牙齿。“用指尖轻轻拿起牙刷，像把弓弦放在小提琴上一样。”牙医如此建议。塞西莉亚不知道自己是否应该换一支电动牙刷，但牙医说没必要，只有老人和关节痛的人才需要。可塞西莉亚表示，自己喜欢电动牙刷那种超干净的感觉。那时她聊得起劲，完全沉浸到牙齿保养的问题中。那还是上个星期的事。

塞西莉亚漱完口后将牙刷放到一旁，从地上拾起被鲍约翰撞落的毛巾。

她看到鲍约翰恐惧地缩成一团。

“你的眼神，”鲍约翰说，“实在……”他闭上嘴，颤颤巍巍地吸了口气。

“你还能指望些什么？”塞西莉亚不可理解地问。

“抱歉，”鲍约翰说，“真对不起要让你经历这些。我不该让你卷入这件事。我为什么要写下那封信？真是个傻瓜！但我还是从前的我，塞西莉亚，我向你保证。请别把我看作一个邪恶的怪兽。那时我不过十七岁，我犯了个糟糕透顶的错误。”

“而你从未为此付出代价。”

“我知道我没有，”他无畏地迎上妻子的目光，“我很清楚这一点。”

他们在沉默中僵持了一会儿。

“该死！”塞西莉亚突然猛地一拍脑袋，“他妈的！”

“怎么了？”鲍约翰后退了一步。这么多年来，塞西莉亚从未说过脏话。那些污言秽语像被收进一只特百惠收纳盒，存放在她脑子里。而现在她将盒子打开，所有新鲜干脆的脏话被她一股脑儿地倒了出来。

“复活节帽子，”她说，“明天早上，波利和埃斯特还需要那操蛋的帽子。”

1984年4月6日

珍妮坐在火车内向外望，看见等在站台的鲍约翰时，她差一点改变了主意。鲍约翰当时在读一本书，漫不经心地摇晃着一对长腿。一见火车进站，便起身将书塞进口袋，又偷偷地迅速用手掌整理了一下头发。他真是个光彩照人的帅小伙。

珍妮站起来，一只手扶住横杆，一只手将单肩包甩到肩后。

他整理头发的样子真有趣，这很显然是缺乏安全感的表现。很显然珍妮让他感到紧张，他想方设法要给佳人留下好印象。

“前方到站埃斯奎斯，下一站是终点站比罗瓦。”

火车停了下来。

就这样决定了。她要告诉鲍约翰，自己不能再和他见面。珍妮也可以继续吊着他，让他一直等下去，但她不是那种女孩。她也可以打电话给他，可那似乎不太应该。再说他们也从未给对方打过电话，拿起电话时，两人的妈妈总爱潜伏在一旁伺机偷听。

（如果她能给鲍约翰发短信或电邮，一切问题都将不复存在。然而，手机和互联网在那时还是将来时。）

珍妮预料到自己接下来的话可能会带来不愉快，也许会伤害到鲍约翰的自尊心，而他有可能负气地说：“其实我根本没喜欢过你。”然而当她看到鲍约翰整理头发的那一刻，才真正意识到自己的确会伤害到他。这让珍妮感到难过。

珍妮走下车，看到鲍约翰举起一只手对自己微笑。珍妮也对他挥手。一个苦涩的小念头溜进珍妮的脑子：其实她不是比较喜欢康纳，而是太喜欢鲍约翰，一个英俊聪慧、幽默善良的男人会让人感到紧张。鲍约翰让珍妮目眩神迷，而珍妮的魅力使康纳目眩。这是种有趣的感觉，女孩们总希望更有魅力的人会是自己。

鲍约翰对珍妮表现出的兴趣让她感到不真实。这一定是场玩笑，因为鲍约翰一定很清楚她配不上自己。她想象着一群叽叽喳喳的女孩大笑着嘲弄自己：“你不会真以为他会对你有兴趣吧？”这也是她为何没告诉过朋友们他的存在。他们当然知道康纳的事，却没人知道鲍约翰·费兹帕特里克。没人会相信鲍约翰那样的男生会对珍妮感兴趣，甚至连她自己都不相信。

珍妮想起公交车上，当她认可康纳为自己的正式男友时，他脸上露出傻乎乎的笑容。在康纳身上失去童贞一定甜蜜美好又温柔。她绝不可能在鲍约翰面前褪去衣衫，想想这画面都能让她心跳停止。再说了，他理应得到一个配得上他的美人，得到一副完美娇躯。要是见到珍妮细长苍白的奇怪躯体，他一定会忍不住笑出声来。他也许会注意到珍妮的胳膊长得不成比例，会对她扁平的前胸嗤之以鼻。

“嗨。”她对鲍约翰说。

“嗨。”

珍妮深吸一口气，当他们四目相对时，她再度产生了那种感觉。珍妮感觉他们之间有着一种无法定义的强烈情感。二十岁的她可能会将其称为“激情”，三十岁的她也许会嘲弄地定义为“化学反应”。她在心里默念着：“拜托，珍妮，你真是个胆小鬼。你明明爱他胜过爱康纳。选他吧。这将是美好伟大的真爱。”

珍妮的心跳得厉害，这感觉恐怖而痛苦，让她几乎不能呼吸。她的胸口感到一阵强烈的压迫感，像要被人压平。此刻，她只希望能恢复正常。

“我有些话要对你说。”她的声音冰冷而生硬，将命运像信封一样封起。

星期四

第三十三章

“塞西莉亚，你收到我的短信了吗？我一直想给你打电话呢！”

“塞西莉亚，那些彩券你可真没说错。”

“塞西莉亚！你昨天可没来上普拉提课！”

“塞西莉亚！我的弟妹想在你这儿订一场派对。”

“塞西莉亚，下个星期的芭蕾课上，你能不能替我照看哈雷特一个小时？”

“塞西莉亚！”

“塞西莉亚！”

“塞西莉亚！”

塞西莉亚正在一场复活节游行上。妈妈们精心打扮了一番，以此纪念复活节以及秋天的真正到来。她们的脖子上围着柔软美丽的新围巾，无论大腿瘦不瘦都穿着紧身牛仔裤，高跟鞋嗒嗒地敲打在操场上。湿热的夏天刚刚过去，和煦的微风和巧克力周末让每个人都有了好心情。妈妈们坐在两排围成方形的蓝色折叠椅上，一个个兴高采烈。

年纪大一些的孩子用不着参加帽子游行，因此选择在队列之外观看。他们在阳台上无聊地走动，不开心地摇晃着手臂。他们脸上成熟而坚忍的表情像在说明自己已成熟长大，对这类小孩子的把戏早已无兴趣。

塞西莉亚在六年级的阳台上搜寻伊莎贝尔，看见她站在好友玛丽和罗拉之间。三个姑娘手挽着手，宣示着她们三人的友情牢不可破。她们中没有人会因其他二人的关系而吃醋，她们对彼此的爱纯洁而强烈。幸运的是，接下来的四天用不着上学，因为她们牢固的友谊无可避免地将迎来泪水、背叛和长长的故事：她说了什么，她在短信里写了什么，我说了什么，短信里写了什么。

一位妈妈小心地传来一篮子比利时巧克力球，女人们发出陶醉般的感叹。

我是个杀人犯的妻子，这就是巧克力在口中融化时塞西莉亚所想的，我是谋杀者的从犯。她替其他妈妈照看孩子，接送他们上下学，还能举办成功的特百惠派对。她总能让一切有条不紊地进行。*我是塞西莉亚·费兹帕特里克。我的丈夫是个杀人犯。你们看着我，和我大笑聊天，让我拥抱你们的孩子。可你们永远不会知道事实。*

这就是你应该做的。这就是生活在秘密中的人。你成功了，镇定地假装风平浪静，一切如常。你忽略了腹中痉挛般的剧烈绞痛。从某种意义上你麻醉了自己，因此再也感受不到痛苦，同样也不再有快乐。昨天塞西莉亚在水沟旁吐得天昏地暗，在餐具室哭得梨花带雨。今早她却在六点钟起床，为复活节准备好两份意式宽面，熨烫好一篮子衣服，发邮件询问波利的网球课，回复十四封关于学校事宜的邮件，为那天晚上获得的订单配货，这一切都是在姑娘们和鲍约翰起床前完成的。她穿回滑冰鞋，在忙碌生活的平滑表面娴熟地旋转。

“天哪，那女人穿了些什么？”人们看到一个貌似校长的女人出现在校园中央。特鲁迪校长戴着长长的兔耳朵，屁股上别着一只蓬松的兔尾巴。她看上去像个做了妈妈的兔女郎。

特鲁迪蹦跳着来到校园中央的麦克风前，双手缩在身前假装成一对爪子。妈妈们笑得直不起腰，阳台上的孩子们也发出欢呼声。

“女士们、男士们、女孩们和男孩们！”特鲁迪的一只兔耳朵落到脸上，她一把撩开，“欢迎来到圣安吉拉小学的复活节帽子游行！”

“我爱死她了，”坐在塞西莉亚右侧的马哈里亚说，“谁能想象就是这个女人掌管着整座学校？”

“特鲁迪才没有掌管学校，”罗拉·马克思坐在塞西莉亚另一侧，“掌管学校的是瑞秋·克劳利，还有坐在你左边的可爱女士。”

罗拉将身体倾向马哈里亚，摇晃着用手指指向塞西莉亚。

“你知道那不是真的。”塞西莉亚露出一个故作淘气的笑容。她发疯似的在模仿自己，但恐怕太过火了，她的一举一动都像小丑般夸张，然而似乎没人注意到这一点。

音乐响了起来。校园内所用的是最先进的音响系统，这是塞西莉亚去年于艺术展时添置的。

塞西莉亚身边响起此起彼伏的议论声。

“这音乐是谁挑的？挑得真不错。”

“我知道。它让我想要跳舞。”

“没错。有人听过这旋律吗？你知道这首歌是什么吗？”

“我最好别知道。”

“总之，我的孩子们知道。”

第一个走出来的是幼儿园的孩子们，他们由老师领着——大胸脯的黑发美妞帕克老师。她总能充分利用好自己的先天优势。此刻，她穿着小到不行的仙子装，而她所跳的舞蹈似乎不太符合一个幼儿园老师的形象。幼儿园的小宝宝们跟在她身后，骄傲地咧着嘴微笑，小心翼翼地不让脑袋上帽子的圆珠摇晃得太厉害。

妈妈们相互赞美着孩子们头上的帽子。

“哦，桑德拉，真是杰作！”

“这设计是我在互联网上找的，花了十分钟。”

“当然了。”

“我说的是真的，我发誓！”

“帕克小姐是否意识到这是场复活节帽子游行，而不是夜店表演？”

“仙女会露那么多乳沟吗？”

“顺便说一句，希腊桂冠真的算复活节帽子吗？”

“我想，她只是为了博取怀特比先生的注意。可怜的女人，他甚至没看她一眼。”

塞西莉亚爱极了这类场合。复活节帽子游行简直综合了她所爱的一切。它包含了生命中的一切甜蜜与美好，让人感觉自己与众人联结在一起。然而，今日的游行看上去颇不得要领：孩子们鼻涕涟涟，母亲们忙着七嘴八舌聊闲天。塞西莉亚打了个哈欠，闻见手指上芝麻油的味道。这便是她如今生活的味道。又一个哈欠袭来。昨夜，她和鲍约翰在尴尬的沉默中为女儿们制作帽子，直到深夜才睡。

波利的班级现身了，带领他们的是可爱的杰夫斯太太。她费了好大功夫，打扮成一只用锡纸包裹的粉红色大彩蛋。

波利就跟在老师后面，昂首阔步像个超级名模，她歪斜地戴着一顶帽子。这帽子是鲍约翰做的，他用花园里的木棍在帽子上做了个鸟巢，并在里面填上彩蛋。彩蛋上放着一只毛茸茸的玩具小鸡，假装那小鸡在孵蛋。

“上帝啊，塞西莉亚，你绝对是个怪胎，”坐在前排的艾丽卡·克里夫扭过头说，“波利的帽子真是好看极了！”

“是鲍约翰做的。”塞西莉亚对波利挥挥手。

“真的吗？这男人真是个金龟婿。”

“他的确是。”塞西莉亚附和道，她能听出自己的语调有多么不正常。塞西莉亚感到马哈里亚正扭头看自己。

“你了解我的，”艾丽卡继续道，“直到今天早餐，我才记起今天还有场游行。因此我将几个装鸡蛋的盒子塞进艾米丽的帽子里，说：‘就这样了，孩子。’”艾丽卡对自己做妈妈的随性相当骄傲，“看她来了！哟哈！”艾丽卡站起身，疯狂地挥手，又很快坐下，“瞧见她瞪我的样子了吗？她知道自己的帽子是所有人中最糟糕的。好吧，在我开枪射死自己之前，有没有人能给我一颗巧克力球？”

“你还好吗，塞西莉亚？”马哈里亚凑了过来，塞西莉亚闻见她身上熟悉的麝香香水味。塞西莉亚瞥了她一眼，又很快避开她的目光。

哦，不。你怎么敢对我好呢，马哈里亚？怎么敢用那么清澈的眼睛看着我？塞西莉亚在心中默念。今早她注意到自己的眼白中多了些红色小半点。这难道不是被人勒住后才有可能产生的吗？眼中的毛细血管爆开？她怎么会知道这一点？塞西莉亚颤抖了一下。

“你在发抖！”马哈里亚注意到了这小小的动作，“风太凉了。”

“我没事。”塞西莉亚回答。此刻，她多么渴望能对人吐露心声，这念头简直遏制不住。她清了清嗓子：“这风也许真有点大。”

“来，把这个披上。”马哈里亚说着从脖子上扯下围巾，将它盖在塞西莉亚的肩头。这是条精美的围巾，马哈里亚的香水味随着围巾飘到她身上。

“不，不用了。”塞西莉亚徒劳地抗议道。

她很清楚马哈里亚将如何回答自己。很简单，让你丈夫要在二十四小时内自首，否则就自己告诉警察。没错，你的确爱着你的丈夫，没错，你的孩子可能会因此而受苦，但这些都不是重点。事情其实很简单。马哈里亚就爱用“简单”这个词。

“山葵和大蒜，”马哈里亚说，“简单。”

“什么？哦，没错，我的感冒。今晚我一定会买一些回家的。”

塞西莉亚注意到苔丝·奥利瑞坐在另一头的折叠椅上，她母亲的轮椅停在椅子的一端。塞西莉亚知道自己一定感谢苔丝昨日的帮助，她昨天居然没为苔丝叫辆出租车。这可怜的女人一定是徒步走回她母亲家的。对了！她答应过露西要为她送去意式宽面！也许她并没有像自己预料得那么从容。她犯了数不胜数的小错误，这些错误最终会让她的生活支离破碎。

两天前送波利去芭蕾课的路上，塞西莉亚不是期待着能改变生活的大事件吗？两天前，她真是个傻瓜。她想要的是人们在完美配乐中观赏电影时的刺激感，而不是真正能伤害到她的东西。

“糟了糟了，要开始了！”艾丽卡说。一个一年级的男孩脑袋上顶着一只真正的鸟笼。那个小男孩——卢克·雷哈尼（他是玛丽·雷哈尼的儿子。玛丽曾不自量力地和塞西莉亚竞争过家长会主席职务）走路的时候简直弯成了比萨斜塔，他的整个身体都倒向一边，正努力让鸟笼平衡起来。突然，这顶帽子不可避免地从他脑袋上滑落，撞落到地面上。后面的邦尼·爱默生因此被绊了个跟头，脑袋上的帽子也随之掉了下来。邦尼皱起小脸，卢克则惊恐地看着地上碎掉的鸟笼。

我也想要妈妈，看到卢克和邦尼的母亲冲去安慰孩子，塞西莉亚忍不住这样想。我也想让我妈妈安慰我，告诉我一切都会过去，我没必要掉眼泪。

通常情况下，塞西莉亚的妈妈总会出现在复活节游行上，用一次性相机拍下模糊的、不见了脑袋的照片。然而，今年的她去了山姆那富人幼儿园的派对。幼儿园还为成人们准备了香槟。“这难道不是你听过的最蠢的事？”母亲对塞西莉亚说，“在复活节游行上提供香槟！布里奇特的钱都花到这上头去了！”塞西莉亚的母亲很喜欢香槟，和富人的奶奶们共饮香槟一定比在圣安吉拉小学浪费时间有意思。她一向假装自己对财富并不感兴趣，正相反，其实她对钱非常在乎。

如果把鲍约翰的事情告诉母亲，她会作何反应？塞西莉亚注意到，随着年龄的增长，每当母亲听到一些让人烦心或难以理解的事，她的脸部总会变得呆板而松弛，像个中风患者。她的脑袋一时间好像因为震惊而被掏空。

“鲍约翰犯了罪。”塞西莉亚会以此为开场白。

“哦，亲爱的。我相信他没有。”母亲一定会打断她。

塞西莉亚的父亲又会说些什么？他患有高血压，这消息或许能置他于死地。塞西莉亚幻想着恐惧一点点爬上父亲柔软而布满皱纹的脸上。可他很快会让自己镇定下来，猛地皱起眉头，给这件事下一个正确的定义。“鲍约翰是怎么想的？”他也许会机械地问。父母的年纪越大，对鲍约翰的意见似乎越依赖。

她父母的生活里不能没了鲍约翰，他们根本应付不了鲍约翰犯下的恶行，也无法面对邻居们的风言风语。

人们有时候不得不从大局考虑。生活不是非黑即白。坦诚相告并不能挽回珍妮的生命，也不可能带来任何好处。这只会伤害到塞西莉亚的女儿们，伤害到她的父母。鲍约翰会因为十七岁时犯下的一个小错误（她很清楚“小错误”这个词绝不正确，用来形容鲍约翰恶行的词的确应该更重些）受到无可挽回的伤害。

“那是埃斯特！”塞西莉亚的思绪被马哈里亚打断。她几乎忘记了自己身处何地。她抬起头，看见埃斯特对自己点头。她的帽子牢牢地卡在脑后，运动服的袖子像手套一样遮住她的手。她戴着一顶旧草帽，塞西莉亚在草帽上别满了假花和巧克力小彩蛋。这不是塞西莉亚的最佳水平，不过埃斯特并不介意。埃斯特一向认为帽子游行是在浪费她宝贵的时间。“帽子游行到底能教会我们什么？”今天早晨她还在问。

“反正和柏林墙无关。”伊莎贝尔俏皮地说。

塞西莉亚假装没注意到伊莎贝尔今天涂了睫毛膏。她涂得还不错，然而，她漂亮的眉毛下不小心留下了一个小小的蓝黑色污点。

塞西莉亚抬起头，见到伊莎贝尔和她的朋友们正在六年级的阳台上起舞。

如果哪个少年谋杀了伊莎贝尔后逃之夭夭呢？就算他因悔恨而成为社区中的正派成员，成为一个体贴的丈夫和女婿，塞西莉亚仍然想让把他投进监狱，处以死刑。她甚至想要亲手杀了他。

塞西莉亚眼中的世界开始倾斜。

她听见马哈里亚的声音自远方飘来：“塞西莉亚，你怎么了？”

第三十四章

苔丝在座位上不安地挪动着，感觉腹股沟处一阵难受："你怎么能如此肤浅？你那本该破碎的心最后怎么样了？怎么？你仅花三天就从一段破碎的婚姻中走出来了？"苔丝此刻正幻想着自己和这场游行的裁判员"擦枪走火"。这裁判员正在操场的另一头，他戴着一顶粉红色的宝宝软帽，正和一群六年级的男孩跳"小鸡舞"。

"这真是太好了！"苔丝的母亲忍不住感叹，"多么美好的生活，我真想……"

她没再说下去，于是苔丝转身端详起她。

"你真想什么？"

露西看上去有些内疚："我真希望此时的大家能更开心一些……希望你和威尔能搬回悉尼，让利亚姆在圣安吉拉小学上学，这样我就能一直看到他参加帽子游行了。对不起。"

"你没必要觉得对不起，"苔丝说，"我也希望能这样。"

她当真希望如此？

苔丝再度将目光投向康纳。六年级的男孩们正因为康纳刚刚说过的话狂笑不已，苔丝忍不住心生好奇。

“你昨晚还好吗？”露西问，“我忘了问你。事实上，我甚至没听见你进门。”

“我很好，”苔丝回答，“见了些老朋友。”她突然想象到康纳将她的身子翻过来，在她耳边低语：“我记得这动作让我们曾经很是受用。”

即使当他还是个留着呆子发型的无聊会计师时，在他拥有这让人喷血的身材和炫酷的摩托车之前，他的床上功夫就很棒。苔丝那时太年轻，还不懂得欣赏这一点。她以为所有的性爱都能有这么棒。苔丝又扭动了一下，她一定是得了膀胱炎，这可真是个教训。距离上一次“一夜三次”而患上膀胱炎还是她和威尔刚开始约会时。

想到她和威尔早年的日子本该让苔丝感到心痛，事实上并非如此。她晕乎乎的脑子里塞满了舒适又带些小邪恶的性爱……还有什么？没错，是复仇。威尔和费莉希蒂一定认为她正在悉尼疗情伤，事实上，她在和前男友赤膊相见。她正和前男友一起将已婚夫妻乏味可怜的性爱抛到一边。等着瞧吧，威尔。

“苔丝，亲爱的？”

“嗯？”

她母亲压低声音：“你和康纳昨天晚上没有发生些什么吗？”

“当然没有。”

“不可能”这话苔丝对康纳说了三遍，而康纳只回答，“我相信你可以。”苔丝一遍遍重复着“我可以”，直到她真正下定决心。

“苔丝·奥利瑞！”她母亲又呼唤。这时，一个一年级男孩头上的鸟笼滑落下来。苔丝的目光遇上了母亲的眼神，二人相视而笑。

“哦，亲爱的，”露西揽住女儿的胳膊，“你可真行。他可是个猛男。”

第三十五章

“康纳·怀特比今天可是心情大好。”萨拉曼·格林说，“这是不是代表他给自己找到了个女人？”

说话的是萨拉曼·格林，她最大的孩子念六年级。她偶尔会帮学校记账，领的是时薪。瑞秋不知道和自己在室外看游行时，学校会不会付钱给她。这就是请家长来学校工作可能会带来的麻烦。瑞秋总不能在这时候对她说：“萨拉曼，你要跟我们收钱吗？”对于一个只需要工作三小时的女人来说，她似乎没必要把时间浪费在观看队列表演上。况且她的孩子又没有参加。当然瑞秋家也没有参加队列表演的孩子，她仍然选择停下工作观看表演。瑞秋叹了口气，感觉自己恶毒而可悲。

瑞秋看见康纳坐在评委席上，头戴一顶粉红色的儿童软帽。一个成年男人打扮成婴儿的模样或多或少有些变态。他正在逗一些高年级的孩子笑。瑞秋想起他在录像带中恶毒的样子，以及他看珍妮时杀气腾腾的眼神。没错，他就是个杀人犯。警方应该安排一位心理学家来解读那盘录像带，安排一位微表情专家。这年头，任何领域都有专家。

“我知道孩子们爱他，”萨拉曼一定要挖掘完所有信息才会转到下一个话题，“一直以来，康纳·怀特比对家长们都很友好，可我总觉得他有些不对劲。你明白我的意思吗？哦！快看看塞西莉亚·费兹帕特里克的小女儿！真是可爱极了，不是吗？真不知道这可人的模样是从谁那儿遗传来的。无论如何，我朋友简奈特·泰勒离婚后和康纳约会过几次，她说康纳是个假装正常的抑郁者。他最后甩掉了简奈特。”

“嗯。”

“我母亲还记得康纳的母亲，”萨拉曼继续说，“她是个酒鬼，从来顾不上孩子们。康纳还是个婴儿时，他父亲就抛下了他们母子。上帝啊，头上戴着鸟笼的男孩是谁？那可怜的孩子分分钟就要摔倒。”

瑞秋模糊地记得崔西·怀特比在教堂出现过几次，她的孩子们浑身脏兮兮的。礼拜时崔西大声斥责他们，引得众人纷纷探头张望。

“我的意思是，那样的童年会对你的人格产生一定影响，对吗？我说的是康纳。”

“没错。”瑞秋厉声道，吓得萨拉曼有点瑟缩。

“可他今天却兴致高昂，”萨拉曼恢复过来，“早些时候我在停车场见到他，问他今日可安好。他的回答是：‘简直像在云端！’现在看来，这话像是出自一个恋爱中的男人，至少证明他昨夜走了运。我一定要将这事告诉简奈特。好吧，我也许不该告诉可怜的简奈特。即使他是个怪人，简奈特仍然很中意他。糟糕！鸟笼掉下来了，你瞧。”

简直像站在云端?

明日就是珍妮的忌日，而康纳·怀特比感觉自己身处云端。

第三十六章

塞西莉亚决定提前离开。她需要动起来。当她静静地坐着，所思所想的都是一些危险的内容。波利和埃斯特已经看见了她，接下来要操心的只有评委。塞西莉亚的女儿反正不会赢，因为她上周告诉评委们（那仿佛是千年前的事）别让她们赢得比赛。费兹帕特里克家的姑娘们要是赢得了太多荣誉，一定会招来人们的嫉恨：人们一定会认为她涉嫌徇私，因此不愿为学校出力。

塞西莉亚明年不会再竞选家长会主席。弯腰从隔壁椅子上拎起提包时，她下定决心。未来能有一件确定的事实让塞西莉亚着实轻松了不少。无论未来发生什么，就算任何坏事都没发生，她也不会再参与竞选。总之就是不可能。她不再是从前的塞西莉亚·费兹帕特里克。拆开那封信的那一刻，从前的那个她就不复存在了。

“我要走了。”她对马哈里亚说。

“好吧，回去好好休息，”马哈里亚回答，“我看你再多待一秒就要晕倒了。留着围巾吧，它在你身上看上去不错。”

起身的那一刻，塞西莉亚注意到瑞秋·克劳利和萨拉曼·格林正在办公室外的阳台上观看队列。她们的视线在另一边，如果塞西莉亚动作够快，她们甚至注意不到她。

“塞西莉亚！”萨拉曼高喊道。

“嗨！”塞西莉亚脑子里飘过一串粗口。她刻意把车钥匙拿在手上，表明自己在赶时间，同时在不失礼貌的前提下尽量离她们远一点。

“我正好想见见你！”萨拉曼扒着栏杆喊道，“我记得你提到过，我可以在复活节前拿到特百惠的货？如果天气够好的话，周日那天我们正巧要进行一场野餐！我想……”

“当然。”塞西莉亚打断道。她向前靠近一步。这是她平日里和人们保持的距离吗？她已经完全忘记了昨天就该送去的订单。“对不起，这周对我来说有些……棘手。今天下午接完孩子们放学后，我会把东西送去。”

“太好了，”萨拉曼感叹道，“你让我对那套野餐餐具充满期待，我都等不及想拿到它们了。瑞秋，你有没有参加过塞西莉亚的特百惠派对？这个女人能把冰块卖给因纽特人。”

“事实上，前天晚上我参加了塞西莉亚的派对，”瑞秋对塞西莉亚露出微笑，“在此之前，我可不知道自己的生活中原来少了特百惠。”

“其实瑞秋，如果你愿意的话，今天我也能把你的订货送去。”塞西莉亚说。

“真的吗？没想到能这么快。我还以为你要先取货呢。”

“每样东西我都有备份，”塞西莉亚回答，“为了以防万一。”好吧，她为何要这样做？

“这是对VIP客户的隔日到货服务吗？”萨拉曼显然打算记下这个

信息，以在未来需要的时候提起。

“没关系的，一点也不麻烦。”塞西莉亚回答。

她想要看着瑞秋的眼睛，却发现自己怎么也做不到。即使隔了这么远的距离也做不到。瑞秋是个好女人。如果她不像现在这样好，塞西莉亚心中会不会安宁一些？她只得假装忙着拨弄即将滑落的围巾。

“如果你方便就好，”瑞秋说，“我打算带些奶油蛋白饼到我儿媳妇家作为复活节午餐。一件称手的食物盒倒是能帮上我不少。”

塞西莉亚清楚地记得瑞秋并没有预订任何能装奶油蛋白饼的食盒，于是打算免费送她一个。“好吧，鲍约翰。我将一些特百惠产品免费给了你的受害人的母亲，现在我们两清了。”

“下午见！”塞西莉亚用力挥动钥匙，不小心将它们甩了出去。

“糟糕！”萨拉曼惊呼道。

第三十七章

利亚姆在帽子游行中获得了第二名。

“瞧瞧，这就是你和一个评委睡觉的好处。”露西小声说。

“妈妈，小声点！”苔丝一边做出噤声的动作，一边四下查看是否有人偷听。再说，在她和康纳的关系中，她其实不愿扯上利亚姆。这会将一切搞乱。利亚姆和康纳分别属于两只放在不同架子上的盒子，被远远地隔开了。

苔丝看着自己的小宝贝慢吞吞地走过操场去领取装满小彩蛋的金杯。他转过身，对母亲和外婆露出激动的笑容。

苔丝等不及要在今天下午将这些告诉威尔。

等会儿。他们根本见不到威尔。

好吧，他们会给他打电话，苔丝会用女人们在孩子面前假装欢喜的冷淡语调对前夫说话。她自己的母亲就会这种语调。“利亚姆今天有个大消息！”对威尔说完这话，她会将电话筒递给利亚姆，说，“告诉你父亲今天发生了什么！”他不再是那可爱的爸爸，而成了“你父亲”。苔丝很清楚这种感觉。上帝啊，她太清楚这种感觉了。

想看在孩子的分儿上勉强保住婚姻根本不可能。从前，她实在太荒唐，多么容易被蒙蔽！她还以为自己的婚姻在一系列策略安排下能够被挽回。从现在开始，她要有尊严地生活。她会将婚姻的失利看作再普通不过的平常事，假装二人友好的分居已经过了数年。

他们的婚姻一定出现了问题，否则，她怎么会做出昨晚的事？威尔又怎么会爱上费莉希蒂？出现了一些全然被她忽略的问题。或许无法说出所以然，但它们无疑是婚姻中的麻烦。

上一次和威尔拌嘴是因为什么？弄清楚这个问题一定能帮忙厘清她婚姻的乱麻。苔丝强迫自己回忆。他们上一次拌嘴是为了利亚姆，因为马尔库斯的问题。“也许我们应该考虑换一所学校。”威尔提出。那时，利亚姆似乎因为操场上发生的一件小事异常低落。而苔丝只是嚷着：“那也太夸张了！”饭后洗碗时，他们的矛盾持续升温。苔丝用力地关上几个抽屉，威尔则夸张地将苔丝刚放进洗碗机的煎锅重新摆放好。二人的争吵以苔丝口中蹦出的傻话告终。“你的意思是我对利亚姆的关心不如你咯？”威尔只是对她喊道：“别犯傻了！”

然而，他们没过多久便和好如初，向对方道歉并保证再不恶言相向。威尔不是个爱生气的人，他懂得如何妥协让步并最终达到目的。威尔还深谙自嘲之道。“你刚才看见我鼓捣煎锅的样子了吗？”他笑着说，“整串动作一气呵成呀！故意把它重新放一遍。”

苔丝一瞬间感到一阵不合时宜的快乐。她像在痛苦的深渊之上努力保持平衡，一个小错误就会让她跌入谷底。

别想威尔，想想康纳，想想鱼水之欢。想想美好、踏实、原始的欲念，想想昨天晚上窜遍全身、净化内心的高潮。

苔丝看着利亚姆走回自己的班级。苔丝认得他身旁的孩子——波利·费兹帕特里克。这姑娘是塞西莉亚的小女儿，简直美得惊世骇俗。站在瘦小的利亚姆身旁，她就像个英武的亚马逊女战士。波利给利亚姆来了个击掌，小利亚姆的欢乐之色溢于言表。

该死。威尔说得没错。利亚姆真应该换一所学校。

苔丝的眼中噙着泪花，霎时间被一阵难以抵挡的羞愧感侵袭。

为什么会有这种感觉？苔丝从包里抽出纸巾。

就因为她的丈夫爱上了别人？因为她不值得被爱，或是不够性感，不够完美，不足以满足孩子的父亲？

或许她是为昨夜的风流而羞愧？因为她用一种自私的方式缓解个人的痛苦？因为此时此刻她还渴望着再见康纳一面？更具体地说，她渴望再和他睡一觉，再度享受他的舌头和躯体，让他的双手帮她遗忘威尔和费莉希蒂。她记得自己的脊柱在康纳家的地板上舒展。他当时在上她，但其实是在上他们。

在苔丝身旁，七嘴八舌的妈妈们时不时地发出一阵阵甜美的笑声。这些妈妈和她们的丈夫在婚床上拥有正当的夫妻之爱。看着自己的孩子参加游行时，这些妈妈绝不会想到“上”这个词。苔丝感到羞愧是因为她的表现并不像个无私的母亲。

她感到羞愧的原因或许在于，她的内心深处丝毫未感到过愧疚。

“爸爸妈妈们、爷爷奶奶们，感谢你们今日的到来！是你们的到来让我们的复活节游行成了完整的整体！”校长对着麦克风说。她把脑袋歪向一边，像邦尼兔一样假装拨弄一根胡萝卜。“今日的活动到此结束！”

“今天下午你有什么安排？”露西问。

“我要去商店买些东西。”苔丝随着众人起身鼓掌。她伸了个懒腰低头看着轮椅上的母亲。她能感受到康纳从操场那边投来的目光。

苔丝一向认为父母的离异对自己造成了不好的影响。当她还是个孩子时，总会将时间浪费在幻想中。她总爱想象父母若没有分开，她的日子将会变成怎样。她将和父亲拥有一段更加亲密的关系，她的假日将变得多么有趣！她不会像今日一样害羞（苔丝其实不知道该如何解释这一现象）。所有的一切都会变得更好。事实上，她的父母是在十分和平的氛围下分手的，二人之后的关系甚至相对友善。当然了，每隔一个星期去拜访一次父亲让苔丝觉得陌生而尴尬。但这有什么大不了的？虽说婚姻失败了，可孩子们照样活了下来。苔丝就活了下来。所谓的“伤害”仅仅存在于她的脑海中。

苔丝对康纳挥挥手。

苔丝需要换一套内衣。换一套她丈夫永远无缘得见的昂贵内衣。

第三十八章

离开帽子游行后，塞西莉亚径直去了健身馆。她迈上跑步机，将速度调到可以接受的最大限度，像是为了活命而奔跑。塞西莉亚跑到心脏怦怦直跳，胸部起伏得吓人，汗水流进嘴角，视线变得模糊。她拼命地奔跑，直到脑子里塞不进一点思绪。暂时不去思考让塞西莉亚好不容易放松了几分。她感觉自己还能再跑上一个小时，要不是一位教练突然停在她的跑步机前多余地问："你怎么样？你的样子在我看来可不太好。"

他将真实的世界再度带回塞西莉亚的脑海，这让她大为火光。她本打算说："我没事。"却开不了口，无法呼吸，两条腿似乎变成软塌塌的果冻。教练扶住她的腰部，按下了暂停键。

"您必须稍作调整，费兹帕特里克太太。"他扶塞西莉亚走下跑步机。这教练的名字叫丹尼，他的减肥课在教区内大受欢迎。塞西莉亚总会在周五上午采购之前来上课。丹尼年轻的皮肤带着汗珠，他似乎和杀死珍妮·克劳利时的鲍约翰同岁。"我想，您的血压一定高得吓人，”他的目光中满是真诚，“如果您愿意的话，我可以为您制订一份训练计划……”

“不用了，谢谢你，”塞西莉亚气喘吁吁地说，“谢谢，我只是，我必须离开了……”她迈着软绵绵的双腿快步走开，一路上努力调整呼吸。她的内衣里汗如雨下，一旁的丹尼不断恳求她冷静下来：“至少喝杯水吧，费兹帕特里克太太，您必须补充水分！”

回家的路上，塞西莉亚认识到自己不能再这样下去，也不可能继续这样。鲍约翰一定得自首。他把她变成了罪犯，这实在可笑。洗澡时，塞西莉亚又认识到自首并不能挽回珍妮的生命，只会让女儿们失去父亲，这样做又有什么意义？可他们的婚姻已经死了。她不能再和鲍约翰一起生活下去。

穿上衣服时，塞西莉亚做出了最终决定。复活节假期后，鲍约翰要向警方自首。他要给瑞秋·克劳利她应得的交代。女儿们将会有一个被监禁的父亲。

然而吹头发时，塞西莉亚突然意识到自己美丽的女儿们是她关心的唯一，而她自己也仍然深爱着鲍约翰。她答应过要真诚待他，不论顺境，逆境。无论如何，生活将会继续下去。鲍约翰在十七岁时犯下了一个可悲的错误，她没必要做任何事、说任何话，或是改变任何事实。

关掉吹风机时，耳边响起了电话铃声。是鲍约翰。

“我只想知道你还好吗。”他温柔地说。鲍约翰或许认为她病了。不，他以为她患了只有女性才会得的精神病，让她变得烦躁和疯狂。

“棒极了，”她回答，“我感觉棒极了。谢谢你的关心。”

第三十九章

此时已到下午放学时间，大家都回到办公室准备收拾东西回家。“复活节快乐！”特鲁迪对瑞秋说，“瞧，我有个礼物要给你。”

“哦！”瑞秋觉得感动而懊恼，她可没想到为特鲁迪准备礼物。瑞秋和从前的校长们从未有过交换礼物的习惯，甚至很少互开玩笑。

特鲁迪递来一只精致的小篮子，里面装满了各色小彩蛋。这看上去像极了瑞秋儿媳妇的作风：送上一些昂贵而精致的小物件。

“真心谢谢你，特鲁迪，可我没有……”瑞秋挥挥手表示自己没有准备礼物。

“不，不。”特鲁迪也挥手表明自己不需要礼物。她一整天都穿着兔子装，那样子在瑞秋眼中相当奇怪。“我只想让你知道，我有多开心能和你一起工作。你承担了办公室里的所有工作，让我有机会……做我自己，”特鲁迪抬起一只兔耳朵，直勾勾地看着瑞秋，“从前的那些助理总会觉得我的工作方法不太寻常。”

“她们当然会这样认为。”瑞秋在心中同意道。

“你做的一切都是为了孩子们，”瑞秋说，“这也是我们共同的职责。”

“假期愉快，”特鲁迪说，“好好享受和孙儿在一起的美好时光吧。”

“我会的，”瑞秋回答，“你要……离开了吗？”

特鲁迪没有丈夫和孩子，据瑞秋所知，她对学校之外的事务也没有任何兴趣。特鲁迪甚至从未接打过公务之外的电话。瑞秋想象不出特鲁迪要怎样度过复活节假期。

“只是回家随意打发打发时间，”特鲁迪说，“我很爱阅读，尤其喜欢好的侦探小说！我总能猜到杀人犯是谁……哦！”

她的脸上顿时浮现出尴尬的红晕。

“我自己很喜欢历史小说，”瑞秋赶紧打圆场，她没有看特鲁迪的眼睛，而是假装整理大衣。

“啊哈。”特鲁迪仍旧没能恢复过来，眼中满是泪水。

这可怜的女孩不过五十岁，珍妮若还活着，比她也小不了几岁。她那几缕白发让她看上去像个大龄的学步儿童。

“没关系的，特鲁迪，”瑞秋柔声说，“你没有让我难过。我好得很呢！”

第四十章

“你好。”苔丝接起电话。来电话的是康纳，一听到他的声音苔丝的身体就有了反应，像是唾液横流的巴甫洛夫之犬。[1]

“你在干什么呢？”康纳问。

“我在买复活节十字面包。”苔丝刚刚接利亚姆放了学，把他带来超市作为今日精彩表现的犒赏。和昨天不同，利亚姆今日放学后心事重重，显得更为安静，也没兴趣讨论自己赢得比赛后的感受。苔丝还要帮母亲买一堆东西。露西突然意识到商店明天要关门，还要关上一整天，于是开始担心起食品柜内的存量。

“我喜欢十字面包。”康纳说。

“我也是。”

“真的吗？我们之间有那么多共同点呢！”

1 巴甫洛夫在条件反射实验中，先摇铃再给狗喂食。如此反复，每当听到铃声，狗便会分泌唾液。

苔丝听了笑出声来。她注意到利亚姆抬起头好奇地看着自己，于是稍稍侧过身体，不让儿子看到自己泛红的脸。

“总之，”康纳继续说，“我没什么特别的话要说。我只想让你知道昨晚真的……很不错。”他轻咳几声：“这形容词事实上太保守了。”

哦，上帝啊。苔丝用手按住发烫的双颊。

“我知道此刻的一切对你来说很复杂，”康纳继续说，“我答应你，我没有任何……越界的期待。我不会让你的生活变得更复杂。可我想让你知道，我很想再见你一面。任何时候都行。”

“妈妈？”利亚姆拉扯着苔丝的毛衣，“是爸爸吗？”

苔丝摇摇头。

“那是谁？”利亚姆质问道。他那大大的眼睛里装满了担忧。

苔丝把电话从耳边挪开，将手指放到嘴唇上：“是一位客户。”利亚姆瞬间没了兴趣。他早就习惯了母亲和客户之间的电话。

苔丝退后了几步，等在蛋糕房一旁。

“没关系的，”康纳说，“就像之前说的，我真的没有任何……”

“你今晚有空吗？”苔丝打断他。

“上帝啊，当然有。”

“利亚姆睡着后，我会去你那儿，”她小心翼翼的样子像个特工，“我会带去一些热气腾腾的十字面包。”

看见杀害自己女儿的凶手时，瑞秋正朝她的车走去。

他正在打电话，正随意地挥舞着手中的摩托车头盔。当瑞秋走近时，他突然扬起头面向太阳，像是突然听到一个意想不到的好消息。下午的阳光反射在他的太阳镜里。他合上电话，将它放进上衣口袋，自顾自地露出微笑。

瑞秋又想起了那盒录像带，记起他转向珍妮时的表情。瑞秋看得那么真切。那就是张怪兽的脸：残酷、狰狞而恶毒。

而现在看看他。康纳·怀特比容光焕发，充满魔力。为什么不呢？他逃脱了惩罚。如果警察不采取任何行动（这可能性很高），康纳将永远不会为自己犯下的罪行付出代价。

看到瑞秋的那一秒，康纳·怀特比脸上的笑容瞬间消失，像一束被突然关上的灯光。

内疚。瑞秋在心中默念。内疚。内疚。他这是内疚。

露西看着苔丝打开食品袋："这里有份速递是给你的，看上去像你父亲寄来的。真想知道他为什么要通过速递给你送东西。"

苔丝和母亲坐在餐桌旁，饶有兴致地打开被蓝色泡沫纸覆盖的包裹。里面是一个方盒。

"他送给你的不会是珠宝吧？"露西在一旁窥看。

"是只罗盘。"苔丝回答。父亲送来的是一只古雅的木质罗盘。"像是库克船长[1]会用的东西。"

"真特别啊。"母亲故作嗤之以鼻地说。

拾起罗盘的一刻，苔丝瞧见盒底粘着一张写了字的黄色便利贴。

"亲爱的苔丝，"苔丝读道，"对于一个女孩来说，这或许是个愚蠢的礼物。我从不知道给你买些什么才好。我想，这罗盘或许能在你迷失方向时为你提供帮助。我始终记得心灰意冷迷失方向的感受，它简直糟糕透了。我永远与你同在。希望你能找回自己的道路。爱你的爸爸。"

1 詹姆斯·库克（1728—1799）：英国著名航海家，为首批登陆澳洲东岸的欧洲人。

苔丝感觉心中涌起一阵感动。

“它还挺漂亮的。”露西接过罗盘，翻来覆去地打量它。

苔丝想象着父亲在商店里为自己成年的女儿努力搜寻礼物的样子。每当听到“我是否能帮到你？”这类话语，父亲皱巴巴的脸上总会流露出有些吓人的严肃表情。多数店员以为他是个性情乖戾，粗暴无理的坏老头，总不屑于看他们的眼睛。

“你和爸爸为什么要分开？”每当小苔丝这样问时，露西总会故作轻松地回答：“哦，亲爱的。我和他是两类人。”她想表达的真实意思是：你父亲和常人不一样。（每当苔丝问父亲同样的问题时，他总会耸耸肩，咳嗽一声，回答：“还是问你妈妈吧，亲爱的。”）

苔丝突然想到，父亲也许同样经历着社交恐惧症。

父母离婚前，母亲就因父亲不爱社交的事实抓狂不已。每当苔丝的父亲拒绝参加某些社交场合时，母亲总会充满挫败感地抱怨：“这样的话，我们再也别指望去任何地方了！”

“苔丝有些害羞。”她母亲总爱掩着嘴巴小声对朋友们说，“恐怕是从她父亲那儿遗传来的。”苔丝能听出母亲略带羞辱的语气，因此下意识地将“害羞”定义为错误的品行。事实上，你“应该”多参加派对。你“应该”享受被人们簇拥的感觉。

难怪苔丝一直因自己的羞涩而感到羞愧难当，好像这是一种无论如何都要藏住的身体疾病。

苔丝扭头看着母亲。

“你为什么就不能自己去？”

“什么？”露西的目光从罗盘中抽离，“去哪儿？”

“没什么，”苔丝伸出手，“把罗盘给我吧。我喜欢这礼物。”

塞西莉亚把车停在瑞秋·克劳利屋前，她再次怀疑自己为何要这样做。她明明可以等到复活节后，再把瑞秋的订单送到学校。马拉派对上的客人们都要等到复活节后。尽力避开瑞秋的同时，塞西莉亚似乎又特意将她挑选出来。

或许，她想见瑞秋的原因在于，瑞秋是这世上唯一有资格对她的两难选择畅所欲言的人。“两难选择”这词用得太轻、太自私，显得塞西莉亚的感受真的值得被考虑一样。

塞西莉亚从副驾驶位拎起一袋特百惠餐盒随后打开车门。也许她来到此处的真正原因在于，她很清楚瑞秋有足够的理由恨她，而塞西莉亚承受不了被人仇恨的感觉。我就是个孩子，关上车门的那一刻，塞西莉亚忍不住在心中感叹。一个人到中年、临近绝经的孩子。瑞秋开门的速度比塞西莉亚想象的快得多，她还来不及调整脸上的表情。

“哦，”瑞秋面色一沉，“塞西莉亚。”

“对不起，”塞西莉亚说，好吧，她的确觉得万分抱歉，“你约了人吗？”

“没有，”瑞秋调整过来，“你还好吗？是我的特百惠餐盒！太兴奋了，真是谢谢你！你要进屋坐坐吗？你的女儿们呢？”

“她们在我母亲家，”塞西莉亚说，“我母亲没赶上复活节帽子游行，因此有几分不开心。这时候她正和姑娘们一起喝下午茶。我就不进去了，我只是……”

“你确定吗？我刚把水烧上。”

塞西莉亚感觉自己实在没力气继续推辞，她愿意做瑞秋让她做的任何事。她几乎没办法抬起双腿，它们颤抖得厉害。如果这时候瑞秋高喊一声“说实话！”，她一定会将事实和盘托出。塞西莉亚其实挺渴望那样做。

塞西莉亚走进门，心都跳到了嗓子眼，像快要背过气去。这所房子和塞西莉亚的家很像，北岸的许多房屋都是这种样子。

“到厨房里来，”瑞秋说，“我开了取暖器。今天下午可有些凉。”

“我们家也有这种油毯！”塞西莉亚随瑞秋进了厨房。

“我相信它在很多年前就开始流行了，”瑞秋将茶包放进杯子里，“你也瞧见了，我不爱更新屋内的装饰。我就是没办法对瓷砖、地毯，涂色和防溅板感兴趣。给你。是要糖还是咖啡？请自便。”

“这是珍妮，对吗？”塞西莉亚停在冰箱前，“还有罗布？”说到珍妮的名字都让塞西莉亚感到放松，她的样子一直存在于塞西莉亚的脑海中。如果这时候不说出珍妮的名字，这名字随时可能从她嘴里蹦出来。

瑞秋的照片被一块“全天候水管工”的广告磁贴吸在冰箱上。这是张已经褪色的小照片，照片里的珍妮和她弟弟正握着可乐罐站在烧烤架旁。他们都耷拉着下巴茫然地看着镜头，像被摄影师吓了一跳。这算不上一张好照片，可正是它随意的样子才让人想象不到珍妮已经过世。

“是的，那是珍妮。自从她走后，我一直将这张照片贴在冰箱上，从未取下。我真傻。其实，我有珍妮照得更好的照片。请坐。我这儿有种叫作马卡龙的小饼干。你也许早就知道它。我算不上有多么见多识广，”瑞秋似乎为此有些骄傲，“尝一块吧！它们真的很美味。”

“谢谢你。”塞西莉亚坐下，拿了一块马卡龙饼。这饼干像尘土般空虚。塞西莉亚吞下一口茶，没想到烫着了舌头。

“多谢你将我的东西送来，”瑞秋说，“我正期待能使用它们呢。事实上，明天是珍妮的忌日，二十八周年。”

塞西莉亚花了一小会儿才弄明白瑞秋的话。她一时无法将特百惠和忌日联系到一起。

“真抱歉。”塞西莉亚注意到自己的手在颤抖，她小心翼翼地将茶杯放回茶托上。

“不，该抱歉的人是我，”瑞秋说，“我不知道为什么要对你说这些。这些天我一直在想着她，甚至比从前想得更多。我常会想象，如果她还活着会怎样？事实上，我想她的次数比想罗布的次数还要多。可怜的罗布，我倒不怎么担心他。你一定以为失去一个孩子后，我一定会时刻担忧我的另一个孩子。实际上，我并没有太担心。这是不是很糟糕？虽说如此，我却常常会担忧我的孙儿，雅各。”

“这很正常。”塞西莉亚发现自己胆大妄为，能像这般坐在厨房里，趁送特百惠的时间话家常。

“我爱我的儿子，”瑞秋对着马克杯低语，她透过杯子对塞西莉亚投去一个不好意思的眼神，“我不想让你以为我对他关心不够。”

“我当然没有那样想！”塞西莉亚惊讶地注意到瑞秋唇下沾了一点蓝色的饼干屑。这实在太不庄重，瞬间让瑞秋显得像个老人，像个智力退化的病人。

“只是我会觉得现在的他属于罗兰。那句老话怎么说来着？‘儿子娶了媳妇就不再是儿子，女儿却是永远的女儿。’”

“我好像……听过这话。可我不确定。”

塞西莉亚陷入了痛苦挣扎，她不能提醒瑞秋她嘴上沾着饼干屑。至少不是聊到珍妮的时候。

瑞秋举起茶杯又喝了一口茶。塞西莉亚紧张起来。这下饼干屑总该掉落了吧。瑞秋放下茶杯。饼干屑往下巴中间挪去，甚至比刚才还明显。她必须说些什么。

“真不知道我为何要瞎说这些，”瑞秋说，“你一定以为我失去了理智！你瞧，我已经不是自己了！那天从你的特百惠派对离开后，我发现了一些东西。”

她舔了一下嘴唇，饼干屑消失了。塞西莉亚好不容易放松下来。

“发现了一些东西？”她重复道。塞西莉亚又喝了一大口茶，喝得越快就能越早离开。这茶实在很烫，一定是用开水冲泡的。塞西莉亚的母亲也爱用滚烫的水泡茶。

“我发现了一些东西，能证明是谁害死了珍妮，”瑞秋说，“这是个证据。一项新证据。我已经把它交给警察了……哦！哦，亲爱的，塞西莉亚，你还好吗？赶快！快用凉水冲冲你的手！”

第四十一章

随着摩托车呼啸着掠过一个个街角，苔丝的手越来越紧地揽住康纳的腰。街边的路灯和铺面从苔丝眼前掠过，化作一抹抹模糊的色彩。风在她耳边咆哮。每当他们在红绿灯下再次“起飞”，苔丝总能感觉到与飞机起飞时相同的兴奋感。

“别担心，我是个四平八稳、无聊透顶的摩托车手，”康纳帮苔丝调整好头盔，“我绝不会超速，尤其是载有贵重货物的时候。”他扬起脑袋，用自己的头盔轻柔地抵着苔丝。苔丝享受着这被人珍视和爱抚的滋味，同时又觉得自己像个傻瓜。很显然，她已经过了与人碰撞头盔及打情骂俏的年纪。她已经结婚了。

但或许并非如此。

苔丝试着回忆上周四的那个夜晚，回到墨尔本的家，回到她仍是威尔的妻子和费莉希蒂的表姐时。她记得自己那晚做了苹果松饼。利亚姆喜欢把它当午前点心。那天她和威尔一同看电视，大腿上还摆着一台笔记本电脑。那晚，苔丝忙着整理累积的发票，威尔则忙着止咳糖浆的广告。他们各自读了一会儿书就去睡了。等会儿。不，不，他们绝对，绝对做爱了。速战速决，恰到好处，正如苹果松饼一样。他们之间的性爱绝不会像在康纳家走廊里一样。那是因为他们结婚了。婚姻就是一块温暖的苹果松饼。

他们行房时，威尔脑子里想的一定是费莉希蒂。

这想法残酷得像一记耳光。

苔丝记得那一夜的威尔温柔异常，让她感觉自己备受珍爱。事实上，威尔珍爱的是费莉希蒂，而不是她，他是在可怜她。也许他正怀疑，那会是他们夫妻间的最后一次性爱。

受伤的感觉瞬间爬过苔丝的整个身体。苔丝的双腿紧贴着康纳的躯体，她用尽全力地向前靠，像要把自己糅进康纳的身体。行驶到下一个红绿灯处时，康纳轻抚着苔丝的大腿，立马让她有了生理反应。苔丝意识到，威尔和费莉希蒂给她带来的每一分伤害都为此刻的快感增色了一分，不论是摩托车带来的驰骋感还是康纳的爱抚。上周四的苔丝过着不觉苦痛、蒙蔽愚昧的生活。而这个周四，苔丝仿佛回到了少女时代：痛楚缠身，极致美丽。

然而，无论苔丝承受了多少痛楚，她都不愿回到墨尔本的家中，一边烘焙糕点，一边看电视。她想要留在这里，随着摩托车一起翱翔，任凭心儿在胸膛中怦怦直跳，让她知道自己还活着。

现在已过了晚上九时。塞西莉亚和鲍约翰正在后院里，坐在游泳池边的凉亭中。只有这个地方才能避开墙外的窥听之耳。女儿们总有本事听见她们本不该听到的话。在他们落座的地方，塞西莉亚能清楚地看见玻璃落地门，看见女儿们的小脸被电视内的反光照亮。假期的第一天，女儿们可以自由选择睡觉的时间，能够一边吃爆米花一边看电影。这是他们家的传统。

塞西莉亚将目光从女儿们身上抽离，转而望向游泳池内闪亮的蓝色瓷砖——这游泳池是郊区生活带来的恩惠。然而，游泳池内总会传来断断续续的怪声，像个喘不上气的婴儿。这声音是游泳池滤水器造成的，这会儿塞西莉亚听得清清楚楚。一周前，塞西莉亚还希望丈夫能在出差前弄明白声音的来源。鲍约翰一直没能腾出时间。然而塞西莉亚若是请来个修理工，他又会火冒三丈。这似乎是在质疑他的能力。当然，就算他真能抽出时间，也查不出个所以然，塞西莉亚还得去请修理工。这实在让人气恼。为什么他那愚蠢的终身赎罪计划没有这个部分？妻子说了什么就立马去做，这样，她就用不着唠叨不休了。

塞西莉亚多希望此刻能和鲍约翰来些寻常争论，比如这该死的滤水器。即使这小争吵可能会让她受伤，也好过这样定格在永恒的恐惧中。她无时无刻不能感到恐惧，它们藏在她的胃中、胸膛里，甚至口中也泛着恐惧的滋味。这将对她的健康造成怎样的影响?

塞西莉亚清清嗓子：“我有些话要对你说。”她打算告诉丈夫瑞秋·克劳利今天提到的新证据。他会做何反应？会害怕吗？还是逃跑?从此变成亡命之徒?

瑞秋并没有具体讲到她的证据，因为塞西莉亚打翻了茶水，让她分心。塞西莉亚也没问下去，因为实在慌得不行。此刻等她回过神来，才后悔自己为何没问下去。它们可是很有用的信息。看来，塞西莉亚还没能适应她的新角色——罪犯之妻。

瑞秋一定不知道那所谓的线索指向了谁，否则，绝不会将它告诉塞西莉亚。她会吗？要把事情弄清楚，怎么这么难。

“什么？”鲍约翰问。他坐在对面的木制长椅上，穿着牛仔裤和去年父亲节时女儿们送他的长袖运动衫。他向前探着身子，双手无力地荡在双腿间。鲍约翰的语调很奇怪。偏头疼刚发作时，鲍约翰总会用这种语调回答女儿们的问题。他总期待着这次头疼不会持续太长时间。

“你是不是又开始头疼了？”塞西莉亚问。

鲍约翰摇摇头：“我没事。”

“好的。听着，今天参加复活节帽子游行时，我见到了……”

“你还好吗？”

“我很好。”塞西莉亚不耐烦地回答。

“你看上去可不好，像是病得厉害。也许是我让你生病的，”他的声音在颤抖，“在这世上，我唯一在乎的事就是让你和女儿们快乐，而现在我将你置于如此难以承受的境地。”

“是的，”塞西莉亚将手指插进长椅的夹缝中，看着女儿们的脸蛋因为电视节目内容而同时绽出笑容，“‘难以承受’倒是个贴切的词。”

“在公司的一整天，我都想着怎样才能弥补这一切。”鲍约翰走过来，在塞西莉亚身旁坐下。塞西莉亚能感觉到他温暖的体温。“很显然，我没办法让此刻的情形变得更好，真的无能为力。可我想对你说，如果你想让我去自首，我会的。我不会要求你来承受这一切，如果你不愿意的话。”

他紧握住塞西莉亚的手：“我愿意为你做任何事，亲爱的。如果你希望我找到警察或瑞秋·克劳利，我一定会去。如果你不愿再和我生活在同一片屋檐下，想让我离开，那我便会离开。我会告诉女儿们，我们的分居是因为……我也不知道该怎么说，但很显然，该受指责的那个人是我。”

塞西莉亚感觉丈夫的整个身体都在颤抖，他手心的汗流到她手上。

“看来你已经准备好坐牢了。那你的幽闭恐惧症怎么办？”

“我会想办法控制住它，”鲍约翰的手心渗出了更多汗水，“都是脑子里的可怕幻象作祟，并不是事实。”

塞西莉亚突然感觉一阵恶心，遂抽出手，站起身。

“那你之前为什么不这样做？为什么不在我认识你之前就自首？”

他抬头，表情扭曲、哀求地看着她：“我无法回答这个问题，塞西莉亚。我曾试着解释。对不起……”

“而现在你要我做决定，好像这事跟你一点关系也没有。而现在，是否让瑞秋知道真相成了我的责任！”塞西莉亚想起瑞秋嘴角沾上的面包屑，不由得颤抖了一下。

“除非你愿意这样！”鲍约翰几乎要流下泪来，“我只想让你好过一些。”

“你难道没看出来，你把问题丢给我吗？”塞西莉亚喊道。她的怒气已经开始消退，取而代之的是巨大的绝望感。就算鲍约翰前去自首也改变不了任何问题。不能，塞西莉亚对此事已经有了责任。打开信件的那一秒，她就应该对此负责。

塞西莉亚跌坐在凉亭另一边的长椅上。

“今天我见到了瑞秋·克劳利，”她说，“我将她订购的特百惠产品送到她家里。瑞秋告诉我她已经掌握了新证据，能指控是谁杀害了珍妮。”

鲍约翰猛地抬起头：“不可能的。没有留下什么。根本没有证据。”

“我只是在转述她的话。”

“这样的话，”鲍约翰摇晃了一下，像是中了眩晕咒。他闭上眼睛，“也许我们的选择已经自动生成了。我的选择。”

塞西莉亚追溯着瑞秋具体说了些什么。好像是，我找到了一些新证据，能证明是谁杀害了珍妮。

“她所说的证据，”塞西莉亚突然开口，“有可能指向的是别人。”

“这样的话，我就必须自首了，”鲍约翰干脆地说，“我一定会的。”

“一定。”塞西莉亚重复道。

“只不过不太可能，”鲍约翰听上去已然筋疲力尽，“不是吗？已经过去了这么多年。”

“的确。”塞西莉亚赞同道。她看见丈夫抬起头看着屋内的女儿们。在这片静谧中，游泳池滤水器发出的噪声显得格外刺耳。它不再像个喘不上气的婴儿，而像一头喘着粗气的猛兽，像是孩子们噩梦中的“食人妖”，偷偷摸摸地出现在他们的屋外。

“我明天会检查滤水器的。”鲍约翰的目光仍然定格在女儿身上。

塞西莉亚没有说话，而是静静地随着食人妖一同呼吸。

第四十二章

“这算是第二次约会了。”苔丝说。

她和康纳坐在一堵矮墙上，一边喝着外卖杯中的热巧克力，一边俯瞰迪崴海滩。摩托车就停在他们身后，铬合金在月光下折射着柔光。夜是微凉的，苔丝却躲在康纳温暖的皮夹克下。它闻上去有须后水的味道。

“没错。它们通常饱含魅力。”

“不过，你和我第一次约会就已经进行了床上运动。”苔丝说，“因此，你也用不着费劲用你的魅力引诱我。”

她听上去很怪，像在假装另一个人：那种时髦活泼的姑娘。事实上，她似乎正在扮演费莉希蒂，无奈并未学到其精髓。之前不可思议的感觉一点点消失，此刻的苔丝只觉得尴尬。她做得太过火。月光、摩托车、皮夹克和热巧克力。眼前的一幕浪漫得可怕。一直以来，苔丝对这所谓的经典浪漫桥段并不感冒，它们总会惹得她暗自发笑。

康纳用吓人的严肃神情看着苔丝："这么说，你把昨晚看作我们的第一场约会？"康纳生着一对严肃的灰色双眸。与威尔不同，康纳算是个不苟言笑的男人。这让他偶尔发出的咯咯浅笑显得更加珍贵。瞧见没，威尔？重要的是质量而非数量。

"嗯。"苔丝回答。康纳是否以为他们是在约会？"我不知道，我的意思是……"

康纳把手掌放到苔丝胳膊上："放松啦，我是开玩笑的。我说了，我只是很享受你的陪伴。"

苔丝喝下一口热巧克力，赶紧换了个话题："今天下午你干了些什么，放学后？"

康纳皱起眉头，像在认真思考这个问题。他耸耸肩回答道："我跑了会儿步，和本还有他的女朋友一同喝咖啡。啊哈，我还见了心理医生。每周四下午六点我都会和她见面。诊所旁有家不错的印度餐厅。见完医生，我总会去那家餐厅吃咖喱。就这样了，心理治疗以及咖喱羊肉。真不知道我为什么总要把心理治疗的事告诉你。"

"你有没有和你的心理治疗师提到过我？"

"当然没有。"康纳微笑着回答。

"你有。"苔丝用手指轻杵康纳的腿。

"好吧，我有。对不起。这是我的大新闻。我希望自己在她眼中能更有意思。"

苔丝将咖啡放在身边的矮墙上："她是怎样说的？"

康纳看了她一眼："你显然没参加过心理治疗。他们不会说话的，唯一能讲的只有，'而你对此怎么看？'以及'你为何要那样做？'"

"我打赌她不喜欢我。"苔丝开始用一个心理治疗师的眼光审视自己：她是一个数年前曾让康纳心碎的前女友，从天而降般地再度出现在康纳的世界里，碰巧还遇上了婚姻危机。苔丝不由得想为自己辩护：“可我并没有操纵他。康纳是个成年人了。我们的关系也许能继续走下去。没错，分手之后我的确从未想到过他，可我也许能够爱上他。事实上，也许我已经爱上了他。我知道，康纳因为初恋女友被人谋杀的事一直处于阴影中。我不会伤害他的心。我是个好人。”

她难道算不上好人？苔丝模糊地意识到自己生活中的种种不妥。她难道没有自我封闭、固执己见，甚至自私专断地将自己和众人隔开？难道没有心安理得地躲在所谓的羞涩之墙和“社交恐惧症”之下？每当苔丝感觉有人想和自己做朋友，她总会花很长时间才接那人的电话或回电邮。对方最后放弃，苔丝就会松一口气。如果苔丝是个更好的母亲，一个更善于社交的妈妈，她就能帮利亚姆与其他孩子建立友谊，而非终日烦恼于马尔库斯带来的麻烦。不是这样的，不久前她还和费莉希蒂一起举着酒杯偷偷议论他人。她们不喜欢过于苗条、过于运动范、过于富有和过于聪慧的人。她们一同嘲笑那些有私人健身教练的人，嘲笑养着微型犬的人，以及那些在社交网站上拼错单词或故作聪明的人。那类人总爱向世人宣称：“此刻我所处的地方简直妙极了！”那帮一定要“参与”的人——与塞西莉亚一样。

苔丝和费莉希蒂坐在“生活”的球场边，一同嘲笑里面的球员。

苔丝如果能有一张更广阔的社交网，威尔也许不会爱上费莉希蒂。至少他能拥有更多潜在情妇的选择。

当苔丝的生活支离破碎时，没有一个朋友能听她倾诉。一个朋友都没有。这也是苔丝在康纳面前表现成这样的原因。她需要一个朋友。

“我正符合你的择偶规律，对吗？”苔丝突然问道，“你一直以来都选错了女人。而我就是另一个错误的女人。”

“嗯，”康纳说，“还有，说好的十字面包呢？”

康纳举起纸杯，将最后一口热巧克力一饮而尽。他将纸杯放下，身子朝苔丝的方向挪了挪。

“我在利用你，”苔丝说，“我是个坏人。”

康纳把一只温暖的手放在苔丝后颈上，将她揽入怀中，让苔丝闻到自己嘴里的巧克力味。他拿走她的纸杯，她也没有抗拒。

“我利用了你来遗忘自己的丈夫。”苔丝澄清道。她只想让康纳明白这一切。

“苔丝，亲爱的，你难道认为我不知道这一点？”接下来康纳送上了深深的一吻，让苔丝觉得自己仿佛在坠落，飘浮，不断顺着旋涡下落，像仙境中的爱丽丝。

1984年4月6日

珍妮不知道男孩们居然会脸红。她弟弟罗布倒是会脸红，可他算不上一个“男孩子”。她不知道鲍约翰·费兹帕特里克这样聪明、英俊，上私立学校的公子哥儿也会脸红。夜幕就要降临，随着一点点落下的夕阳，眼中的图景变得模糊不清。尽管如此，珍妮仍然能感觉到鲍约翰的脸在发光。珍妮注意到，甚至连他的耳朵都变成了淡粉色。

珍妮已经完成了她的“小演讲”，提到了实际上她在和另一个男孩约会，而这男孩想让她做自己的“女朋友”。出于这个原因，她不能再和鲍约翰见面了。因为那个男孩希望“和她正式确立关系”。

珍妮模糊地意识到，她最好让这一切听上去像是康纳的错，好像和鲍约翰分手的其实是他。可现在，看着鲍约翰的脸越来越红，珍妮开始怀疑自己是否不应该提到另一个男生。她应该把一切怪到父亲头上，担心父亲发现自己在约会。

然而，珍妮内心同样希望鲍约翰能意识到自己也是受人欢迎的。

"可是珍妮，"鲍约翰的声音变得如少女般尖细，像要哭出声来，"我以为你是我的女朋友。"

珍妮吓坏了。她的脸也因同情而变得滚烫。她望向一旁的秋千，听到自己笑了出来，是一阵奇怪的尖声轻笑。这是珍妮的坏毛病，紧张时总会用笑声掩饰尴尬，即使根本没什么可笑的。同样的情况发生在珍妮十三岁时。那时校长一改往日愉快的模样，带着沉重的表情走进教室，告诉学生们他们地理老师的丈夫不幸去世了。这消息让珍妮震惊而压抑，之后却笑了起来。这简直莫名其妙。全班同学都转过头不满地看着她，珍妮差点没羞愧死。

鲍约翰扑向了她。珍妮的第一感觉还以为他要吻自己——这是他的拿手绝活儿。珍妮还为此感到小小的激动。鲍约翰不愿和她分手。他不打算接受这莫名的拒绝!

然而下一秒，鲍约翰的手掐住了她的脖子。她试着说，你弄疼我了，鲍约翰。然而她发不出声音。她想要消除这可怕的误会，想要解释自己爱他胜过爱康纳，她从没想过要伤害他，她想要做他的女朋友。珍妮试图用眼神传达这一切。她直勾勾地看着鲍约翰，直视他美丽的双眸。一瞬间，珍妮似乎看到鲍约翰震惊的反应，旋即感觉到他松开了手。除此之外还发生了另一些事：她的身体被一种糟糕的、不熟悉的感觉包围。珍妮脑子里一个偏僻的角落突然记起，母亲下午本打算接她去看医生。她把这约定忘得一干二净，径直去了康纳的家。母亲一定等着急了。

珍妮能清晰想到的最后一句是：哦，糟了。

而在这之后，她再也不能思考，陷入了无助的，摇摇欲坠的恐慌中。

耶稣受难日[1]

1　耶稣受难日为复活节前的周五。

第四十三章

“果汁！”雅各奶声奶气地说。

“你想要什么，亲爱的？”罗兰低声问。

“果汁，”瑞秋在脑海中抱怨，“他想要果汁。你聋了吗？”

天刚刚破晓，瑞秋、罗布和罗兰颤抖地围在合欢谷公园内，一边揉搓着双手，一边不住地跺脚。雅各在他们的大腿间溜进溜出，在他的皮大衣内不安地扭动。瑞秋总觉得这衣服对他而言太小了。他的小手刚刚够从袖子里露出来，像个小雪人。

正如先前预料的，罗兰穿着她的防水衣。不过她的马尾辫似乎不像从前那样精致，有几缕头发从发带中跑了出来。瑞秋可不认为这是个明智的选择，她活像塑料纸包裹的玫瑰，就是小伙子们情人节时送给女朋友的那种。

瑞秋在后院里摘了一些豌豆花，用绿丝带缠成一束。珍妮很小的时候曾经很喜欢绿丝带。

“你打算把这些花留在她被人发现的地方？就在草坡旁边？”马拉问过一次。

“没错，马拉。我把它们留在这里，任凭它们被成百上千只小脚踩踏。”瑞秋回答。

“哦，好吧。回得漂亮。”马拉丝毫未觉得被冒犯。

这儿甚至不是同一个草坡。笨重的旧金属器械均被太空产品似的新发明所取代，瑞秋家附近的公园也有一个，地上还有橡胶铺面，踩上去有太空漫步的感觉，她会带雅各去玩。

“果汁！”雅各又说了一遍。

“我没听明白，亲爱的，”罗兰将马尾辫甩到肩膀后面，“你想要解开夹克衫？”

看在老天的分儿上！瑞秋叹了口气。其实瑞秋从未在此处感受到珍妮的存在。她无法想象珍妮来到过此处，甚至想不明白她为何要来此。珍妮的朋友们没一个知道她来过这个公园。带她来这儿的很显然是个男孩：一个名为康纳·怀特比的男孩。他也许想要向珍妮求欢，无奈被拒绝。这都是瑞秋的错，她太执着于这些细节，好像失去童贞是什么不得了的大事。死亡远比这事严重得多。她本应该对女儿说，你想和谁做爱都可以，珍妮，只要安全就好。

艾德从来不愿来此。“你这样做到底有什么意义？”他会诘问道，“现在去已经太他妈迟了，不是吗？她已经不在那儿了，你难道不明白？”

你说得太对了，艾德。

然而瑞秋下意识地总认为自己应该年年来此，为珍妮献上一小束花，抱歉自己未能及时出现。她在这儿想象着女儿生前最后的时刻，感受女儿所在的最后一处地方，呼吸的最后一缕空气。

瑞秋多希望能在女儿生命的最后时刻陪伴着她，多想沉醉地看一眼女儿貌似不协调的纤长四肢和线条分明的漂亮脸蛋。这真是个愚蠢的想法，如果瑞秋真的在场，她一定会忙着挽救女儿的生命。悲剧发生时，瑞秋渴望自己能在场，即使结局无法改变。

或许艾德说得没错。每年来到此处似乎真没什么意义。尤其是今年，罗布、罗兰和雅各站在她身旁，像等待着好戏开场的看客。

“果汁！”雅各又说了一遍。

“对不起，亲爱的，我真没听明白。”

“他想要果汁！”罗布的语气那样粗暴，瑞秋忍不住为罗兰感到遗憾。罗布生气时和艾德一个样。克劳利家的男人都有这种坏脾气。“这儿没有果汁，伙计。我们只有一瓶水。来喝点水吧。”

“我们不要喝果汁，亲爱的，”罗兰补充道，“它对你的牙齿没好处。”

雅各用胖乎乎的小手举着水瓶，扬起脑袋大口大口地喝着，像在对瑞秋说，我们才不会告诉她，我在你这儿喝了多少果汁。

罗兰紧了紧身上的大衣，转身面向瑞秋：“您通常会说些什么吗？还是……”

“不，我只在心中想念她，”瑞秋平淡的语气像在请她闭嘴，她显然不愿在罗兰面前显露真实情感，“坚持一小会儿就行。天气真冷，可别让雅各感冒了。”

带雅各来这儿真是荒唐。这一天，来这个公园。也许过些日子瑞秋将再次悼念珍妮，如往常一样，在珍妮冥寿时去她墓地看望。

她必将承受这没完没了的日子，等着下一年的到来。任时光一点点向前，分分钟过去，直到尽头。

“你想要说些什么吗，亲爱的？”罗兰问她丈夫。

瑞秋几乎要说出口，他当然没什么要说的，可她及时制止住自己。瑞秋看着罗布，见他抬头仰望着天空，像火鸡一样伸着脖子，把牙齿咬得咯咯响。罗布笨拙地将拳头按在腰部，好像随时会大发脾气。

“他没来过这儿，”瑞秋意识到，“自人们发现珍妮的尸首后，他再也没有来过这个公园。”瑞秋朝儿子的方向迈了一步，罗兰却抢先拖住了他的手。

“没关系的，”她轻声说，“你没事的，亲爱的。深呼吸。深呼吸。”

瑞秋在一旁无助地看着，这年轻女人完全不知道该如何安抚她的儿子。不过，她自己或许同样不知道该怎么做。她看着罗布斜靠在妻子身上，意识到自己对于儿子的悲伤了解得多浅。也许她从来都不想知道儿子的悲伤。和罗兰共眠时，他是否会在噩梦中惊醒？罗布是否在黑暗中轻声告诉妻子关于他姐姐的故事？

瑞秋感觉一只小手拍在自己的膝盖上，于是向下看去。

“奶奶。”雅各向她招招手。

“怎么了？”瑞秋弯下腰，他一只手遮在她耳旁。

“果汁，”雅各悄悄地说，“求你了？”

费兹帕特里克家的人昨夜很晚才睡。塞西莉亚是第一个起来的，起来的第一件事就是从床头柜上取来手机，看到此时已是九点半。洗碗水一样灰蒙蒙的晨光自卧室的窗边透进来。

耶稣受难日和节礼日是她一年中最宝贵的两天，因为这两天她用不着操心任何事情。明日，她将会忙乱地准备复活节大餐，不过今天没有客人，没有家务，用不着急急忙忙，甚至不需要购买日用品。空气是凉的，而床上是温暖的。

“鲍约翰谋杀了瑞秋·克劳利的女儿。”这句话像是直插入塞西莉亚的胸膛，让她的心跳都要停滞。她再不能在耶稣受难日时放松地躺在床上。因为她余下的一生都会有一堆收拾不完的残局。

塞西莉亚躺在床的一边，背对着鲍约翰。她能感受到鲍约翰温暖的胳膊缠绕着自己的腰部。那是她的丈夫。她的丈夫是个杀人犯。她是否早该知道？是否早该猜出来？她本该从鲍约翰的噩梦和偏头疼中看出端倪，他有那么多顽固和怪异的时刻。就算尽早猜到也不会对事件产生任何影响，然而没看出端倪让塞西莉亚感觉自己太疏忽大意。“他就是这样的人。”塞西莉亚常会这样告诉自己。此刻，塞西莉亚将她生活的点点滴滴和近日知晓的事实结合起来。她记起了，比如，鲍约翰拒绝要第四个孩子。“让我们再生个男孩吧。”波利蹒跚学步时，塞西莉亚曾这样提议道。她深知如果最后得到的是四个女儿，夫妻二人也会无比满足。没想到鲍约翰断然拒绝，这让她摸不着头脑。这或许是他自我惩罚的又一个例子，他或许极渴望有一个儿子。

塞西莉亚还想到了其他琐事。也许她应该起床开始准备周日的食物。她怎么能应付得了那么多客人，和他们随意地闲聊，分享他们的快乐？鲍约翰的母亲会坐在她最爱的扶手椅中，公正地进行裁决，分享他们的秘密。“这已是很多年前的事了。”她会说。然而，它对瑞秋而言一定还像昨日。

塞西莉亚记起瑞秋说过今日是珍妮的忌日，不由得打了个寒战。鲍约翰是否知道这一点？也许他不知道。他总记不住日子。若没有人提醒，他甚至记不起自己的结婚纪念日，又为何要记住他对一个女孩痛下杀手的日子？

“上帝啊。”塞西莉亚的新病症突然回来：恶心和头疼。她必须起床，一定得从这糟糕的感觉中逃离。塞西莉亚想要掀开被子，却发现丈夫的手紧紧揽住了她。

“我要起床了。”她没有回头看他。

“你认为我们应该如何解决经济问题？”鲍约翰在她耳边轻声说，他声音沙哑，像是患了重感冒，“如果我去……而没了收入。我们必须将这房子卖掉，不是吗？”

“我们能挺住的。”塞西莉亚简短地回答。她一向很注重经济问题，鲍约翰也乐得不用理会账单和房贷。

“真的吗？我们能吗？”鲍约翰听上去颇为怀疑。费兹帕特里克家算得上小富之家，而成年后的鲍约翰在经济上也比他的大多数朋友更为宽裕。他总是想当然地认为家里的钱多是自己挣的。塞西莉亚并非故意将自己这些年挣的钱瞒着丈夫，只是碰巧没有提到这些。

鲍约翰继续说：“如果我不在身边，也许我们能请皮特家的男孩给你帮帮忙。比如清理水沟什么的。这活儿其实很重要，你不能不重视它，塞西莉亚。尤其是在山火季节。我会帮你列个清单。我一直在想着这些。”

塞西莉亚一动不动地躺着，心儿怦怦直跳。怎么会这样？这简直荒唐可笑，难以置信。他们怎么会像这样躺在床上谈论鲍约翰入狱后的事？

“我真的很希望有一日能教女儿们开车，”鲍约翰的声音走调了，“她们需要知道该如何应付湿滑路面。当路面湿滑时，你可不知道该如何正确地停车。”

“我当然知道。”塞西莉亚抗议道。

她转身面向鲍约翰，这才见到他在啜泣。他的脸皱成一团。见到塞西莉亚转身，他连忙把脸埋进枕头里，想要藏住他的泪水：“我知道自己没权利，没权利流泪。我只是无法想象每天早上无法看见她们的日子。”

“瑞秋·克劳利也不再有机会见到她的女儿。”

然而，塞西莉亚没办法继续硬着心肠。她最爱鲍约翰的一点就在于他对女儿们的爱。他们的孩子将二人紧紧联系在一起，这种亲密的联系是许多夫妻都做不到的。他们一起分享关于孩子们的趣事——为她们开怀大笑，畅想着她们的未来。这曾是塞西莉亚婚姻生活中最享受的时刻之一。她嫁给了鲍约翰，深知他会成为一个好爸爸。

“她们会怎样看我？”鲍约翰以手掩面，“她们一定会恨死我。”

“没关系的，”塞西莉亚几乎要承受不住，“没关系的。不会有事。一切都不会改变。”

“可我不知道，这件事已经过了这么多年，但我说出口让你知情后，却变得好真实，甚至比从前还要真实。就在今天。你知道的，”鲍约翰用手背抹抹鼻子，看着她，“就在今天。我每年都记得。我因此恨死了秋天。然而今年秋天似乎比往年更骇人。真不相信那人是我，不相信我对别人的女儿做下了这种事。而现在我的女儿们，我的女儿们……我的女儿们要为此付出代价。”

他全身饱受悔恨的折磨，仿佛极度疼痛。塞西莉亚本能反应即是安慰、拯救他，让这痛苦尽可能消退一些。塞西莉亚像抱孩子一样抱着丈夫，在他耳边说着安慰的话：“嘘。没关系的。一切都会好起来的。已经过了这么多年，他们不可能掌握新证据。瑞秋一定弄错了。来，深呼吸。”

鲍约翰把头埋在塞西莉亚的肩膀下，塞西莉亚感觉身上的睡衣都被他的泪水浸透了。

“一切都会好起来的。”她轻声对鲍约翰说。塞西莉亚知道这并非实情。然而抚摩着鲍约翰脑后渐渐变白的头发，塞西莉亚终于弄明白了一些事实。

她不会让他自首的。

现在看来，之前在水沟旁的呕吐和餐具室内的哭泣更像是在作秀。因为只要其他人不说，她会将丈夫的秘密永远保守下去。塞西莉亚·费兹帕特里克，她永远是主动向人提供帮助的人。不论谁需要帮忙，她都不会安静地坐在一旁。她总愿意牺牲自己的时间，带上炖菜，慷慨相助。而现在，塞西莉亚要将她明辨是非的眼睛转向一旁。她可以也打算让一位母亲独自受苦。

塞西莉亚的善良是有局限的。她本可以一辈子都不知道界限何在，然而现在，塞西莉亚清楚地看见它们处在何处。

第四十四章

“奶油别涂得这么小气！”露西说，“热气腾腾的十字面包就应该抹上厚厚的黄油。难道我没教过你？”

“您难道不知道有个词叫‘胆固醇’吗？”话虽是这样说，苔丝仍然举起了抹黄油的餐刀。苔丝、露西和利亚姆在后院里品尝着热气腾腾的十字面包，享受着早晨的阳光。苔丝的母亲穿着粉红色的棉质睡袍，苔丝和利亚姆则穿着成套睡衣裤。

这一天的开始本与“受难日”这个名字极为贴切，但老天突然改变了主意，打算向世人展示迷人的秋色。微风徐徐吹来，阳光自凤凰木的树叶中温柔地倾泻而下。

“妈妈？”利亚姆的嘴里塞满了东西。

“什么？”苔丝闭着眼仰面迎接阳光。她感觉宁静而困乏。昨夜自海滩返回后，他们在康纳的公寓内享受了更多的性爱，甚至比前天晚上更加富有激情。康纳绝对是个……技艺超群的男人。他是否读过什么性爱宝典？威尔从不会读这一类书。怪的是，直到上周，做爱对她来说只不过是打发时间的愉快休闲，她从未好好看待，这星期却令人销魂，好像那是人生唯一的大事，其他时光都不重要，不值得好好过。

苔丝发现自己渐渐迷上了康纳，尤其爱他上唇的弧线、宽阔的胸膛和……

“妈妈！”利亚姆又喊了一声。

“嗯？”

“什么时候……”

“先把嘴里的东西吃完。”

“爸爸和费莉希蒂什么时候会来？来过复活节？”

苔丝睁开眼睛扫了母亲一眼，见到她扬起眉毛。

“我不确定，”苔丝回答，“我必须先问过他们。他们可能要工作。”

“他们可不会在复活节这天工作！我想让爸爸看看我的彩蛋和小兔子。”

不知从何时开始，他们家有了一项暴戾的传统，父子俩会用头顶复活节兔子玩。他们总觉得小兔子凹下去的脸有趣得不行。

“这个……”苔丝不知道该如何应付复活节。他们是否应该看在利亚姆的分儿上，表演一场其乐融融的家庭聚会？他们都算不上好演员，孩子一眼就能看出来。不过，没人指望她这样做吧？

除非她邀请康纳一同过来。苔丝会像个高中女生一样坐在前男友的大腿上，感受康纳运动员一样结实的胳膊。她会要求康纳骑着摩托车来，他也可以和利亚姆玩顶脑袋的游戏。在这个游戏上，康纳一定能胜过威尔。

“我们过一会儿就给爸爸打电话。”苔丝的宁静感消失了。

“现在就打！”利亚姆说着，飞奔向屋内。

“不行！”苔丝对着儿子绝尘而去的背影喊道。

“唉。”母亲叹了口气，放下手中的面包。

“我不知道该怎么做。”苔丝话音未落，就见到儿子举着手机跑来。接过手机时，耳边响起了短信提示音。

“是爸爸的短信吗？”利亚姆赶忙问。

苔丝慌忙地握紧手机：“不知道，让我来看看。”

短信是康纳发来的，写着：谢谢你。吻你。就在她看短信时，又一条短信传了进来。

“这条一定是爸爸发来的！”利亚姆像个小足球运动员一样蹦到苔丝跟前。

苔丝打开短信。又是康纳发来的：今天是个放风筝的好日子。如果你和利亚姆愿意来体育场，我会带上风筝（你要是不愿意，我绝对能理解）！

“不是你爸爸发来的，”苔丝对利亚姆说，“发短信的是怀特比先生。你认识的，他是你的新体育老师。”

利亚姆一脸茫然。露西见状，故意清了清嗓子。

“怀特比先生，”苔丝重复道，“他是你的……”

“可他为什么会发短信给你？”利亚姆问。

“你不打算将面包吃完吗，利亚姆？”露西试图解围。

“怀特比先生是妈妈的老朋友，”苔丝继续道，“还记得我们在学校办公室碰见他的时候吗？我很多年前就认识他了，在你出生以前。”

“苔丝。”露西的语调中多了一分警告之意。

“怎么了？”苔丝烦躁地问。为什么不能告诉儿子康纳是她的老朋友？说这些能有什么损害？

“爸爸也认识他吗？”利亚姆问。

孩子似乎对成人的关系一无所知，偶尔又冒出这种话，好像什么都懂。

“不，”苔丝回答，“那时候我还不认识你爸爸。总而言之，怀特比先生发短信来是因为他有一只很棒的风筝，问我们要不要一起去运动场放风筝。”

“啊？”看利亚姆一脸愁容的样子，还以为妈妈刚才是在命令他打扫房间呢。

“苔丝，亲爱的，你真的认为这……”苔丝的母亲用手半掩着嘴巴，“合适吗？”

苔丝故意不理她。她才不会为此感到内疚呢！为什么她就得和儿子无所事事地待在家里，而威尔和费莉希蒂……谁知道他们今天会做些什么？无论如何，苔丝要证明给那个心理医生看，让康纳生命中无形的批评家看看，苔丝可不是什么利用康纳满足性欲的失败女人。她很好，很善良。

“他刚好有一只棒极了的风筝，”苔丝开始即兴发挥，“想知道你是否愿意和他一道放飞风筝。仅此而已。”苔丝瞥了母亲一眼，“他对我们很友好，是因为我们是学校的新人。”苔丝转回利亚姆：“所以我们会见见他的，对吗？就半个小时？”

“好吧，”利亚姆不情愿地说，“可我想要先给爸爸打个电话。”

“等你穿戴整齐了就打，”苔丝说，“去把牛仔裤穿上，还有你的橄榄球上衣。外面可能有点凉。”

“好的。”利亚姆无精打采地迈开步子。

苔丝赶紧给康纳回短信：半个小时后体育场见。吻吻。

按下发送键前，苔丝删去了吻字，她害怕心理医生会认为她在勾引康纳。然后苔丝想到他们昨夜真正的热吻。真荒唐。在短信里送去一个吻算得了什么？苔丝打了三个“吻”的符号，又开始担心这是否显得过于浪漫，于是又改回一个。她插入了一个亲吻的声音，又改成两个“吻”的符号，按下发送键。苔丝抬起头，发现母亲一直在看着她。

“怎么了？”

“小心点。”露西说。

“您什么意思？”苔丝的语调中带着一丝挑衅，像个青春期的叛逆女孩。

“我只想提醒你，别在这条路上走得太远，小心回不了头。”露西说。

苔丝朝后门瞥了一眼，确保利亚姆在屋内：“根本没有‘回头’一说！很显然，我的婚姻生活出现了可怕的错误……”

“胡扯！”母亲激烈地反驳道，“瞎说！你读了太多女性杂志上的垃圾文章。人生中总会发生这种事。人们总会将婚姻搞得乱七八糟。每个人注定都会被其他人吸引，可这绝不意味着你的婚姻是错误的。我见过你和威尔在一起的样子，知道你们深爱着彼此。”

“可是妈妈。威尔‘爱上了’费莉希蒂。这可不是公司派对上醉醺醺的一吻，它可是爱情，”苔丝皱着眉头打量自己的手指，声音越来越低，“也许我也爱上了康纳。”

“那又怎样？人们永远在爱情中进进出出。我上周还爱上了贝利尔家的女婿呢！这不能证明你的婚姻就此毁于一旦，”露西咬了一大口面包，嘴巴里塞得满满的，“当然了，现在的情况的确很糟糕。”

苔丝大笑，两手一摊：“瞧见没，我们已经受够了。”

“除非你们都愿意放下自我。”

“那不光是我们的自我。”苔丝不耐烦地说。真是荒唐，母亲的话一点道理也没有。贝利尔家的女婿？看在上帝的分儿上。

“哦，苔丝，我的小心肝。在你这个年纪，一切都和自我相关。”

“您在说什么？我应该忘掉自我，恳求威尔回到我身边？”

露西翻了个白眼：“当然不是了。我只是叫你别把后路切断，不顾一切地跳入和康纳的关系中。你得想想利亚姆。他……”

苔丝简直要气疯了。“我在考虑利亚姆！”她停顿了一下，“你和爸爸分手时有没有考虑过我？”

母亲向苔丝投来一个谦卑的笑容。“也许考虑得还不够，”她举起茶杯，又将其放下，“有时候当我回顾往事，也会想着，天哪，我把我们个人的感觉看得太重了！世界并不是黑白分明的。我们每个人在这世上都有自己的位置，这不是我们能预料到的。无论发生了何事，别那么死板，苔丝。要学会……能屈能伸。”

“能屈能伸。”苔丝重复道。

母亲举起一只手，歪着脑袋问：“门铃是不是响了？”

“我没听见。”

“我那该死的姐姐要是再不请自来，可真要把我气死了！”露西眯着眼睛挺直腰杆，“一杯茶都别给她！”

“哪有什么门铃声？”

“妈妈！外婆！”

屋后的纱门打开了，利亚姆飞一般地跑来。他还穿着睡衣，脸上洋溢着幸福的光彩：“看看谁来了！”

他将纱门大开，做出一个嘉宾登场的欢迎手势：“嗒嗒！”

一个美丽的金发女子从门内走来。有那么一瞬间，苔丝真心没认出眼前的人，还一心赞赏她巧妙的穿衣风格。眼前的女人穿着一件粗织的白色针织衫，上面有棕色木纽扣，腰间系着一条棕色皮腰带，下身是紧身蓝色牛仔裤和皮靴。

“是费莉希蒂！”利亚姆欢呼道。

第四十五章

“快和你母亲坐下歇歇，”罗兰对罗布说，“我会去买十字面包和咖啡。雅各，孩子，你跟我来。”

瑞秋安然地让自己陷入柴火炉子旁的沙发内。真舒服。这沙发的柔软程度刚刚好，果然不负所望。多亏了罗兰完美无缺的好品味，他们两居室的小屋才能如此惬意宜人。

罗兰先前提到的咖啡屋今日歇业，这让她很是懊恼。当他们见到门上“打烊”的字眼，罗兰忍不住抱怨：“昨天我还两次打电话询问过他们。”瑞秋饶有兴致地看着罗兰几乎要失去冷静，又很快恢复常态，提议瑞秋回他们的家。他们家距离公园更近，瑞秋也想不出怎样才能礼貌地拒绝。

罗布坐在母亲对面一张红白相间的扶手椅上打哈欠。瑞秋也忍不住想打哈欠，于是立即坐直身子。她可不想在罗兰的家里像个老太太一样打瞌睡。

瑞秋看了眼手表，现在才刚过八点。她还要忍受一个又一个小时，才能挨完这一天。二十八年前的此刻，珍妮刚吃过她人生中的最后一顿早餐。应该只有半碗麦片。这姑娘一向不爱吃早餐。

瑞秋抚摩着沙发表面。“搬去纽约后，你要怎样处理这些好看的家具？”她冷冷地问罗布。她当然能在珍妮的忌日谈论儿子搬去纽约的事，她可以的。

罗布一直盯着自己的膝盖，过了几分钟才开口回答。瑞秋差点没问他发生了什么事。“我们也许会带家具出租这间屋子，”看他那吞吞吐吐的样子，好像说话也成了难事，“我们还在考虑这些后勤问题。”

“是的，我想你们还有很多问题要考虑，”瑞秋昏昏欲睡地回答，她在心里默念着，“没错罗布，带着我的小孙子去纽约，你们还有太多事要考虑。”瑞秋把手指插进沙发内，像在虐待一只柔软的、胖胖的小动物。

“妈妈，你有没有梦到过珍妮？”罗布问。

瑞秋抬起头，松开了沙发。“是的，”她回答，“你呢？”

“大概吧，”罗布回答，“我总梦到自己被人勒住。梦中的我或许就是珍妮。我总会做同样的梦，然后窒息般地惊醒。今年以来这情况越来越严重，尤其是秋天。罗兰觉得我应该和您一起去公园……这或许……对我有好处。勇敢面对？我不知道，我恨透了那个地方，显然您也是。这对我来说真的很困难。一想到她经历的那些事……上帝啊，她那时该有多害怕！”罗布抬起头望着天花板，紧紧地绷着面孔。瑞秋记起艾德强忍着泪水时也是这副样子。

艾德曾经也会做噩梦。瑞秋总会听见他一遍遍地喊着：“快跑，珍妮！快跑！看在上帝的分儿上，亲爱的，快跑！”

“很遗憾，我不知道你会做这噩梦。”瑞秋说。她还能怎么办呢？

罗布控制住脸上的表情。

“只是梦而已。没什么大不了的。其实您用不着每年独自去那公园，妈妈。很抱歉我之前从没提过和您一起去。我本该和您一起去的。”

“亲爱的，你提到过的，”瑞秋说，“你不记得了？你提过很多次，可我总是拒绝。这是我的问题。你父亲总认为我疯了，他从不肯去那个公园，甚至不会开车路过那条街。”

罗布偷偷用手背擦了下鼻子。

“对不起，”罗布说，“过了这么多年……”他突然停了下来。

他们能听见雅各在厨房内哼唱《小工程师巴布》的主题曲。罗兰也在跟着唱。听见母子俩的歌声，罗布忍不住露出微笑。十字面包的香味也飘进了房内。

瑞秋端详着儿子的脸。他是个好父亲，比他的父亲好得多。这些年来，所有的男人似乎都成了比他们父辈更优秀的父亲，只是罗布原本就心肠特别软。

在他还是个婴儿时，罗布就是个可爱的小东西。每天午睡后，当瑞秋把他从小床上抱起时，罗布总是舒适地依偎在她胸前，还会拍拍她的背，像在感谢母亲将自己抱起。他曾是个最爱笑、最能惹人亲吻的小宝宝。她记得艾德曾感慨地说：“看在上帝的分儿上，女人，你真被那孩子迷住了。”

记起罗布是个婴儿时代的样子感觉挺奇怪，像是翻开一本多年未翻开的好书。瑞秋很少想到罗布从前的样子，却一遍遍重温珍妮孩提时的回忆，好像因为罗布还活着，他的童年就不重要一样。

“你曾是这世上最好看的宝宝，”瑞秋对罗布说，“人们总会在街上拦住我，不住地送上赞美。我有没有对你说过这些？也许说过几百遍了吧。”

罗布缓缓地摇了摇头："你从未告诉过我，妈妈。"

"我没有吗？"瑞秋问，"连雅各出生的时候都没有？"

"没有？"罗布露出疑惑的表情。

"我应该告诉你的，"瑞秋叹了口气，"我有很多事是本该要做的。"

罗布探过身子，手肘撑在膝盖上："这么说来，那时我还挺可爱的，对吗？"

"简直可爱极了，亲爱的，"瑞秋回答，"当然，现在也是。"

罗布抽了一下鼻子："没错，妈妈。"他简直藏不住心中的喜悦。看到这个，瑞秋用力咬住下嘴唇，后悔自己总是让儿子失望。

"新鲜出炉的十字面包！"罗兰端着一只精致的托盘，上面摆放着平整抹上黄油的面包。

"让我来帮帮忙吧。"瑞秋提出。

"万万不可，"罗兰扭头说，"在您家时，您可从不让我帮手。"

"啊哈。"瑞秋感觉像是暴露了。她一直以为罗兰注意不到自己的行为。她总把自己的年纪当作一面盾牌，以此阻挡年轻人投来的目光。一直以来，瑞秋总假装自己不让罗兰帮忙是因为她是个完美的婆婆。事实上，当你拒绝一个女人的帮助，实际上是在将她拒之门外，拒绝将她看作家人，像是在说，我没那么喜欢你，不愿让你踏进我的厨房。

再次出现时，罗兰端来一只盛有三杯咖啡的托盘。咖啡做得刚刚好，正是瑞秋喜欢的样子：温热的咖啡，放上两块方糖。罗兰是个完美儿媳，瑞秋是个完美婆婆。这所谓的完美隐藏着二人对对方的疏离及不认同。

罗兰赢了。纽约是她的王牌，而她现在打出了这张牌。真有她的。

"雅各呢？"瑞秋问。

“他在画画，”罗兰说着坐下，她举起咖啡杯，对罗布露出一个苦笑，“希望他别画在墙上。”

罗布对妻子咧嘴一笑，瑞秋再度从中看到他们婚姻的状态。这似乎是段美满的婚姻。

珍妮会喜欢罗兰吗？如果珍妮还活着，瑞秋是否会成为一个正常、专横的婆婆？她简直不能想象。罗兰存在的世界和珍妮活着的世界是两个完全不同的个体。如果珍妮还活着，罗兰似乎不可能继续存在。

瑞秋望着罗兰，看到她的一缕头发从马尾辫中跑了出来。她的金发几乎和珍妮的一样耀眼，不过珍妮的颜色更美。也许等她长大一些，头发的颜色也会变得更深。

自珍妮走后的第二个清晨，瑞秋总会在恐惧中醒来，这恐惧似乎能轻易将她击碎。瑞秋着魔般地想象着自己的另一种人生，那是她本该拥有的真正的人生。上天将这段人生偷走，在这段人生里，珍妮还躺在她温暖的床上。

随着年岁的增长，瑞秋已经越来越难想象下去。罗兰正坐在她对面，有着那么鲜活的生命力。她的血液在血管中流动，胸脯也有规律地一起一伏。

“你还好吗，妈妈？”罗布问。

“我很好。”瑞秋伸手去够咖啡杯，却发现自己根本没力气抬起胳膊。

瑞秋有时候能感觉到悲伤带来的纯粹原始的痛苦，有时候却是愤怒，狂乱得只想杀人。另一些时候，比如现在，她平静地坐着，任悲伤像浓雾一般罩住她，让她无法呼吸。

她实在太难过了。

第四十六章

“你好。”费莉希蒂向她问好。

苔丝也对她微笑。她控制不了自己，这就好比警察给你递来一张你根本支付不起的超速罚单时，你仍会机械地对他说声“谢谢”。看到费莉希蒂，苔丝机械地感到开心，因为她爱着她的表妹，也因费莉希蒂看上去如此完美，因为这几天来她的生活中发生了太多事，有太多话想与费莉希蒂分享。

然而下一秒，苔丝记起了自己的震惊和背叛感。她努力抑制住自己，没有飞奔向费莉希蒂，把她撞倒在地板上，对她又抓又打甚至撕咬。身为中产阶级淑女的苔丝没有那样做，尤其在她细腻敏感的孩子面前。因此苔丝仅仅是舔去了嘴角的面包屑，站起身子整理好身上的睡衣。

“你来这儿干什么？”苔丝问。

“抱歉，我这样……”费莉希蒂的声音消失了。她试着清清嗓子哑声说，“突然出现。事先也没打电话。”

“没错，你最好先打个电话来。”露西说。苔丝知道自己的母亲正尽力装出威严的样子，表现的却是苦恼的模样。尽管她说了那么多关于费莉希蒂的坏话，但苔丝知道母亲仍深爱着她的外甥女。

“您的脚踝怎样了？”费莉希蒂问。

“爸爸也会来吗？”利亚姆在一旁问。

苔丝直起身子。费莉希蒂遇上苔丝的目光，于是赶紧望向一边。没错，应该问费莉希蒂。费莉希蒂会清楚威尔的计划。

“他很快就来，”费莉希蒂告诉利亚姆，“我在这儿待一会儿就得走了。我想先和你妈妈聊些事情，聊完以后我就要走了。事实上，我必须离开。”

“去哪儿？”利亚姆问。

“我打算去法国，”费莉希蒂回答，“我打算来一场意义非凡的旅行，远渡重洋的旅行。在此之后我会去西班牙、美国……总之我要离开好长一段时间。”

“你会去迪士尼乐园吗？”利亚姆问。

苔丝愣愣地看着费莉希蒂：“我不明白。”威尔这是要和她来一场浪漫的冒险之旅?

费莉希蒂的脖子上因为痛苦显现出点点红斑：“你能和我聊聊吗？”

苔丝站起身：“来吧。”

“我也去。”利亚姆忙着表示。

“和我一起待在这儿，亲爱的，”露西劝道，“吃块巧克力吧。”

苔丝将费莉希蒂领到自己从前的卧室，这是唯一一间带锁的房间。她们站在床边注视着对方。苔丝的心怦怦直跳。她意识到原来可以一辈子冷淡地斜睨自己所爱的人，仿佛故意模糊视线，使那人的样子变得可怖。

“怎么了？”苔丝问。

“已经结束了。”

“结束？”

“其实我们从来没有开始过。你和利亚姆刚走……”

“这对你而言不再新鲜刺激了？”

“我能坐下吗？”费莉希蒂问，“我的腿在抖。”

苔丝自己的腿也在抖。

她耸耸肩：“当然。坐吧。”

除了床和地板也没有其他地方可坐，于是费莉希蒂席地而坐。她双腿交叉，把背靠在衣柜上。苔丝也随着她坐在地上，把背倚在床边。

“还是从前的地毯。”费莉希蒂将手放在蓝白色的地毯上。

“没错。”苔丝看着表妹苗条的玉腿和纤细的腰肢，想到童年时代，一个胖姑娘就坐在同样的位置上。她美丽的绿色杏眼在胖胖的小脸上闪耀着迷人的光芒。苔丝一直以来都明白，那副躯体里藏着一位美丽的公主。也许苔丝更愿意看到她被困在里面。

“你看上去美极了。”苔丝说。不知为什么，这话似乎非得说出口。

“别这样。”

“我没别的意思。”

“我知道。”

她们就这样无声地坐了好一会儿。

“继续说吧。”苔丝终于开了口。

“他并没有爱上我，”费莉希蒂说，“我想他从未爱上过我。整件事其实挺可悲的。我一瞬间就明白了，你和利亚姆离开的那一刻，我就明白我和他之间什么都不会发生。”

“可是……”苔丝无助地举起手。她感觉实在丢人，过去一周间发生一切似乎愚蠢不堪。

“我并非一时冲动，”费莉希蒂扬起下巴，“我是真心的。我爱他。爱了好多年。”

“是吗？”苔丝淡淡地说。这可算不上什么新鲜事。苔丝也许一直看在眼里。事实上，她甚至乐意看到费莉希蒂对威尔有好感。因为那会让威尔显得更有魅力，也因为费莉希蒂是个绝对安全的暗恋者。威尔绝不可能对费莉希蒂生出男女之情。苔丝是否真的好好看过她的表妹？是否像其他人一样，因为费莉希蒂的体重而忽视了真正的她？

苔丝说道：“然而这些年来，你花了那么多时间和我们在一起。这对你而言一定糟糕透了。”她似乎认为费莉希蒂的肥胖会让她克制自己的情感，似乎知道一般男人不可能爱上她！然而若有人胆敢将这句话说出口，苔丝也会为了表妹手刃了他。

“一直都是我一厢情愿，”费莉希蒂用手指抚平牛仔裤上的褶皱，“我知道他只把我当作朋友。我知道威尔喜欢，甚至爱我，然而仅仅是对妹妹的喜爱。能和他待在一块儿我就很开心了。”

“你应该……”

“什么？应该告诉你？可我该怎样说？除了可怜我，你还能做些什么？我应该做的是继续走下去，过我自己的人生，而不是做你忠诚的胖伴娘。”

“我从未这样想过你！”

“我不是说你这样看我。一直以来我都将自己看作你的伴娘，好像我不够瘦，就不配拥有自己的人生。然而随着体重的下降，我发现开始有男人偷瞄我。作为一个女性主义者，我明白自己不该喜欢这种被物化的感觉，然而客观来说，当你从未经历过这类事情，它的出现就成了……可卡因。我喜欢这种感觉，它让我充满力量，像电影中的超级英雄们第一次发现自己的超能力一样。于是，我开始想着，想着我是否也能让威尔和其他男人一样注意到我。然后……”

费莉希蒂停住了。她一心想要说出自己的故事，却忽略了这故事本不适合说给苔丝听。苔丝仅有几天没和费莉希蒂说话，费莉希蒂却有多年无法将心头大事告诉她。

“然后他注意到你了，”苔丝替她说完，“你使出了超能力，而它们奏效了。”

费莉希蒂自嘲地耸耸肩。她的举止姿态和从前判若两人。苔丝肯定自己之前从未见过费莉希蒂那样耸肩——带着几分法国人调情般的意味。

“威尔一定因为他的感觉百般煎熬。你明白的，他有一点被我吸引，于是说服自己爱上了我，”费莉希蒂说，“然而自你和利亚姆走后，一切都变了。我想，自你迈出家门的那一刻，他就对我没兴趣了。”

“我迈出家门的那一刻。”苔丝重复道。

“没错。”

“胡扯。”

费莉希蒂抬起头：“我说的是真的。”

“不，不是的。”

费莉希蒂似乎想要帮威尔的错误行为开脱，暗示他不过是误入歧途，好像之前发生的一切和公司派对上一个醉醺醺的吻并无二致。

苔丝想起威尔周一那晚死人般苍白的面色。他一点也不肤浅或愚蠢，很清楚自己对费莉希蒂的感情将会毁掉他的整个人生。

都是因为利亚姆，苔丝想着。带着利亚姆走出家门的那一刻，威尔终于意识到自己牺牲掉了什么。如果他们的感情之间没有这个孩子，今天的对话就不会发生。威尔爱过苔丝。大概吧。然而他此刻爱的是费莉希蒂，人人都知道第二份爱的情感更为强烈。这根本算不上一场公平的较量。这就是人们婚姻瓦解的原因。这就是人们为何将自己的婚姻看得那么重要，重要到在自己心中建起一道壁垒，阻隔内心真实的想法和情感。你不会让自己的眼神到处乱飘，也不会同异性喝第二杯酒，还时刻计较着自己的语言是否过于轻浮。你绝不会迈出那一步。从某种意义上讲，威尔选择了用一个单身汉的目光看费莉希蒂。那一刻，他背叛了苔丝。

“很显然，我并没有乞求你的原谅。”费莉希蒂说。

哦，你当然希望。但你休想得逞。苔丝在心里反驳。

“因为我本可以得到他，”费莉希蒂继续道，“我想让你明白这一点。我很想让你明白我是认真的。我感觉很糟，却没有糟糕到要放弃他。我本可以心安理得。”

苔丝惊讶地看着表妹。

“我只想对你坦诚相见。”费莉希蒂说。

“谢谢。我想我应该这样说。”

费莉希蒂是首先垂下目光的那个：“无论如何，我想对我而言最好的选择就是离开这个国家，走得越远越好。这样你和威尔就能好好厘清你们的关系了。他也想和你聊聊，可我认为……”

“他现在在哪儿？”苔丝的声音有些刺耳。费莉希蒂知道威尔的计划和所在，这让她有些懊恼，“他在悉尼吗？你们一起乘飞机来的？”

“是的，的确。可……”

“你们一定都很难过。毕竟这是你们在一起的最后时刻。你们在飞机上牵手了吗？”

费莉希蒂的眼中无疑闪出了一丝光芒。

“你们有的，对吗？”苔丝已然想象到了那幅场景。时运不济的爱侣依偎在彼此身旁，不知自己是否应该继续奔跑。是携手飞向巴黎，还是做一些无聊却正确的选择？苔丝无疑就是这无聊的选择。

“我不想要他了。”苔丝对费莉希蒂说。她实在无法忍受自己扮演的平庸无礼的妻子角色。她想让费莉希蒂知道，苔丝·奥利瑞没有什么好委屈的。“你可以拥有他。留着他吧！我已经和康纳·怀特比睡了！”

费莉希蒂惊讶地张开嘴：“真的？”

“当然是真的。”

费莉希蒂叹了口气。“好吧苔丝，这可……”她抬头扫视这间房间，又迎上苔丝的目光，“三天前你告诉我，你不会让利亚姆成长在一个婚姻破碎的家庭。你想让你丈夫回到你身边。你让我感觉自己是这世上最烂的烂人。而现在你居然告诉我你和前男友好上了，而我和威尔甚至没……上帝啊！”她把拳头捶在苔丝的床上，面色越来越红，眼中燃烧着怒火。

费莉希蒂话中的不公正，又或许是正义感让苔丝屏住呼吸。

“别假装虔诚，”苔丝孩子气地将费莉希蒂的大腿推开，像公交车上推搡打闹的孩子。奇怪的是，这感觉还挺棒。苔丝又推了一把，这回更加用力。“你就是这世上最烂的人。要不是你和威尔那天的开诚布公，你觉得我会看康纳一眼吗？”

“你不也在鬼混吗？该死的，别再打我了！”

苔丝最后又推了一下才坐直身子。她从没有像此时一样想要捶打某人，当然也从未屈服于那种欲望。她之所以成为社会认可的成人，是因为她的良善，然而这些良善此刻也被全部扯下。上周，她还是个小学生的妈妈、一位职业女性，这周她却在走廊内云雨，还故意打她表妹。接下来又会发生什么？

苔丝颤抖着深吸一口气。这就是人们说的“头脑发热”，但苔丝不知道自己究竟有多严重。

“不管怎样，”费莉希蒂说，“威尔想让一切回到正轨，而我也打算离开这个国家。你想做什么就做什么吧。”

“谢谢，”苔丝回答，“真的很谢谢你，谢谢你做的一切。”苔丝感到体内的怒气像被突然抽干，变得四肢无力，昏昏沉沉。

二人沉默了一小会儿。

“他还想要生个宝宝。”费莉希蒂打破沉默。

“别告诉我他想要什么。”

“他真的很想再要一个宝宝。”

“我想你会愿意给他生一个的。”

费莉希蒂的泪水夺眶而出：“是的。抱歉，可我真的很想。”

“看在上帝的分儿上，费莉希蒂，别让我为你感到可怜。这不公平。你为什么一定要爱上我的丈夫？为什么就不能爱上其他人的丈夫？”

“我们很少跟别人来往。”费莉希蒂大笑着，泪水却滚落在脸颊上。她用手背擦去泪水。

她说的是实话。

“威尔不认为自己能要求你再为他生个宝宝，怀利亚姆时你受了太多罪，”费莉希蒂说，“也许第二次怀孕不会像第一次那样糟糕，对吗？每次怀孕的经历都是不同的，不是吗？你应该再生个宝宝。”

“你真认为经历过这一切后，我们还能再生个宝宝，然后幸福快乐地生活下去？”苔丝问，“宝宝没办法挽回婚姻，我也不认为自己的婚姻需要挽回。”

“我知道，我只是想……”

“我不想要第二个孩子并不是因为害怕害喜，”苔丝对费莉希蒂说，“而是因为其他人。”

“其他人？”

“其他的妈妈、老师，总之一切外人。我从未意识到有了孩子后，人们居然得变得那样好交际。你总得和旁人聊个没完。”

“那又怎样？”费莉希蒂似乎无法理解。

“我有种病。我做了杂志上的测试，我有……”苔丝压低嗓门，“我有社交恐惧症。”

“你才没有。”费莉希蒂不屑一顾地说。

“我有的！我做了测试……”

“你光靠杂志上的一些小测试，就能诊断自己？”

“那可是《读者文摘》！这是真的！我的确无法忍受新朋友。看到新面孔，我会感到心悸。而且我一点也不喜欢派对。”

“很多人都不喜欢派对，这没什么。”

苔丝真没想到，她原以为费莉希蒂会送上一阵遗憾的沉默。

“你不过是害羞，”费莉希蒂说，“你不是高谈阔论的外向者，但人们喜欢你。你难道从未注意到这一点？我是说，上帝啊，苔丝，如果你只是个紧张兮兮的小东西，又怎么会交到那么多男朋友？二十五岁以前，你差不多交了三十个男朋友。”

苔丝翻了个白眼：“我才没有。”

她如何能向费莉希蒂解释，自己的焦虑感就像一只被迫照顾的水晶小宠物？有时候柔弱而安静，其他时候又疯狂地跑动，在她耳边狂吠？再说了，约会不一样。约会有其特定的规矩。苔丝能应付得了约会。和新认识男人的第一次约会对苔丝而言从来不是问题（只要有人约她。当然了，苔丝从未主动约会别人）。然而，当这个男人邀请苔丝见他的家人或朋友时，她心中的焦虑感便会抬头。

“再说，就算你真有什么‘社交恐惧症’，为什么不告诉我呢？”费莉希蒂自信地认为她知道苔丝的一切。

“之前我从未给它定义过，”苔丝回答，“几个月前，我才找到正确的词来形容这感觉。”也因为你是我的掩护。因为和你在一起，我就能假装不在乎他人对我们的看法，假装我们比整个世界还重要。如果我向你承认了自己的感受，就不得不承认我的确在乎他人的看法，而且无比在乎。

“你知道吗，当我穿着一件二十二码的T恤走进有氧搏击课堂，”费莉希蒂探着身子幽幽地望着苔丝，“人们根本不敢瞧我。我见到一个女孩推了推她的朋友，朝我所在的方向示意，他们二人爆出一阵大笑。我还听见一个家伙说：‘小心那头小母牛。’所以，别再和我说什么社交恐惧症了，苔丝·奥利瑞。”

耳边响起了敲门声。

“妈妈！费莉希蒂！”利亚姆喊道，“为什么要把门锁上？让我进去！”

“走开，利亚姆！”苔丝喊道。

“不！你们和好了吗？”

苔丝与费莉希蒂凝视着对方，看到费莉希蒂迷人的微笑，苔丝把头扭向一边。

露西的声音从房子，另一端传来：“利亚姆，到这儿来！我说过别打扰你妈妈！”她还在鼓捣拐杖。

费莉希蒂站起来：“我得离开了。我的飞机下午两点起飞，爸爸妈妈要送我去机场。妈妈急坏了，而爸爸很显然不愿和我说话。”

“今天你真的要走？”苔丝把目光从地板上收回来。

她突然想到了之前的生意：努力了那么久才争取到的客户，费了那么多精力去维持的现金流，每天早晨都要查看的工作日程。他们还因为各种利润和亏损烦躁担忧，好像那是一颗脆弱的小星球。止咳糖浆的广告最后怎么样了？苔丝想到了所有的梦想和地下室的那堆办公用品。

“是的，”费莉希蒂回答，“很多年前我就该这样做。”

苔丝也站起身：“我不会原谅你的。”

“我知道，我也不会原谅你。”

“妈妈！”利亚姆喊道。

“耐心一点，利亚姆！”费莉希蒂喊道。她抓住苔丝的胳膊在她耳边说：“别把康纳的事告诉威尔。”

在这奇怪的时刻，她们拥抱了。拥抱后，费莉希蒂转身打开了门。

第四十七章

“冰箱里没有奶油，”伊莎贝尔抗议道，“人造黄油也没有。”她转身期待地看着母亲。

“你确定吗？”塞西莉亚问。这怎么可能？她从不会忘记这些。塞西莉亚的生活系统一丝不乱，从不出错。她的冰箱和食品柜永远存满了食物。鲍约翰回家的路上偶尔会打电话来，询问她是否需要“顺道买些牛奶什么的”，塞西莉亚的回答总是：“嗯，不用了！”

“我们今早不吃十字面包吗？”埃斯特问，“耶稣受难日的早餐，我们吃的不都是十字面包吗？”

“今早仍然可以吃，”鲍约翰走进餐厅，他的手不自觉地伸到塞西莉亚的腰部，“你母亲的十字面包好吃得用不着奶油。”

塞西莉亚看着鲍约翰，他的脸色依旧苍白，还有些颤抖，像是大病初愈。他似乎仍有些胆战心惊，小心翼翼。

塞西莉亚发现自己正期待着某些事情的降临——尖锐的电话铃声、

沉重的敲门声。然而今天将会在安全的宁静中度过，不会有任何事发生在耶稣受难日。这日子像被笼罩在一个自我保护的小泡沫中。

“可是吃十字面包时，我们总会加很多很多奶油。”波利穿着粉红色法兰绒睡衣坐在餐桌旁，她那一头黑发乱糟糟的，小脸也因为没睡醒泛着红晕。“这是家族传统。快去商店，妈妈，去弄些奶油来。”

“别这样和你母亲说话，她可不是你的奴隶。”鲍约翰说。这时，埃斯特将目光从书里抽出来：“商店今天关门，傻瓜。”

“无所谓了，”伊莎贝尔叹了口气，“反正我一会儿就要去上网……”

“不，不可以，”塞西莉亚制止道，“大家都吃些燕麦粥，吃完后我们一起步行去学校运动场。”

“步行？”波利哀号着。

“没错，步行。今天是个好日子。骑上你的自行车也行，我们去踢足球。”

“我要和爸爸一队。”伊莎贝尔抢着说。

“回来的路上，我们能在加油站的便利店买些奶油，这样回家的时候大家都能吃到十字面包了。”

“好极了，”鲍约翰说，“听上去棒极了。”

“你知道吗，有些人居然不希望柏林墙被拆毁，”埃斯特说，“太奇怪了，不是吗？怎么会有人愿意被困在一堵墙内？”

“好吧，谢谢你们的款待，我该走了。”瑞秋放下马克杯。她的任务已经完成。瑞秋身体前倾，深吸了一口气。这沙发真矮，她能够自己站起来吗？看到她起身有困难，罗兰永远是第一个上前搀扶的，罗布总是慢得不行。

“接下来的几小时，您打算怎样度过？”罗兰问。

“会忙些琐事吧。”瑞秋回答。她其实会掰着指头算算到底挨过了多少时间。瑞秋对罗布伸出一只手：“能搭把手吗，亲爱的？”

罗布上前帮忙时，雅各拿着一个相框跌跌撞撞地走来。他把相框交给瑞秋，指着上面的人说：“是爸爸。”

“没错。”瑞秋夸道。这是一张罗布和珍妮的照片，那时的他们在南海岸露营度假。姐弟俩站在一顶帐篷前，罗布把手指放在珍妮头上，假装兔耳朵。孩子们为什么总爱做这种事？

罗布走到他们身边，指着照片中的姐姐问：“她又是谁呢，伙计？”

“是珍妮姑姑。”雅各清晰地回答。

瑞秋瞬间忘记了呼吸。她从未听雅各喊过“珍妮姑姑”，即使在他还是个小婴儿时，她和罗布就会指着照片中的珍妮给他看。

“好聪明的孩子，”瑞秋摸了摸雅各的小脑袋，“珍妮姑姑会爱你的。”

事实上，珍妮对小孩一向没什么热情。她更爱和罗布一起用乐高积木搭建城堡，而不愿玩洋娃娃。

雅各不以为意地看着奶奶，好像他早就明白这一点。他转身走开，用指尖颤巍巍地把相框放回书架上。瑞秋搭在罗布手上，借着他的力气起身。

“非常感谢你，罗兰……”瑞秋窘迫地发现，罗兰正表情僵硬地盯着地板，像在假装自己不在此处。

“对不起，”她向他们投来一个泪汪汪的微笑，“这是我第一次听雅各叫‘珍妮姑姑’。我不知道你要如何挺过这一天，瑞秋，每一年都不得不重温噩梦，我真不明白。我只希望自己能为你做些什么。”

你可以别把我孙子带去纽约啊，瑞秋想着。你可以留在澳大利亚，再生个小宝宝。可她只是微笑着礼貌地说：“谢谢你，甜心。我好得很呢。”

罗兰站起来：“我好想认识她，我的姐姐。我一直想要一个姐姐。”她的脸红润而柔软。瑞秋望向一边。她就是无法忍受，她不愿看到罗兰软弱的样子。

“我相信她会爱你的。”瑞秋的语气敷衍无比，连她自己都听出来了。她赶紧干咳几声：“好吧，我该走了，感谢你今天陪我去公园，这对我意义重大。我很期待周日能在你父母的家中再见到你！”

瑞秋竭尽所能想在自己的语调中注入激情，可她看见罗兰已收拾好脸上的表情，又恢复了优雅大气的模样。

“真好，”她冷冷地回应，探身将嘴唇从瑞秋脸颊擦过，“我只是顺便一提，瑞秋。罗布说他让你带杏仁饼来，但你真的没必要那样麻烦。”

“一点也不麻烦，罗兰。”

瑞秋觉得自己听到了罗布的叹气声。

“这么说，威尔很快就要来了？”露西重重地靠在苔丝胳膊上，二人在门口目送费莉希蒂的出租车拐过街角，“像在演戏一样，恶毒的情妇刚下场，后悔的丈夫就上场了。”

“其实她不是什么恶毒的情妇，”苔丝说，“她说自己已经爱了威尔好多年。”

“看在老天的分儿上，”露西叹道，“你这傻姑娘，大海里有那么多鱼呢！她为何偏偏钟情你鱼钩上的？”

“也许因为他是条好鱼？”

“你说这话是不是代表原谅他了？”

“我不知道，不知道我能不能。我总觉得他选择我仅仅是因为利亚姆，勉强接受第二好的选择。”

想到要见威尔，苔丝的脑子就乱得不行。她会哭吗？大喊大叫？跌入他怀中？扇他一个耳光？给他一些十字面包？威尔爱极了十字面包，不过，很显然他不配得到它。“别想从我这儿讨到面包，宝贝。”他可是威尔呀！苔丝无法想象自己对他端着架子的样子，尤其是利亚姆在场的时候。可他又不再是那个威尔，因为真实的威尔绝不会允许这种事情发生。他只是个陌生人。

苔丝的母亲在一旁观察女儿的样子。苔丝在等着她开口。

“亲爱的，你不会打算穿着这身邋遢的旧睡衣见他吧？我想你会好好梳个头的，对吗？”

苔丝翻了个白眼：“他是我丈夫。他很清楚我早上刚起来是什么样子。如果威尔真那么肤浅，那这人不要也罢。”

“没错。你当然是对的，”露西用手指轻杵下唇，“上帝啊，费莉希蒂今天看上去格外漂亮，不是吗？”

苔丝哈哈大笑，也许她最好打扮一番：“好吧，妈妈。我会在头发上绑一根绳子，再把脸捏得红润些。进来吧，跛脚的，真不知道你为什么要到这儿看着她离开。”

“我可不想错过一点好戏。”

“我知道他们从没有睡在一起。”苔丝悄声说。她一只手抵着纱门，一只手托着母亲的手肘。

“真的吗？多奇怪，在我那个年代，婚外情这档事可下流多了。”

“我准备好了！”利亚姆跑到走廊上。

“准备好什么？”

“和那个老师一起放风筝啊？沃特比先生吗？管他叫什么名字呢。”

“康纳？”苔丝几乎没托住母亲，“该死。现在是什么时候了？我把他忘得一干二净。”

车开到街尾时，瑞秋的手机铃声响起了。瑞秋停下车接电话，这也许是马拉打来的，为的是珍妮的忌日。瑞秋此刻很愿意和这位老友聊聊，她很想向马拉抱怨罗兰过于精致考究的十字面包。

“克劳利太太？”打电话来的不是马拉。这是个女人的声音，她听上去像个傲慢的医院接待员：带着浓重的鼻音，自以为了不起。“我是凶杀组的斯特劳特探长。我本打算昨晚给您打电话的，却没能抽出时间，因此才于今天上午打来。”

瑞秋的心跳漏了一拍。录像带。她选在耶稣受难日打电话来。这本是警局放假的日子。一定是好消息。

“你好，”瑞秋热情地回答，“感谢你的来电。”

“我想让您知道，我们从贝拉赫警长那儿得到了您的录像带，我们……嗯，已经查看过了，”斯特劳特探长的声音比刚才年轻多了，她一定是在努力摆出一副职业的声音来打电话，“克劳利太太，我明白你有着很高的期待，甚至认为这可能会是个突破口。我很遗憾，接下来的消息也许会让您失望，可我必须告诉您，现阶段我们不会再次对康纳·怀特比进行问讯。我们不认为那盒录像带是合理的证据。”

“可这是他的动机，”瑞秋绝望地说，透过汽车挡风玻璃，她看见一片金色的枫叶在空中飘荡，“你难道看不到这一点？”她看见枫叶从树上落下，在空中飞速旋转。

“我很遗憾，克劳利太太。现阶段我们真的无法采取任何行动。”没错，她的语气中含着同情，但瑞秋能听出一个年轻的所谓专业人士对一位年长外行人的嗤之以鼻。受害人的母亲？她显然太情绪化，已无法进行客观判断。她根本不了解警察办案的程序。好吧，我的工作就是试着安慰她。

瑞秋的眼中噙满泪水，那枫叶已从视线中消失。

“复活节假期后，如果您想让我和您聊聊，”探长继续道，“我很乐意抽时间过去。”

“没这个必要了，”瑞秋冷冷地拒绝，“谢谢你的来电。”

瑞秋挂掉电话，把它扔在副驾驶位下。

“没用、假惺惺、可恶的小……”她喉咙紧缩，再度转动车钥匙。

“快看那个人的风筝！”伊莎贝尔喊道。

塞西莉亚抬起头，见到山顶上的一个男人拖着一只巨大的热带鱼形状的风筝，他让那只风筝像气球一样在身后飘动。

“他像是牵着条鱼在散步。”鲍约翰说。他正俯着身子为波利推车，这孩子说她的两条腿都软成果冻了。波利挺直腰板坐在自行车上，头戴一顶粉红色的头盔，鼻梁上架着一副摇滚明星式的星形太阳镜。塞西莉亚看着她从自行车网篮中取出一瓶紫色饮料。

“鱼可不能走路。”埃斯特甚至没舍得抬头，她很懂得如何一边走路一边读书。

“波利公主，你至少可以踩踩脚踏板吧。”塞西莉亚说。

“我的腿还是像果冻一样。”波利娇弱地抱怨。

鲍约翰朝妻子咧嘴一笑：“没关系的，正好让我锻炼锻炼。”

塞西莉亚深吸一口气，鱼形风筝欢快地游在那人身后，样子还挺有趣。空气闻上去都是甜的，太阳烤在背上也暖暖的。伊莎贝尔从树篱内拔出一棵小小的黄色蒲公英，把它插在埃斯特的发辫上。这场景让塞西莉亚想起了一些画面，大概是童年的一本书或是一部电影。一个住在山间的小姑娘，发辫上插满鲜花。她是叫海蒂吗？

"真是美好的一天！"一个坐在自家前廊饮茶的男人忍不住感叹。塞西莉亚在教堂见过他，能大概记住他的脸。

"棒极了！"塞西莉亚温暖地回应。

前方那个拖着鱼形风筝的男人停下脚步，从口袋里拿出手机。

"那不是陌生人，"波利的腰板挺得更直了，"是怀特比先生！"

瑞秋如机器人一样开着车，想要尽量清空自己的思想。

她停在红灯下，看了一眼仪表盘上的时钟。才十点。二十八年前的今天，珍妮还在学校里，而瑞秋或许正在熨烫和托比·墨菲见面时穿的裙子。这该死的裙子是马拉建议她买的，说是能凸显她的腿形。

仅仅晚了七分钟。这七分钟会带来怎样的不同啊？可惜，瑞秋永远不可能知道。

"现阶段我们真的无法采取任何行动。"斯特劳特探长一本正经的声音回荡在耳边。瑞秋想起怀特比凝固在电视屏幕上的脸。他的眼中明显透露着内疚。

就是他干的。

瑞秋尖叫一声，恐怖凄厉的叫声回荡在车内。她听见自己用力地捶方向盘，她不仅吓了一跳，也不知所措。

绿灯就要亮了，瑞秋把脚踩在油门上。今天是最糟糕的忌日，还是每个忌日都一样糟糕？也许每次都一样糟糕吧。人们很容易将不好的事忘记，比如冬天、流感、生孩子。

瑞秋感觉阳光落在脸上。这是个阳光明媚的好日子，同珍妮去世那天一样。街道上空无一人，根本见不到人影。人们通常会怎样度过耶稣受难日？

瑞秋的母亲曾会做苦路[1]。如果珍妮还活着，她会坚持做一个天主信徒吗？也许不会吧。

什么都别想。什么都别想。别想！

等他们把雅各带去纽约后，她再也不会有任何感觉了。就像已死去一样，每一天都会像今日一样糟糕。好吧，也别再想着雅各了。

瑞秋的眼神像只疯狂的小鸟一样定格在颤抖的红叶上。

马拉说，她每次见到彩虹就会想起珍妮。而瑞秋问她："为什么？"

空荡荡的马路在瑞秋眼前展开，阳光亮得刺眼。瑞秋眯着眼睛拉下防晒板，她总是忘记戴上太阳镜。

街上还有人在走动。是个男人。他站在人行道旁，手握一只颜色亮丽的气球状物体。那看上去像条鱼，像是《寻找尼莫》里的小鱼。雅各一定会喜欢这气球。

那个男人一边打电话，一边抬头看着他的气球。

哦，那不是气球，是只风筝。

"对不起，我想我们不能见面了。"苔丝说。

"没关系的，"康纳回答，"那就换个时间。"他显然并不介意。苔丝听着他沉重的音色，这声音比他本人的样子更加深沉，甚至有些沙哑粗粝。苔丝将电话按在耳边，想要让康纳的声音包围住自己。

"你在哪儿呢？"苔丝问。

"拿着一只鱼风筝站在路旁。"

苔丝感到一阵遗憾以及简单的孩子般的失望，像是因为钢琴课错过了一场生日派对。苔丝还想要再和康纳睡一次，她不想在母亲冷冰冰

1　苦路（Stations of the Cross）是指天主教的一种模仿耶稣被钉上十字架过程重现的宗教活动，也称为"拜苦路"。

的房子里和丈夫进行复杂而痛苦的对话。她想要跑去母校的体育场，在阳光下放风筝。她想要陷入爱里面，而不是想尽办法修补一段破碎的关系。她想要做别人的第一选择，而不是退而求其次的无奈之选。

“我很遗憾。”苔丝说。

“你用不着遗憾。”

他们停顿了一会儿。

“怎么了？”康纳问。

“我丈夫正在来的路上。”

“啊哈。”

“很显然，他和费莉希蒂还没开始就结束了。”

“看来我们也是。”康纳用的似乎不是个疑问句。

苔丝看见利亚姆在花园里玩，她刚刚告诉儿子，威尔正在来的路上。利亚姆在院子里来回疯跑，谨慎地敲打着篱笆，像在进行一场生死攸关的训练。

“我不知道接下来会怎样。只是，你明白的，为了利亚姆，我至少应该试试，至少应该给他一个机会。”苔丝想到威尔和费莉希蒂坐在飞往悉尼的飞机上，手牵着手，一脸共赴歧路的表情。真该死。

“你当然应该，”他听上去那么热情，“用不着向我解释。”

“我就不该……”

“请不要感到遗憾。”

“好吧。”

“告诉他，如果他再对不住你，我会打断他的腿。”

“好的。”

“我是认真的，苔丝。别再给他机会了。”

“我不会的。”

“如果你们没能继续下去。你明白的，别忘了我还在等你。”

“康纳，你会遇到……”

“别这样说，”康纳尖声道，接着他试着让自己的语调和缓下去，“别担心，我告诉过你了，有一堆小妞排队等着我呢。”

苔丝笑出声来。

“如果我阻挡了你奔向他的道路，”康纳说，“我应该放手让你离开。”

苔丝这回真切地听出了他的失望。这失望让他听上去那么唐突，甚至有些咄咄逼人。有一部分的她想继续和他通电话，和他调情，这样才能把过去几天归档到记忆中最适合的分类——该是哪一类？“没有人受伤”那一类？

他当然有权粗鲁，她利用他到这种程度。

“好吧，再见。”

“再见，苔丝。照顾好自己。”

“怀特比先生！”波利大声喊道。

“哦，上帝啊。妈妈，让她闭嘴！”伊莎贝尔低下头，藏起她的目光。

“怀特比先生！”波利再次尖叫。

“他离得太远了，不可能听见的。”伊莎贝尔叹了口气。

“亲爱的，别打扰他了。他正在打电话呢。”塞西莉亚劝道。

“怀特比先生！是我！嗨！嗨！”

“现在不是工作时间，”埃斯特评论道，“他没有义务和你说话。”

“可他喜欢和我讲话！”波利抓住车把手，猛地一蹬腿摆脱了父亲的控制，小车轮在人行道上摇摇晃晃地滚动着，“怀特比先生！”

“看来她的腿康复了。”鲍约翰揉了揉后颈。

“可怜的男人，”塞西莉亚说，“本在好好地享受耶稣受难日，现在却要被他的学生勾引。”

“我想，这就是他的职业危害了。”鲍约翰说。

“怀特比先生！”波利的腿像打了气一样，粉红色的小车轮飞快旋转着。

“她至少得到了些体育锻炼。”鲍约翰自我安慰道。

“真丢人，”伊莎贝尔犹豫了一下，还是用脚踢了某户人家的篱笆，“我就在这儿等着。”

塞西莉亚在伊莎贝尔身后望着她：“别这样，我们不会让波利打扰他太长时间。别再踢那篱笆了。”

“你为什么要觉得丢人，伊莎贝尔？”埃斯特问，“难道你也爱上怀特比先生了？”

“不，我没有！别恶心我了！”伊莎贝尔的脸色开始发紫，鲍约翰和塞西莉亚交换了一个会意的目光。

“这家伙到底有什么特别的？”鲍约翰推了推妻子，“你也爱他吗？”

“妈妈们不能爱上别人，”埃斯特说，“她们的年纪太大了！”

“真是多谢你了，”塞西莉亚无奈地说，“别这样了，伊莎贝尔。”

当塞西莉亚将目光放回波利身上时，康纳·怀特比抬脚迈向马路，风筝在他身后飘浮着。

“波利！”塞西莉亚高喊着。这一刻，鲍约翰也跟着大喊：“停在那儿别动，波利！”

第四十八章

瑞秋看见那个拿着风筝的男人迈下石级："看着路啊，伙计，那可不是人行横道。"

那男人把头扭向瑞秋的方向。

是康纳·怀特比。

他望着瑞秋的方向，好像她的车是隐形的，而她也根本不存在。看他淡然的样子，仿佛瑞秋和自己一点关系也没有，他好像故意要让瑞秋放慢车速来迎合他。他轻快地穿过马路，似乎确信瑞秋会停车。一阵风飘过，他的风筝被吹得打转。

瑞秋的脚从油门上提起，却迟迟没有踩下刹车。

她的脚像石块一样重重地落在油门上。

悲剧发生时并不像电影中的慢镜头，而是出现在一瞬间。

街上本没有车，原是空荡荡的马路。突然间，一辆车出现了，一辆蓝色的小型轿车。鲍约翰后来提到，自己看到一辆车从他们身后驶过，塞西莉亚却完全没意识到。

不。是一辆车。

那蓝色的小轿车就像一颗子弹。不是因为它的速度，而是因为它那停不下来的样子，就像是被人射出的子弹。

塞西莉亚见到康纳·怀特比跑了起来，像是电影中从一幢建筑飞跃到另一幢建筑的追击者。

一秒钟之后，波利的小车不偏不倚地到了汽车的正前方，又消失在车底。

整个过程中仅仅发出了很小的一点声音。一个撞击，嘎吱嘎吱的摩擦声，然后是又长又尖的刹车声。

然后，一切归于沉寂，马路上只剩下小鸟的鸣叫声。

除了困惑，塞西莉亚一时间未感觉到任何情感。刚刚发生了什么？

接下来她听见重重的脚步声，看见鲍约翰狂奔起来，从她身边跑开。她听见埃斯特在尖叫，一遍又一遍，惊骇而可怕的叫声。“别再喊了！”塞西莉亚在脑中命令道。

伊莎贝尔猛地抓住母亲的胳膊：“那车撞到了她！”

塞西莉亚的心仿佛裂开了一道口子。

她甩开伊莎贝尔的手，向前狂奔。

一个小姑娘。一个骑在自行车上的小姑娘。

瑞秋的手还放在方向盘上，一只脚仍然重重地踩着刹车，刹车板都快陷入车底了。

瑞秋缓慢而痛苦地将她颤抖的手从方向盘上挪开，颤颤巍巍地拉下手闸。她把左手放回方向盘上，用右手熄了火，再小心翼翼地把脚从刹车板上挪开。

瑞秋朝后视镜里看了一眼，那小姑娘也许没事呢？

（然而瑞秋已经感觉到了，感觉到车轮下柔软的缓冲。她很清楚地意识到自己干了什么。她是故意的。）

瑞秋看见一个女人在疯跑，她的手臂奇怪地飘荡在身体两侧，像是麻痹瘫痪的。那是塞西莉亚·费兹帕特里克。

小姑娘。粉红色的闪亮头盔。黑色马尾辫。刹车！刹车！快刹车！她记起了女孩的侧脸。是波利·费兹帕特里克，是迷人的小波利！

瑞秋像只小狗一样呜咽着。远处有人在一声声地尖叫。

“你好？”

“威尔？”

利亚姆不厌其烦地问父亲何时会来，苔丝突然对自己被动的角色感到愤怒，她只能静静地在此处等待费莉希蒂和威尔的现身。苔丝给威尔打了个电话。她打算尽量表现得自控，用冷冰冰的语气给他一个下马威。

“苔丝。”威尔听上去心不在焉，不大对劲。

“听费莉希蒂说，你正在来这儿的路上……”

“没错，”威尔打断道，“我在出租车上。我们不得不等上一会儿，离你母亲家不远的地方发生了一场车祸。我见到了整个过程。此刻我们正在等待救护车。”威尔的声音变得沙哑而含混不清，“真是可怕极了，苔丝。被撞到的是一个骑自行车的小女孩，和利亚姆差不多一样的年纪。我想，她可能死了。”

星期六

第四十九章

这医生让塞西莉亚想到了牧师和政客——他的身上有着职业赋予的固有同情心。他的眼神温暖而悲悯，讲起话来语速缓慢，语义清晰，耐心且充满权威。他似乎把塞西莉亚和鲍约翰当成了自己的学生，正想方设法让他们听明白这刁钻的定义。塞西莉亚真想跪倒在他脚下，抱着他的小腿。此时此刻，眼前的男人在塞西莉亚眼中就是权力的绝对象征。他就是上帝。这个语调温柔、戴着眼镜、穿着蓝白条纹衬衫的亚洲男人就是上帝。

昨天一整天，太多人和他们说过话：辅医、医生、护士、急诊室工作人员。大家表现得都十分友好，却疲惫且来去匆匆。塞西莉亚能听到闹哄哄的往来声，余光能瞥见一道道闪烁的白光。而现在，他们突然出现在教堂静穆般的重症监护室，听越医生讲述女儿的伤情。他们站在一堵玻璃墙外，墙内的波利躺在一张接满仪器的单人床上。她的身体被注入了大量麻醉药，静脉注射液一滴滴流进她的左臂，右臂则被层层纱布缠绕。不知为何，护士将波利的额发梳到一边，让她看上去不太像她。

越医生看上去极富学识，或许因为他戴着眼镜，又或许因为他是个亚洲人。这似乎是在贴种族标签，可塞西莉亚才不在乎这些。她真希望越医生的母亲是传说中的“虎妈”，希望可怜的越医生除了医疗再无其他兴趣。她爱越医生，也爱他的母亲。

可是该死的鲍约翰！鲍约翰似乎不明白他们在和上帝对话。他不停地打断医生，语气还那么无礼。甚至可以说是粗鲁！万一鲍约翰冒犯到越医生，他对波利可能就不会那样尽心。塞西莉亚明白，这对越医生而言不过是种工作，波利不过是他的病人之一，而他们不过是另一对慌乱的父母。人人都知道医生们工作过度，疲惫难耐，总会犯下一些小小的错误。如飞行员一样，一个细小的错误总会酿成难以挽回的灾祸。塞西莉亚和鲍约翰必须让自己显得不一样，要让他明白波利不仅仅是一个普通病人。她是波利啊，是塞西莉亚的心肝宝贝，是惹她生气、逗她开心、魅力四射的小宝贝。有那么一瞬间，塞西莉亚简直难以呼吸。

越医生拍了拍她的胳膊：“费兹帕特里克太太，我知道这场事故让您悲痛万分，昨夜，您一定一夜无眠。”

鲍约翰瞥了一眼身旁的妻子，像是忘记了她也在这儿。他握住塞西莉亚的手：“请您继续说下去。”

塞西莉亚向越医生献上一个讨好的笑容：“我没事，谢谢你。”*快看看我们多么友好！*

越医生描述了波利的伤势。CT检查显示，尽管经历了强烈的撞击，却并未见到严重的脑损伤迹象，粉红头盔发挥了它应有的作用。想必他们都已知道，内出血是最应该关注的首要问题，到目前为止，这一点的情况还算乐观。就目前情况来看，波利受到了严重的皮肤裂伤，断了一根胫骨，撞击还造成了脾脏破裂。现在脾脏已被摘除，许多人没有脾脏也能活下去。她的免疫力可能会从此降低，他们建议使用抗生素来防止……

“她的胳膊，”鲍约翰打断道，“主要的问题似乎是她的右臂。”

“没错，”越医生将目光定格在塞西莉亚身上，面对她吸气吐气，像个在教授吐纳技巧的瑜伽老师，“我必须遗憾地说，她的右臂已无可挽回。”

“什么？”塞西莉亚喃喃地问。

“哦，上帝啊。”鲍约翰已然发出惊呼。

“抱歉，”塞西莉亚仍然试图表现得友好，然而愤怒已经冲入了她的大脑，“‘无可挽回’是什么意思？”

他说得好像波利的胳膊落入深海，再也打捞不起来。

“那孩子受到了无法修补的组织损伤和两处破裂。她的右臂将面临供血不足。今天下午，我们最好将程序走下去。”

“程序？”塞西莉亚重复道，“你所说的程序是指……”

她无法将那个词说出口。她怎么能说出那可憎的词？

“截肢，”越医生回答，“由肘部开始。我知道这对你们而言是晴天霹雳，我会安排心理咨询师为你们……”

“不行。”塞西莉亚坚定地拒绝。她无法接受这个消息。她不知道脾脏是干什么的，却很清楚右手的作用。“她是惯用右手的，越医生。她才六岁！没了胳膊，她怎么能活下去！”她顿时变成歇斯底里的母亲。她原本十分努力，不想为难医生。

鲍约翰为什么不说话？他不再打断医生的话，而是转身看着玻璃房内的女儿。

“她可以的，费兹帕特里克太太，”越医生回答，“我真的非常非常遗憾，但她可以的。”

一条宽阔漫长的走廊直通向重症监护室外厚重的木头门，里面只允许家属进入。阳光从一排窗户中透出，让瑞秋想到了教堂。人们坐在走廊的一排棕色皮椅上：阅读书报、发送短信、对着电话聊天。这似乎是机场航站楼的安静版本：人们忍受着漫长的等待，脸上的表情紧绷而无奈。

瑞秋坐在一张皮椅上望着远处的木头门，不断用目光搜寻塞西莉亚或鲍约翰。

通常情况下，人们会对孩子差点被你的车撞死的父母们说什么呢？

“对不起。”这个词简直就是侮辱。这词是在超市里不慎碰到他人的手推车时说的。目前的情况很显然需要更严肃的词。

“我要向你们表达由衷的歉意，我实在悔不当初。请你们明白，我无论如何也不会原谅自己的。”

明知道自己犯下了何等罪过，她应该说些什么呢？昨天，那些年轻得吓人的医护人员和警长赶到事故现场，然而他们远不认为大错是瑞秋铸成的。他们对待她的样子像是对待一位不小心卷入事故的老妇人。坦白的话都在瑞秋脑中响了起来：我见到康纳·怀特比，所以才把脚放在油门上。我看见了杀害我女儿的凶手，我想让他付出代价。

然而出于自我保护的本能，瑞秋没有将这话说出口。否则的话，她一定会因为意图谋杀而被逮捕。

瑞秋只记得自己说了：“我没看见波利。看到她的那一秒一切都太迟了。”

“当时您的车速有多快，克劳利太太？”人们的语气温柔而礼貌。

“我不知道，”瑞秋回答，“对不起，可我真的不知道。”

这倒是事实，瑞秋的确不清楚这一点。但她很清楚自己有很多时间把脚放在刹车上，让康纳·怀特比安全地穿过马路。

警方表示瑞秋不太可能被控告。出租车上的一个男人看见小姑娘骑着自行车径直冲向瑞秋的车。他们问瑞秋应该打电话让谁来接她。他们坚持这样做，甚至为她叫来了第二辆救护车。医护人员替瑞秋检查过后，表示她没必要去医院。瑞秋把罗布的电话号码给了警察，而他载着罗兰和雅各飞一样地到达现场（他来得那么快，一定超了速）。医护人员告诉夫妻俩，瑞秋也许受到了轻微的惊吓，她最好暖暖和和地休息一会儿，并嘱咐他们陪伴在她身边。

太可怕了。罗布和罗兰尽职尽责地遵从了医护人员的建议，让瑞秋无论如何都甩不掉。当他们在身旁徘徊时，时不时地为她续上茶水，摆好靠垫时，瑞秋没办法好好思考。接下来乔神父出现了，他沮丧地听闻他教区内的教民从另一人身上碾过。"这时候你不应该去参加耶稣受难日弥撒吗？"瑞秋没好气地问。"一切都已安排妥当，克劳利太太，"他握住瑞秋的手说，"你明白这只是一场可怕的事故对吗，克劳利太太？这世上每一天都有悲剧发生。您切莫过于自责。"

瑞秋在心中感叹："哦，你这天真的年轻人，你哪知道什么叫自责？你绝对想不到你的教民们能做出些什么。你难道真以为我们会向你坦承真正的罪过？会对你说出我们犯下的可怕罪孽？"

不过，他至少能被看作一个有用的信息收集者。乔神父答应要及时向瑞秋传达波利的境况，也很好地遵守了他的诺言。

她还活着，每当新消息传来时，瑞秋总会不住地想着，我没有杀死她，这还不是不可挽回的。

晚餐后，罗兰和罗布好不容易同意将雅各送回家。剩下的整个夜晚，瑞秋反复在脑中思量这几个画面。

鱼形风筝。康纳·怀特比牵着风筝迈上马路，正眼都不看她。她把脚踩在油门上。波利闪亮的粉红色小头盔。刹车。刹车。刹车。

康纳毫发无损，一点剐蹭都没有。

乔神父今早打来电话表示他不再有新消息，只知道波利此时正在西岸儿童医院的重症监护室里接受悉心的照顾。

瑞秋谢过他后放下了电话，又迅速拨通电话叫了辆出租车送她去医院。

她不知道自己是否能见到波利的父母，也不知道他们是否愿意见她。他们也许不愿见她，可瑞秋觉得自己有必要到场。她无法惬意地待在家里，视生命如无物。

通向重症监护室的双开门打开了，塞西莉亚·费兹帕特里克从门内走出，像个刚刚救下一条生命的医生。塞西莉亚快步从瑞秋身旁走过，又停下脚步困惑地看她，好像梦游者刚刚醒来。

瑞秋站起身子。

"塞西莉亚？"

一个满头银发的老太太突然出现在塞西莉亚眼前。她看上去有些站不稳，塞西莉亚下意识地伸手扶住她。

"你好，瑞秋。"塞西莉亚突然认出了眼前的人，一瞬间，她的眼里就只剩瑞秋·克劳利，这位和蔼而有效率却带着距离感的行政秘书。接下来，一大段回忆突然冲进脑海：鲍约翰，珍妮，念珠。事故发生后，塞西莉亚再也没想到过那件事。

"我知道，此时此刻你最不愿见到的人就是我，"瑞秋说，"可我必须得来。"

塞西莉亚记起撞到波利的人正是瑞秋·克劳利。不过事故和她没有太大关系。那辆蓝色小车似乎是不可抗的天灾：如同一场海啸、雪崩，并不是由任何人引起的。

“我很抱歉，”瑞秋说，“难以言表地抱歉。”

塞西莉亚不能完全理解她的意思，她还未从越医生刚才带来的惊人消息中缓过来。她原本清晰的思想现在乱成了一团麻，一时间，塞西莉亚无法将它们理顺。

“这是场意外。”塞西莉亚说。她欣慰地听到自己口中的词，像个好不容易想起该如何说话的外语学习者。

“没错，”瑞秋说，“然而……”

“波利那时候在追赶怀特比先生，”塞西莉亚的口中终于能流利地说出句子，“她没注意看马路。”塞西莉亚闭上眼睛，看见波利消失在车轮下。她又睁开眼，又一个完美的短语脱口而出：“您千万别责怪自己。”

瑞秋不耐烦地摇着头，挥舞着空气像要赶跑一只烦人的虫子。她紧紧地抓住塞西莉亚的胳膊：“请务必告诉我，她现在怎样了？她的……她的伤势有多严重？”

塞西莉亚看着瑞秋脸上的皱纹以及紧紧握在她胳膊上的手。她仿佛看见波利纤细而健康的小胳膊，顿时感觉到一阵无法抗拒的压力。她就是不能接受。这种事怎么可能发生？塞西莉亚想不通为什么不是她自己的胳膊？不是她长着雀斑的平淡普通、没有吸引力的胳膊。如果那群畜生一定要夺走一只胳膊，他们可以将她的胳膊拿走。

“医生说她要失去一只胳膊了。”塞西莉亚悄声说。

“不。”瑞秋的手握得更紧了。

“我接受不了。就是接受不了！”

“她知道吗？”

“不知道。”

这可怕的事故大得看不见尽头，像一只带着触手的巨大怪兽，匍匐蜷缩着，让人感到纠缠不清。塞西莉亚甚至不敢想象她要如何告诉波利，事实上，她不知道这野蛮行径会给波利造成怎样的影响。一旦想到这将对波利造成怎样的影响，塞西莉亚就感觉难以忍受。这分明是对塞西莉亚狂妄的惩罚，是她为自己孩子的身体沾沾自喜和骄傲的报应。

波利绷带之下的右臂现在是什么样子？“她的手臂已经无可挽回了。”越医生表示他们正努力消除波利身体的痛苦。

塞西莉亚花了好一会儿才意识到瑞秋缩成了一团，膝盖瘫软下去。她及时扶住了瑞秋，让她身体的全部重量压在自己胳膊上。对于一个高个儿女人而言，瑞秋的身体瘦弱得可怕，似乎连骨头都像是中空的。尽管如此，想要将她扶起也不容易。塞西莉亚扶着她，像是扶着一件大件行李。

一个捧着一束粉色康乃馨的男人停下了脚步，他把花夹在胳膊下，帮塞西莉亚把瑞秋扶到最近的座位上。

“要不要给您找位医生？”他问，“这里有的就是医生。”

瑞秋倔强地摇摇头，脸色苍白，身体颤抖：“我只是有点犯晕。”

塞西莉亚跪在瑞秋身旁，礼貌地对那男人露出微笑：“谢谢你的帮助。”

“小意思。我要走了，我妻子刚刚生下了我们的第一个孩子。她已经三个小时大了，是个小女孩。”

“恭喜！”塞西莉亚说得太迟，他已经走开了，迈着欢快的步子，走在人生中最美好的一天里。

“你确定自己没问题吗？”塞西莉亚问瑞秋。

“对不起。”

“这不是你的错。”塞西莉亚感到一丝不耐烦。她走出重症监护室是为了喘口气，为了遏制自己想尖叫的欲望。可现在她必须振作起来。她需要和那该死的咨询师谈谈，还需要再见越医生一次。这次，她要将自己想问的问题记下来，不去理会什么所谓的礼节。

“你不明白，”瑞秋用泪汪汪的眼睛看着塞西莉亚，她的声音虚弱而尖厉，“这都是我的错。我把脚踩在了油门上。当时我想着撞死他，因为是他杀害了我的珍妮。”

塞西莉亚紧紧抓住瑞秋座位的一边，像个生怕被人推下悬崖的可怜人。

“你想要撞死鲍约翰？”

“当然不是。当时我想要撞死康纳·怀特比。他谋杀了珍妮。我发现了那盒录像带。你明白吗？那是个证据。”

塞西莉亚感觉像被人抓住胳膊扭过身，强迫她面对暴行的证据。

要理解并不困难，塞西莉亚瞬间便明白了一切。

鲍约翰干了些什么。

她自己干了什么。

他们要为女儿的悲剧负责。波利是在为他们的罪过抵罪。

塞西莉亚感觉自己的身体像被掏空了，像核爆后的一道白光笼罩，仿佛只剩下一副躯壳。然而，她并没有发抖，她的腿还没有罢工，而是稳稳当当地站着。

对她而言，再没有什么是挺不住的。没有什么能比此情此景还糟糕。

现在最重要的就是真相。那无法挽救波利，无法给他们带来救赎，却是必不可少的。塞西莉亚此时的紧急任务就是将这件事从清单上划掉。

“康纳没有杀害珍妮。”塞西莉亚能感觉到自己的下巴在上下挪动，就像个没有思想的木偶。

瑞秋静下来，她柔软潮湿的眼神变得坚硬："这话是什么意思？"

塞西莉亚听见词语从她干燥发酸的嘴里冒出来："杀死你女儿的是我丈夫。"

第五十章

塞西莉亚蹲在瑞秋的椅子旁，语调柔和，说得一清二楚。她的眼睛就在几尺之外。瑞秋能听见她的话，却不能明白每个词的意思，只是她不能表现出困惑的样子。她的话飘在瑞秋的脑海里，却沉不下去。瑞秋感觉一阵恐惧，像在疯跑着追赶一些生死攸关的东西。

“等会儿，”她想要说，“等会儿，塞西莉亚。你在说什么？”

“几天前我才发现，”塞西莉亚说，“就在特百惠派对的那个晚上。”

鲍约翰·费兹帕特里克。她是在说鲍约翰·费兹帕特里克杀害了珍妮？瑞秋握住塞西莉亚的胳膊：“你是说杀害珍妮的不是康纳？你很清楚那人不是康纳。他什么都没做过？”

深深的悲哀掠过塞西莉亚的脸。“我知道，”她回答，“不是康纳。是鲍约翰。”

鲍约翰·费兹帕特里克。弗吉尼亚的儿子。塞西莉亚的丈夫。那个打扮得体、英俊潇洒、彬彬有礼的高个子男人？那个在社区内为众人所尊敬的好成员？如果在商店或学校里碰见他，瑞秋还会微笑着和他打招呼。鲍约翰总是最积极于学校事务的人。他会系着工程腰带、头戴黑色棒球帽、拿着卷尺出现在校园。上个月，瑞秋还见到伊莎贝尔·费兹帕特里克奔向她父亲的臂膀。瑞秋记住了这个场景，因为伊莎贝尔见到父亲时难耐的兴奋，也因为伊莎贝尔和珍妮有几分相像。鲍约翰把女儿抛在空中，她的腿飞在空气中，像个年纪更小的孩子。见此情景，瑞秋心里燃起一阵灼热的遗憾。珍妮从未有机会做伊莎贝尔那样的女儿，艾德也从未做过鲍约翰那样的父亲。一直以来，他们那样在乎旁人的目光，这举动此时看来毫无意义。他们为什么要活得那样谨小慎微，为何要压抑对彼此的爱？

“我本应该告诉你的，”塞西莉亚说，“本该在我发现的那一刻就告诉你。”

鲍约翰·费兹帕特里克。

他有一头那样好看的头发，一头体面的密发，不像康纳·怀特比的秃头。鲍约翰开着一辆干净闪亮的家庭型轿车，康纳则骑着轰鸣的摩托车。这不对啊。塞西莉亚一定是弄错了。瑞秋怎么能突然将她对康纳的仇恨转移？她恨了康纳·怀特比太长时间，即使这一切仅仅是她的怀疑，而她永远不能确定这一点。她仇恨康纳，仅仅因为他“可能”做的那些事。她仇恨的是康纳存在于珍妮生命中的事实。她仇恨的是康纳居然是这世上最后一个见到珍妮活着的人。

“我不明白，”她对塞西莉亚说，“珍妮认识鲍约翰？”

“他们有过一段秘密关系，两人当时在约会。”塞西莉亚仍然蹲在瑞秋身旁的地板上。她的脸上刚刚还没有半点血色，现在却恢复了几分。“鲍约翰那时爱上了珍妮，珍妮提到了另一个男生的存在。她选择了另一个男孩，之后他……他失去了理智，”塞西莉亚的声音越来越模糊，“他只有十七岁。那是个疯狂的时刻。也许您会以为我在为他找借口。当然，根本没有借口能为他洗脱罪名。抱歉，我必须站起来，我的膝盖，我的膝盖不太妙。”

瑞秋看着塞西莉亚艰难起身，四下寻找椅子，再将它拖到瑞秋身旁。塞西莉亚将身子倾向瑞秋，眉毛纠缠在一起，像在乞求恶徒放过她的性命。

珍妮告诉鲍约翰，另一个男生在追求她。看来，那个男生就是康纳·怀特比。

有两个男生同时对珍妮感兴趣，瑞秋却丝毫不知。作为一个母亲，瑞秋怎么会糟糕到对自己女儿的生活一无所知？她们为何不能像美国情景喜剧里扮演的一样，每日放学后分享牛奶和糕点？瑞秋只会在迫不得已的情况下烘焙糕点，下午茶时珍妮吃的总是咸饼干。她为什么不愿为珍妮烘焙糕点？想到这些，瑞秋突然感到一阵可怕的自我厌恶。如果她愿意为珍妮烘焙糕点，艾德能将珍妮欢乐地挥舞在空中，一切或许会变得不同。

“塞西莉亚？”

两个女人同时抬起头。是鲍约翰。

“塞西莉亚，他们想让我们填一些表格……”他看见了瑞秋。

“你好，克劳利太太。”鲍约翰说。

“你好。”瑞秋回答。

她动不了，像是被麻醉了。眼前站着的是谋害她女儿的凶手。一个心力交瘁、衣冠不整、眼眶通红、胡子拉碴的中年父亲。过去了这么多年，他已经成长了太多。

塞西莉亚对丈夫说：“我告诉她了，鲍约翰。”

鲍约翰向后退了一步，像在躲避某人的袭击。

他闭了一下眼，接着直勾勾地盯着瑞秋。看见他眼中让人讨厌的悔恨，瑞秋的脑海中不再有怀疑。

“可是为什么？”瑞秋惊异于自己的理性与克制，居然能在这光天化日之下和杀害自己女儿的凶手对话，周遭人来人往，没有人注意他们，或许以为他们聊的只是芝麻绿豆的小事。“你能否告诉我你为何要做这种事？她不过是个小女孩。”

鲍约翰低下头，用手拂过那头好看的头发。当他再度抬起头，面孔好像碎成了一千块。“那是场意外，克劳利太太。我从未想过伤害她。我爱她。我真的很爱她，”他像个街头醉鬼一样无助地用手背擦过鼻子，“那时我是个青春期的男孩。她告诉我她还在和别人约会，然后她对我大笑。对不起，可我只能想出这么一个原因。我知道我这样做其实根本没有理由。我爱她，她却那样嘲笑我。”

塞西莉亚模糊地意识到人们在他们所在的走廊中来往穿梭。他们或步履匆匆或悠闲漫步，或手舞足蹈，或握着电话说个不停。没人停下脚步观察这坐在皮椅上的银发女人，她瘦骨嶙峋的双手紧紧按在椅子上，眼睛定格在前方的一个中年男人身上。那男人耷拉着脖子，懊悔地垂下脑袋。没人注意到他们僵硬的肢体和尴尬的沉默。他们躲藏在自己的小泡沫里，将自身和整个人类社会分离开。

塞西莉亚抚摩着冰凉而光滑的皮椅表面，一股空气突然冲进肺部。

“我必须回到波利身边。”她说着猛地站起来，脑袋不自主地后仰。

已经过去了多长时间？他们在外面待了多久？塞西莉亚感到惊慌失措，好像她故意抛弃了波利。她看着瑞秋想着：此刻我不能再照顾你了。

“我需要再和波利的医生谈谈。”她对瑞秋说。

“当然了。”

鲍约翰对瑞秋伸出双手，他手腕向上，像在等待一副手铐：“我知道自己没有权利这样要求您，瑞秋，克劳利太太。我没权利要求任何事。可您瞧，波利这时候正需要我们两人，我需要时间……”

“我不会将你从你女儿身边夺走。”瑞秋打断了他。她听上去凛冽而恼怒，似乎把塞西莉亚和鲍约翰当作了不守规矩的青少年。“我已经……”她起身抬头看着天花板，像在努力压制内心的情感，她挥手赶走他们，“快去吧，去看看你的小女儿。你们两人都去。”

第五十一章

这是周六的夜晚，苔丝和威尔正忙着将彩蛋藏在苔丝母亲的后院里。他们手上都拿着一只小口袋，里面装满了裹着彩色锡箔纸的小彩蛋。

利亚姆很小的时候，他们总会将彩蛋放在与他视线平行的位置，甚至将它们散落在草坪上。然而待利亚姆长大一些，他更愿意接受挑战。他会和母亲一起哼着《碟中谍》的配乐，让父亲在一旁计时。

“要不要把彩蛋放到排水沟里？”威尔抬头看着屋顶，“我们应该找一架称手的梯子。”

苔丝发出一阵礼貌的轻笑，这笑容通常是给她的点头之交或客人的。

“我想还是不要了吧。”威尔叹了口气，小心翼翼地将一只蓝色彩蛋摆在窗沿的一角，利亚姆轻轻踮起脚就能找到。

苔丝打开一只彩蛋吃了起来，利亚姆完全用不着吃更多巧克力了。甜味立刻充盈在嘴里，苔丝本人这周吃了太多巧克力，如果她再不注意的话，最终就要变成费莉希蒂的体形了。

这残酷的想法自然而然地飘进苔丝的脑海中，像是一首旧日旋律，她意识到自己一定经常这样想。“费莉希蒂的体形”对苔丝而言仍然代表着难以接受的肥胖，尽管费莉希蒂现在身材苗条、玲珑曼妙，甚至比她的身材还要好。

“不敢相信你居然以为我们还能在一起生活！”苔丝爆发了。她看到威尔瞬间僵住了身子。

威尔昨日好不容易出现在母亲家门前，自那之后，苔丝的心情一直不停地变换。威尔脸色苍白，样子也比从前消瘦了许多。面对这样的他，苔丝一分钟前还冷嘲热讽，冷面相对，下一秒就变得歇斯底里，泪眼汪汪。她就是控制不住自己。

威尔转向苔丝，那一小袋巧克力彩蛋还握在手上：“我没有那样奢望。”

“可你说过这话！就在周一！你说过的！”

“都是些蠢话。对不起，”威尔回答，“我能做的就是一遍又一遍地道歉。”

“你听上去就像个机器人，”苔丝表示，“这话根本不是真心的。你不停地说出抱歉的话只为了让我闭嘴。”苔丝学着威尔的样子重复着，“对不起。对不起。对不起。”

“我的确是真心的。”威尔无奈地说。

“嘘，”尽管威尔并没有说得多大声，苔丝仍然忙着制止，“你会吵醒他们的。”利亚姆和苔丝的母亲都已睡着。他们的房间在屋子前端，而且两人一向睡得很熟。就算他们冲着对方大吼恐怕也难吵醒任何人。

他们并没有朝着对方大吼，至少现在没有。二人目前所有的只是这些简短而无用的小对话，情绪激动的也只有其中一人。

昨日的重逢枯燥而不真实，只有一些可气的人性与情感碰撞。刚开始是利亚姆，他简直高兴得要发疯。他似乎感觉到了可能要失去父亲的危险，感觉到他可能要失去原先安全稳定的生活。而现在，父亲的现身证明之前的担忧纯属多虑，利亚姆乐得用他六岁的疯狂劲儿表达内心的喜悦。他不停地用怪腔说话，疯狂地咯咯乱笑，想要一遍又一遍地和父亲掰手腕。另外，目睹了波利·费兹帕特里克的惨剧后，威尔显然不在状态。“你真应该瞧瞧她父母的样子，”他一直小声对苔丝说，“如果被撞到的孩子是利亚姆，我们也会是他们那副样子。”

波利的惨剧应该促使苔丝用正确的眼光看待事物，而它的确做到了这一点。如果真有类似的事情发生在利亚姆身上，其他的一切也就不重要了。面对这悲剧，苔丝自己的情感反而显得无关紧要了，这让她感到不快和恼火。

苔丝找不到合适的词来形容她如山似海的情感。你伤害了我，你真心伤害到我。你怎么能伤我至此？这话在脑子里走过明明那么容易，话到嘴边却变得无比复杂。

“你一定希望此刻和费莉希蒂一同坐在飞机上。”苔丝说。他就是这样想的，苔丝知道他就是这样想的，因为她也希望自己此刻能在康纳的公寓。“飞去巴黎。”

“你老是在说巴黎，”威尔说，“为什么是巴黎？”她听到威尔的声音有一丝变回从前的感觉，变回从前那个她所爱的威尔。那时，威尔总能从一切琐事中找到有趣的一面。“你想去巴黎吗？”

“才不。”苔丝回答。

“利亚姆很喜欢法国羊角面包。”

“不。”

“不过我们得自带咸酱。”

“我才不想去巴黎。”

苔丝穿过草坪走到后篱笆处，打算在那儿藏一只彩蛋。但是顾及可能出现的蜘蛛，她很快改变了主意。

“明天我应该帮你母亲修剪好那块草坪。”威尔站在庭院里说。

“这条街上的除草工人每隔一周就会来修剪一次。”苔丝说。

“好吧。”

“我知道你来这儿仅仅是因为利亚姆。”

“什么？”

“你听得很清楚。”

苔丝之前也说过这话：昨晚在床上时，今日散步时。她不停地重复着这句话，像个荒唐而疯狂的泼妇，好像故意要让威尔后悔自己的决定。她为何要不断提及这个问题？因为苔丝的所为也是为了同一个理由。苔丝明白，如果不是为了利亚姆，此刻她一定会躺在康纳的床上。她用不着想办法修补破裂的婚姻，而会让自己陷入新鲜舒适的爱情中。

“我来到这儿是为了利亚姆，”威尔回答，“也是为了你。你和利亚姆都是我的家人，是我的一切。”

“如果我们就是你的一切，那你刚开始就不会陷入和费莉希蒂的爱情中了。”苔丝说。人们总是自然而然地将自己定义为受害者，控诉的话语总是情不自禁地脱口而出。

如果苔丝告诉威尔，当他和费莉希蒂英雄般抵制诱惑时，她正和康纳翻云覆雨，那么，她的控诉不可能如此轻易地说出口。苔丝认为这消息定能伤害到威尔，而她也想要让他受伤。这消息就像一枚藏在口袋里的秘密武器，苔丝能时不时把手伸到口袋里，思忖着它可能拥有的威力。

“别把康纳的事告诉他，”威尔下车时利亚姆跑去和他打招呼，而露西将女儿拉到一边急急忙忙地说了这话，“这只会让他难过，根本没有意义。在这件事上坦诚相待完全没必要，从我身上就能看出来。”

从她身上就能看出来？母亲是在讲她的个人经历吗？苔丝会找个时间问她的，只是此刻她根本不在乎这些。

“其实我并没有陷入和费莉希蒂的爱情。”威尔说。

“不，你有的。”苔丝反驳道。尽管“陷入和某人的爱情”这词听上去荒唐而孩子气，她和威尔似乎已经过了用这类词的年纪。年轻时和人谈到“陷入爱里面”，人们总会严肃地看待，把它当作一件值得载入个人历史的大事。然而事实上它是什么？化学反应？荷尔蒙？一个唬人的小把戏？苔丝也可以爱上康纳。这很简单。陷入爱里面算不上什么难事，人人都有爱的本事，难的是如何将爱持续下去。

如果她愿意的话，苔丝此时此刻就可以毁掉她的婚姻，简单的几句话就能撕碎利亚姆的生活。你猜怎么着，威尔？我也爱上了别人。因此我们之间不再有任何问题，你可以走了。说出这些话，他们便能各自开始新生活了。

让苔丝无法原谅的是威尔和费莉希蒂感情的“纯洁”，未真正实现的爱情是威力巨大的。苔丝离开墨尔本就是为了让他俩能真真正正爱一场。该死的，他们一直未能抽出时间干这事。事实上，苔丝才是那个藏着肮脏秘密的人。

“我不认为自己能够做到这些。”苔丝说。

“什么？”

威尔蹲在地上，正把彩蛋放在露西椅子后背的一个小格子上。

“没什么。”苔丝说。

我不认为自己能原谅你。

她走到篱笆一边，将一排彩蛋小心地藏在常春藤中间的木栏里。

“费莉希蒂说，你还想再要一个宝宝。”苔丝说。

“那是因为……”威尔似乎心焦力瘁。

“仅仅因为她足够漂亮吗？费莉希蒂？是因为什么？”

“嗯哼？什么？”

苔丝几乎要为威尔惊慌的样子笑出声来。可怜的威尔。即使在平日，威尔也更希望他的对话呈线性结构，而现在的他无法像往日一样抱怨：“讲些道理，女人！”

“我们的婚姻并没有什么问题，对吗？”苔丝问，“我们没有吵架。我们在一起看了整整五季的《德克斯特》！你怎么能在第五季中间和我分手？”

威尔警惕地笑了笑，握紧了装彩蛋的袋子。

苔丝的嘴简直停不下来，像是喝醉了酒：“我们的性生活不还挺美满的吗？我个人认为还是不错的，甚至相当可以。”她记得康纳的手指缓慢而温柔地拂过她的后背。威尔的整个前额都皱了起来，好像被人捏了下体。刚开始下手还不重，但苔丝很快能让他疼得打滚。

“我们从未吵过架。就算有，也仅仅为了一些鸡毛蒜皮的小事。我们究竟为什么事而起争执？因为洗碗？因为我把煎锅撞到了洗碗机？你还认为我们来悉尼来得太勤。这都是些小事，不是吗？我们难道不快乐吗？我反正很快乐，还以为我们二人都是。你一定觉得我是个傻瓜，”苔丝像木偶一样抬起手脚，“笨蛋苔丝每天就这样浑浑噩噩地生活。哦，啦啦啦啦，我的婚姻那样幸福！哦，我真幸福！”

“苔丝，别这样。”威尔的眼中闪着泪花。

苔丝停了下来，注意到自己的嘴里的巧克力也混进了咸味。她草草地用手背在脸上抹了一把。苔丝甚至没意识到自己在流泪。威尔上前一步想要安慰她，苔丝却抬手不让他再靠近。

“而现在费莉希蒂离开了。我从未离开过她超过两周时间，自从……我的上帝，自从我们出生。这挺不正常的，不是吗？难怪你以为你可以拥有我们两个，我们简直就是连体婴。”

这也是苔丝怒不可遏的原因，因为威尔的建议并非完全荒谬，至少对他们而言不是。苔丝“明白”他们为何会认为这建议可行，这也让一切显得更加气人。这怎么会行得通呢？

“先把这些无聊的彩蛋藏好吧。”苔丝说。

“等等，我们能坐一会儿吗？”威尔指向苔丝昨天在阳光下一边吃面包一边给康纳发短信的椅子，那好像是一百万年以前的事了。苔丝坐下，把那包彩蛋放在桌上。她夹起胳膊，把双手塞到腋窝下。

“你觉得冷吗？”威尔不安地问。

“不那么暖和，”苔丝的眼泪已经流尽，“但没关系，继续，说你想说的。”

“你说得没错，”威尔说，“我们的婚姻的确没有任何问题。和你在一起我感到很幸福，我只是不太满意自己的状态。”

“怎么会？为什么？”苔丝扬起下巴，她依然觉得不快。威尔这是什么意思，好像他的不开心是她造成的。因为她烹饪的食物、说出的话以及她的躯体，总有一些东西没有达到威尔的标准。

“这样说让我显得像个懦夫，”威尔抬头看天，深吸了一口气。“这绝对不是好的借口。然而六个月以前，我四十岁生日后，我开始感觉……‘乏味’，或许‘平淡’是个更合适的词。”

“‘平淡。’”苔丝重复道。

“还记得我膝盖的问题吗？后来我的后背也不好了？我想着‘耶稣基督啊，这就是生活吗？医生、止痛药、疼痛和该死的化学热敷垫？已经开始了吗？我的人生结束了？’就这样，有一天……好吧，这可真尴尬。还记得那天我去理发吗？平日里为我理发的家伙不在，不知为什么，一个女孩拿着一面镜子给我看我的后脑勺。我不知道她为何认为她应该那样做。我向你发誓，当我看见镜子里的秃斑，我差点没从椅子上跌下来。我还以为那是别人的后脑勺，我看上去就像是该死的塔克修士。[1]这让我完全没了主意。”

苔丝哼了一声，威尔悲哀地咧嘴一笑：“我知道。我只是开始觉得……人到中年。”

“你本来就是中年人。”苔丝说。

“谢啦，”威尔面部一抽，“无论如何，这种平淡的感觉来了又走，也没什么大不了的，我一直在等着它过去，希望它终有一日能消失。而在这之后……”威尔停住了。

“这之后费莉希蒂出动了。”苔丝替他完成了句子。

“费莉希蒂，”威尔说，“我一直都很在乎费莉希蒂。你知道我们是怎样走到一起去的。我们之间的戏谑言语算得上打情骂俏，我从没有当真过。然而当她减去那么多体重，我开始感觉……她的魅力。其实我还挺高兴的，但那算不上什么特别的情感，因为她是费莉希蒂，不是哪个随便找来的陌生女人。我以为这是安全的，我算不上是在背叛你。我觉得她差不多就是你。然而后来，不知怎的，事情超出了我的控制范围，而我发现自己……”他停了下来。

“爱上了她。”苔丝说。

“不，其实算不上。我不认为那是真实的爱。那其实什么都不是。当你和利亚姆走出家门的那一刻，我便意识到这什么都不是。只是一段愚蠢的所谓情愫，是……”

1 塔克修士：罗宾汉传说中的人物，是罗宾汉的牧师兼管家。

“别说了。”苔丝举起手掌，似乎想要按住威尔的嘴。她不需要谎言，即使只是善意的谎言，尽管威尔不知道自己在说谎。苔丝也感到一种对费莉希蒂的奇怪的忠诚。他怎么能说他们的情感什么都不是，而费莉希蒂却怀着那样真挚的情意，还以为他能为自己牺牲一切？威尔说得对，她不是什么随便找来的陌生女人。她是费莉希蒂。

“你为何从来没对我说过你的乏味感？”苔丝问。

“我不知道，”威尔回答，“因为这简直蠢透了。就因为我的秃斑而闷闷不乐。”他耸耸肩。不知道是不是因为灯光的原因，威尔整个人都在发亮：“因为我不愿失去你的尊重。”

苔丝将双手放在桌上。她在想，广告的一项功用，就在于帮消费者不合理的购买行为找出合理的理由。当威尔回想着他和费莉希蒂的事，会不会想着“我为什么要那样做？”之后就依据部分事实，编造出这个故事？

“好吧，我想说，我有社交恐惧症。”苔丝用闲聊的语气说。

“你说什么？”威尔皱起眉头，像是遇见了一个棘手的谜语。

“面对某些社交活动，我会感到非常紧张，紧张到难以自控。当然不是一切活动，只是其中的一些。这没什么大不了的，但有时候却也挺难熬。”

威尔将手指按在前额上，看上去震惊且恐惧：“我知道你不喜欢派对，可你明白，我也不喜欢跟别人站一块儿自顾自地瞎聊。”

“每当参加有关学校家长的晚宴，我总会感到心悸。”苔丝诚实地看着威尔的眼睛。她感觉自己仿佛一丝不挂，比从前任何时候都要赤裸坦诚。

“可我们从不去参加学校晚宴。”

“我知道。这就是我们从来不参加的原因。”

威尔抬起手："那我们就不去！我根本不在乎去不去那地方。"

苔丝微笑着说："可我多少有些在乎。谁知道呢？晚宴也许会很有趣的。我不知道，也许我这人太无聊了。我也想要开始……放宽我的生活。"

"我不明白。我知道你不是个外向的人，可你也愿意走出去为我们大家开拓生意！我觉得那其实挺难的！"

"我知道，"苔丝回答，"这把我吓得半死，可我仍然愿意去做。对于这一经历，我又爱又恨。我只希望自己不要花那么长时间遏制心中的恐惧。"

"然而……"

"我最近读了篇文章。我们身边隐藏着成千上万个带着神经质小秘密的人，都是预料不到的人：能在股东面前高谈阔论的首席执行官却应付不了小小的圣诞节派对，严重害羞的演员，害怕眼神接触的医生。我总觉得应该藏起心中的恐慌，然而我隐藏得越深，它们似乎就变得越可怕。昨天我对费莉希蒂说了这个问题，她却完全不屑一顾。她说：'去克服它。'听到她的话，我居然感到无比放松。这感觉就像，我终于鼓起勇气从盒子里拿出一只巨大的毛蜘蛛，旁人却指着它说：'那根本不是蜘蛛。'"

"我不想对它视而不见，"威尔表示，"我要碾碎你的蜘蛛，我要杀死这可怕的东西。"

苔丝感觉眼泪又要来了："我也不想对你沉闷的感觉视而不见。"

威尔在桌子那端伸出手。苔丝看着它，想了一会儿，把手放在他手上。威尔手上突然传来的温度熟悉而陌生，这温度环绕着苔丝，让她想起他们初次见面的场景。他们在苔丝公司的前台见面，苔丝通常面对陌生人的焦虑感被眼前这男人带笑的金色双眸一扫而空。

二人安静地握着手，却没有看对方的眼睛。苔丝记得，当她问费莉希蒂在飞机上是否和威尔牵过手时，她目光闪烁。想到这个，苔丝差点把手抽回来。这时苔丝想到康纳站在酒吧外的样子，他的手爱抚地摩挲着她的手掌。不知何故，苔丝还想到塞西莉亚·费兹帕特里克。此刻，她正坐在病房内守护着可怜的小波利，而利亚姆安安全全地穿着蓝色法兰绒睡衣，正在梦中寻找着一个个巧克力彩蛋。

苔丝举头仰望晴朗的星空，想象着费莉希蒂此刻正坐在飞机上，飞往另一个时区、另一个季节、另一种人生，思索着他们为何走到这一步。

他们做了太多决定。他们要怎样安排接下来的生活？要留在悉尼？留利亚姆在圣安吉拉小学读书？不可能的。这样的话，苔丝每天都要见到康纳。他们的生意怎么办？他们是否应该请人替代费莉希蒂的工作？这似乎也不可能。事实上，任何决定似乎都不可能，简直难以逾越。

万一威尔和费莉希蒂才是天定的一对怎么办？万一她和康纳才是彼此的缘分呢？或许这类问题永远不会有答案。或许这世上本没有“命中注定”一说，有的只是人生，当下只能尽力而为，做个“能屈能伸”的人。

露西后阳台的照明灯闪烁了几下后，他们突然陷入了一片黑暗，然而没有人挪动一下。

“我们可以等到圣诞节，”过了一会儿苔丝开口说，“如果到了圣诞节，你还想着她，想要和她在一起，那你应该去找她。”

“别这样说，我已经告诉你了，我不……”

“嘘。”苔丝的手握得更紧，二人静静地坐在月光下，紧握住他们婚姻的残骸。

第五十二章

结束了。

塞西莉亚和鲍约翰坐在波利床边看着她，看着她紧闭的眼睑颤抖又恢复平静，像要解读她的梦。

塞西莉亚握着波利的左手。她感觉到泪水从脸上滑过，自下巴滴落，却无暇理会它。她记起自己和鲍约翰在另一家医院的场景，那是一年秋天的破晓，经历了两小时的生产过程（塞西莉亚生孩子总是很快，第三个女儿更是快得惊人）。她和鲍约翰一同数着波利的小手指和脚趾，正如之前的两个女儿出生时一样。仔细查看这不可思议的天赐的礼物，这是孩子降生后的惯例开场。

此刻，他们的目光时不时飘到波利身体右侧本该是手臂的位置。这感觉如此怪异，视觉上带来难以忍受的不协调。从此刻起，购物中心内的人们关注的将不再是她的美丽。

塞西莉亚任眼泪肆意流淌，她要趁这时候把眼泪流尽，因为她不愿让女儿见到她的一滴眼泪。塞西莉亚已准备好踏入新的人生，去做一个被截肢者的母亲。即使流泪时，塞西莉亚仍能感觉到身上的肌肉紧绷着，像一位准备开始马拉松比赛的运动员。用不了多久，她就能熟练掌握“残肢”“假体”等一堆新词语。她愿意移山填海，烘烤小松饼，献上虚假的赞美，只要能为女儿好。没人能比塞西莉亚更胜任这一角色。

然而波利能胜任吗？这才是真正的问题。哪个六岁的孩子能应付得来？在这女人的容貌胜过一切的世上，她是否能带着伤残的身体活下去？“她仍然是个美人。”想到有人可能会否认这一点，塞西莉亚便怒火中烧。

“她很坚强，”塞西莉亚对丈夫说，“记得那天游泳的事吗？她拼尽全力也要证明自己能游得和埃斯特一样远。”

她想到波利的胳膊划过波光粼粼的碧水。

“上帝啊，游泳。”鲍约翰的身体一个起伏，他把手按在胸口，像是在抵御心脏病发作的剧痛。

“你可别死在我面前。”塞西莉亚尖锐地说。

塞西莉亚把手指放在眼窝处，抹去了眼角的泪水。她已经尝够了咸咸的泪水，像是在大海里游了一圈。

“你为什么要告诉瑞秋？”鲍约翰问，“为什么是现在？”

塞西莉亚将手从脸上拿下，转面看着丈夫。她压低嗓门悄声说：“因为她以为是康纳·怀特比杀死了珍妮，而她当时想要撞死康纳。”

她看着鲍约翰的脸，看他好不容易才消化完自己的话。

他把拳头按在嘴边：“妈的。”他轻声自语道，然后像个自闭症患儿一样前后摇摆着身子。

“这是我的错，”他含糊地说，“是我造成了这一切。上帝啊，塞西莉亚。我早该自首，早该将事实告诉瑞秋·克劳利。”

“别说了，”塞西莉亚做出嘘声的手势，“波利也许会听见的。”

鲍约翰起身走向病房的门。他转身看了波利一眼，脸上烙着深深的绝望。鲍约翰将目光挪开，无助地拉扯着身上的衬衫。他突然蜷缩着蹲在地上，深埋着脑袋，双手交叉放在后颈上。

塞西莉亚不带情感色彩地看着鲍约翰，想起他耶稣受难日早晨啜泣的样子。杀害另一个男人的女儿所带来的痛苦和悔恨远不及自己女儿被伤害带来的苦痛。

塞西莉亚不再看丈夫，而将目光转回女儿身上。你可以去想象别人的悲剧——溺死在寒冷的冰水里，因为一堵墙和亲人分隔两地，然而只有真正的悲剧发生到自己身上时你才能感到真正的痛心。更可怕的是，这悲剧发生在你的孩子身上。

“鲍约翰，站起来。”塞西莉亚还是没有看他，目光一直落在女儿身上。

她想到伊莎贝尔和埃斯特此刻正和她的父母及鲍约翰的母亲待在家里，陪伴他们的还有各种亲戚。鲍约翰和塞西莉亚言明他们不希望有人来医院探望，因而大家此刻都守候在家中。伊莎贝尔和埃斯特此时一定心烦意乱，家庭变故发生后，人们往往会忽略其他孩子。塞西莉亚需要证明，尽管发生了这些，她仍然是三个女儿的好妈妈。学校家长会的事务要辞去，特百惠的业务也要停止。

她转身看着鲍约翰，他还缩在地上，像在躲避炸弹爆破。

“站起来，”塞西莉亚又说了一遍，“你不可以倒下去。波利需要你。我们都需要你。”

鲍约翰拿开了放在脖子上的手，用充血的双眼看着妻子。“但我无法再陪伴你们了，”他说，“瑞秋会告诉警察的。”

“也许吧，”塞西莉亚回应道，“她也许会的，但我不那么认为。

我不认为瑞秋会将你从你的家人身边夺走。”她虽然没有依据，但就是这样相信，“至少不是现在。”

“可是……”

“我想我们已经付出代价了，”塞西莉亚压低的声音里充满怨愤，她指了指波利，“看看我们付出了什么！”

第五十三章

瑞秋坐在电视机旁，看着催人入眠的彩色画面。如果有人此时关掉电视机问她刚才电视里放了什么，她一定答不上来。

瑞秋这一分钟就能举起电话，让鲍约翰·费兹帕特里克因谋杀被逮捕。她能够立即做到这些，也可以在一小时内，也许在早上。也许她能等到波利从医院回家，也许她能等上几个月、六个月，甚至一年。让她父亲陪伴她一年再考虑将他夺走。也许她可以等到这一事故淡化成一段回忆。她可以等到费兹帕特里克家的姑娘们长大一些，拿到驾照，不再需要她们的父亲。

瑞秋感觉自己像是举着一把上了膛的手枪，能随时射死杀害珍妮的凶手。如果艾德还活着，扳机一定早就扣下了，警察一定在几小时前就接到了电话。

瑞秋想象着鲍约翰的手扣在珍妮脖子上，她的胸口涌起熟悉的愤怒感。我的小女儿啊。

可瑞秋很快想到鲍约翰的小女儿。闪亮的粉红色头盔。刹车。刹车。刹车。

如果她将鲍约翰的自白告诉警方，费兹帕特里克家会不会又把她的自白说出去？她是否会因为企图谋杀被逮捕？她没杀死康纳仅仅是出于幸运。她踩在油门上的脚是否同鲍约翰扣在珍妮脖子上的手有着同样的罪孽？然而发生在波利身上的是一场意外。人人都知道这一点。她骑着自行车径直到了瑞秋轮子前。本应该是康纳的。万一康纳今晚去世了呢？他的家人会接到一个伤心的电话，这电话意味着余下的一生，每当听到电话铃声和敲门声响起，你都会觉得背脊发凉。

康纳还活着。波利也活着。珍妮是唯一不在世上的。

如果他伤害的是别人呢？瑞秋记得鲍约翰被担忧摧残的脸："她还嘲笑我，克劳利太太。"她嘲笑你？你这愚蠢自大的小杂种。这难道就能让你起歹念杀害她？他夺取了她的生命，夺去她可能活着的那么多日子，夺去她从未得到的学历、从未去过的国家、从未嫁过的丈夫、从未生下的孩子。瑞秋发抖得厉害，连牙齿都颤抖起来。

瑞秋起身到电话旁拿起了听筒。她的手指犹豫地抚在电话拨号盘上。她想起自己教珍妮拨打紧急电话的场景。她如今仍保存着那部绿色的拨号电话。瑞秋让珍妮练习拨号，赶在电话拨通前挂断。珍妮想要表演出整个过程。她让罗布躺在厨房的地板上，然后对着电话狂喊："我需要一辆救护车！我弟弟不能呼吸了！""别喘气了，"她命令罗布，"罗布，我能看见你在喘气。"为了逗她开心，罗布差点没晕过去。

波利·费兹帕特里克永远地失去了右手。她是惯用右手的孩子吗？也许吧。很多人都惯用右手。珍妮曾是个左撇子，一位修女曾试图让她用右手写字，而艾德跑到学校抗议道："修女，恕我直言，您觉得是谁让她成为左撇子的？是上帝！因此您还是随着她才好。"

瑞秋按下了按键。

“你好？”电话接起的速度比想象中要快。

“罗兰。”瑞秋说。

“瑞秋，罗布很快就从浴室里出来，”罗兰问，“你还好吗？”

“我知道现在已经很晚了，”瑞秋其实根本没看时间，“我明白不该这样要求，毕竟你们昨天已经陪了我一天。但我在想，能不能在你们那儿过夜？一次就好。出于某些原因，不知怎的，我就是没办法……”

“当然可以，”罗兰突然尖叫一声，“罗布！”瑞秋模糊地听见罗布的回应。她听见罗兰说：“快去把你母亲接来。”

可怜的好罗布。艾德一定会感叹这小子被他妻子控制得牢牢的。

“不，不用了，”瑞秋慌忙说，“他才刚洗完澡。我可以自己开车过去的。”

“千万不要，”罗兰说，“他已经在路上了，他反正没什么要紧的事。我会为你准备好沙发床，一定会舒舒服服的。明天早上看见你，雅各一定开心坏了。我都等不及看到他乐呵呵的样子了。”

“谢谢你。”瑞秋当即感到一阵温暖的倦意，仿佛有人替她盖上了毛毯。

“罗兰？”挂电话前瑞秋问道，“你那儿也许没有马卡龙了吧？周一晚上带给我的那种？它们美味极了，当真美味极了。”

电话那头是一个短暂的停顿。“其实我有的！”罗兰的声音在颤抖，“我们可以边喝茶边吃。”

星期日

第五十四章

苔丝在沉重的雨声中醒来。天还是黑的，大约只有五点。威尔躺在苔丝身旁，面对着墙壁发出轻微的鼾声。他的体形、味道和感觉是那样熟悉，一周来发生的一系列事件简直不可思议。

她本可以让威尔睡在母亲家的沙发上，但那样会招来利亚姆的许多问题。他已经意识到事情不太正常，昨晚的餐桌上，苔丝注意到儿子的眼光不断在她和威尔之间飘动，像在监听着他们的谈话。他那警觉的小脸伤透了苔丝的心，这让她更生威尔的气，甚至无法再看他一眼。

苔丝刻意挪开了一些，不让他们的身体碰到一块儿。苔丝很容易隐藏住自己的肮脏的小秘密，愤怒爆发时，这秘密能帮她平复呼吸。威尔辜负了她，她也已报复回来。

他们夫妻二人是否均在承受一段暂时的精神错乱？那是犯下杀人罪的辩护理由，但何妨用来解释夫妻关系呢？婚姻从某种意义上来说就是精神错乱：爱永远在恶化边缘盘旋。

康纳此时应该躺在充斥着大蒜和洗衣粉味道的整洁公寓里。他已准备向前，好第二次将她忘记。他是否后悔自己再次爱上了那个一无是处的冷血女人？好吧，她为什么不能让自己听上去像乡村音乐和西部音乐中描述的女人？让她的行为看上去没有那么恶劣，让它们听上去忧郁柔和而非如此浪荡。她总觉得康纳喜欢乡村音乐，但这也许是她臆想出来的，是把他和另一位前男友弄混了。其实她并不怎么了解康纳。

威尔就忍受不了乡村音乐。

这也是，和康纳拥有完美性爱的原因，因为他们算得上是陌生人。康纳身上的陌生感使得一切——他们的身体、性格拥有完全的不同。这似乎不合逻辑，然而你越是了解某人，对他越是看不清。不断累积的信息使得他们难以被定义。猜测着某人是否喜欢乡村音乐远比早知道答案更有趣。

她和威尔一定有过上千次性爱了吧？至少有那么多回。苔丝开始计算，可她疲倦到算不清楚。雨声更大了，好像被人调大了音量。看来，利亚姆得打着雨伞，穿着雨靴寻找彩蛋了。从前的复活节一定也下过雨，但苔丝记忆中只有阳光和蓝天，似乎这是她人生中第一个悲伤而多雨的复活节。

利亚姆才不会介意下雨，他或许还会喜欢这天气。她和威尔会大笑着看着对方，又尴尬而迅速地挪开目光，他们会想到缺少费莉希蒂的日子有多么不对劲。他们能做到这些吗？能否看在他们六岁儿子的分儿上守住这段婚姻？

苔丝闭上眼睛，转身背对威尔。

“也许妈妈说得对，”她意识模糊地感叹，“一切都源于自我。”苔丝感觉自己似乎快要明白一些重要的事情。人们可以爱上原本不认识的人，也可以鼓起勇气撕去自己的保护层，把“陌生”的自己展现给对方看，而他们所要展现的绝不仅仅是自己喜欢的音乐类型。在苔丝看来，每个人都应该在他们的终身伴侣面前撕去他们层层包裹的保护层，向对方展露真正的自己。人们很容易假装他们已经没什么需要了解的，假装二人的关系和谐融洽。配偶之间真正的亲密时常让人感到尴尬。你怎么可能上一分钟还在用牙线清理牙缝，下一分钟就向人吐露你内心深处的激情以及对平凡生活的恐惧？人们更愿意谈论浴室的分配时间、银行账户的处理问题，愿意就洗碗之类的小事而争执。然而这一切已经发生了，她和威尔并无他选，否则的话，他们难道要因为对方为儿子的牺牲而怨恨彼此吗？

也许在昨夜分享秃斑问题和对学校派对的恐惧时，他们已经迈出了一步。想到威尔看着镜中的后脑勺时沉下脸来的样子，苔丝心中又亲昵又好笑。

父亲送给苔丝的罗盘放在一旁的床头柜上。如果她的父母愿意为了她而生活在一起，不知道今日会是怎样。如果他们真心试过了，又是否会为了苔丝而爱着彼此？也许不会吧。但苔丝明白，利亚姆的幸福是她和威尔此刻身在此处最有力的理由。

她记起威尔表示自己愿意帮她碾碎那蜘蛛的话。他想要杀死那只蜘蛛。

也许他并不仅仅是为了利亚姆。

也许她也不是。

劲风在屋外咆哮，刮得窗户咯吱作响。屋内的温度似乎突然降了下来，苔丝感觉瑟瑟发抖。谢天谢地，利亚姆穿着他的厚睡衣，身上还多盖了一条毯子，否则的话，苔丝还得起床看看他。苔丝转向威尔，把身体靠在他背上。威尔身上的温度给苔丝带来安慰，她感觉自己很快就要睡着了。然而在此之前，苔丝把嘴唇贴在威尔的后颈上。突然，威尔翻过身子，轻轻爱抚着苔丝的娇臀。他们没有发问，也没有说话，却发现自己开始了安静、睡意沉沉的夫妻间的性爱。每一个动作都那么甜蜜、简单而熟悉，不过通常情况下，他们并不会流泪。

第五十五章

“奶奶！奶奶！”

瑞秋慢慢从沉沉的睡眠中醒了过来。这是多年来她第一次关灯睡觉。雅各的房间像酒店一样挂着暗色窗帘，一躺进雅各小床旁的沙发床，瑞秋几乎立刻陷入了睡眠。罗兰说得对，这沙发床的确舒适无比。瑞秋已记不得自己上一次睡得这么沉是什么时候，她还以为自己永远失去了熟睡的能力，就像她再也不可能翻跟头一样。

“你好。”瑞秋只能隐约辨认出雅各的影子。他的小脸和瑞秋的脸平行，眼睛在黑暗中闪着光芒。

“你在这儿！”雅各惊奇地感叹。

“我知道。”瑞秋自己也颇为惊奇。罗布和罗兰多次请她留宿，可她总是固执地断然拒绝，执着得仿佛将此当作了宗教信条。

“下雨了。”雅各严肃地说。瑞秋这才听见屋外的暴雨声。

屋子里没有钟表，瑞秋感觉大概是六点，还不到起床的时候。瑞秋心中微微一沉，想起自己答应了要去罗兰父母家共进复活节大餐。她或许应该装病。她毕竟已经在这儿过了夜，他们已经陪伴了她足够的时间，瑞秋陪伴他们的时间也已足够。

“你想要钻到我的被子里来吗？”瑞秋问。

雅各咯咯地笑着，好像她是位疯狂祖母。雅各自己爬到床上，他爬到祖母身上，把脸埋在她脖子上。他小小的身体温暖而沉重。瑞秋把嘴唇贴在他丝绸般柔软的小脸蛋上。

“不知道——”瑞秋及时打住了。因为她若是说了不知道复活节小兔子去哪儿了，雅各一定会立马爬下床满屋子寻找彩蛋，吵醒他的爸爸妈妈。那样的话，瑞秋就成了讨厌的客人和烦人的婆婆。

“不知道我们要不要再睡一会儿。”瑞秋明白这对他们来说都不太可能。

“不要。”雅各回答。瑞秋感觉到他柔软的睫毛抵着自己的脖子。

“你知不知道你去了纽约后，我多么想你？”瑞秋在他耳边悄声说。当然了，雅各理解不了她说的话。他忽略了祖母的话，扭动着想要找到一个更舒服的姿势。

“奶奶。”雅各开心地说。

“哦。”雅各的膝盖碰着了瑞秋的肚子。

屋外的雨下得更大，房间内突然冷了起来。瑞秋把雅各揽得更紧一些，用毯子紧紧地裹着他们的身子。她在雅各耳边轻唱道：“下雨了，下雨了。老爷爷在打呼噜，他去了床边，他撞了脑袋，明早不用再起床。”

“还要听。”雅各说。

瑞秋又唱了一遍。

今天早上醒来后，波利·费兹帕特里克的小身体再也不会和从前一样，这都拜瑞秋所赐。鲍约翰和塞西莉亚一定悲愤难耐。数月之内，他们都会生活在惊骇中，最后意识到，意想不到的事总会发生，这世界总在不断变化，然而人们依然能够如常地谈论天气，这世上仍然会有交通堵塞、名人丑闻和政变存在。

也许有一天，等波利从医院回家后，瑞秋会邀请鲍约翰到她家里坐坐，对她说说珍妮最后的时刻。瑞秋已然能看见这一场景，看见自己打开门后鲍约翰紧张而恐惧的脸。瑞秋会为杀害自己女儿的凶手倒一杯茶，而他会坐在餐桌旁说话。瑞秋不会宽恕这个男人，可她仍会为他倒一杯茶。她永远不能原谅他，可她也许永远不会告发她，不会要求他放弃自己。在他离开之后，瑞秋会坐在沙发里摇晃着身子哭号。这是最后一次。瑞秋永远不会停止为珍妮落泪，但那样的哭号会是最后一次。

接下来瑞秋会重新泡一壶茶，做出决定。她会为接下来需要做的事以及需要付出的代价做出最终决定。事实上，那男人已然付出了代价。

"……他去了床边，他撞了脑袋，明早不用再起床。"

雅各睡着了，瑞秋把他从身上搬下去，把他的脑袋挪到自己的枕头上。下周二，她要向特鲁迪提出退休申请。她无法再回到学校见到波利·费兹帕特里克或是她的父亲。这根本不可能。是时候卖了房子，卖掉她的记忆和痛苦了。

瑞秋的思绪转向康纳·怀特比。跑过马路的那一刹那，康纳是否看见了她的眼神？他是不是读出了瑞秋的谋杀意图，所以才没命地奔跑？或许这是瑞秋想象出来的吧。珍妮选择了他，而非鲍约翰·费兹帕特里克。你选错了人啊，我的好宝贝。如果选择了鲍约翰，她这会儿至少还活着。

如果珍妮真心爱上了康纳呢？康纳是否会成为瑞秋另一个平行世界里的女婿？瑞秋是否从此会对康纳好一些？请他留下吃饭？瑞秋摇头

甩掉了这个想法。当然不会了。她怎么能像关水龙头一样关掉自己的情感。她仍然能看见康纳在电视屏幕中愤怒的脸，以及珍妮畏缩害怕的样子。瑞秋理智上明白，这不过是个普通的少年想从心仪少女的口中讨得肯定的答案。尽管如此，这并不代表瑞秋能原谅他。

她想到康纳发脾气之前对珍妮微笑的样子，那真诚的微笑。她还记得在珍妮的相簿里，康纳因为珍妮说的某些话绽出笑颜。

也许有一天，瑞秋会将这张照片寄给康纳·怀特比，并附上一张卡片，上书："我想，你也许愿意留着它。"这是瑞秋对这些年来对他恶劣态度的弥补，哦，没错，是在为自己试图谋杀他而道歉。好吧，可别把这个忘了。瑞秋在黑暗中咧起嘴角，又把嘴唇贴在雅各的小脑袋上。

"明天我就去邮局取一张护照申请。我会去纽约看他们的，也许我也会坐一次那该死的阿拉斯加游览车。马拉和马克能和我一起去，他们才不会介意什么冷风呢。"

"睡吧，妈妈。"珍妮说。有那么一瞬间，瑞秋清清楚楚地看见了珍妮，那模样是本来她会变成的中年妇女，是对自己和自己所处的位置非常自信，对她亲爱的老母亲颐指气使又难掩关爱，屈尊俯就又没有耐心，并帮她办理第一张护照。

"睡不着。"瑞秋说。

"你可以的。"

瑞秋陷入了梦乡。

第五十六章

柏林墙的拆毁和它当初的兴建有着同样的高效。1990年6月22日，冷战的著名标志——查理检查站在平淡的仪式后被拆除。各国首相和高官坐在一排塑料椅上，观看巨大的起重机吊起米色金属小屋的一角。

就在同一天，地球的另一个半球上，塞西莉亚·贝尔刚和她的朋友莎拉·萨克斯从欧洲游玩归来。她们参加了南威尔士的一个乔迁派对，二人均已准备好迎接一位新男友以及稳定的新生活。

“你也许已经认识鲍约翰·费兹帕特里克了，对吗，塞西莉亚？”派对主人在嘈杂的音乐声中喊道。

“你好。”鲍约翰说。塞西莉亚握住他的手，迎上他深沉的双眸，微笑着，仿佛在同她的自由打招呼。

“妈妈！”

塞西莉亚如同溺水一般猛吸一口气惊醒过来。她觉得嘴巴很干，睡着时一定是张着嘴把脑袋倚在了波利床边的椅子上。鲍约翰此时回家了，去陪两个大女儿一会儿，也为她们带些干净的衣服。晚些时候，如果塞西莉亚松了口，他会把伊莎贝尔和埃斯特带来。

“波利。”塞西莉亚狂乱地喊着。她又梦见了那个小蜘蛛侠，然而这次的梦里，他变成了波利的样子。

“试着注意你的肢体语言，”社工昨天这样对她说，“孩子们解读肢体语言的本事远比想象的要厉害。你的语调、面部表情、手势什么的。”

“谢了，我知道什么是肢体语言。”塞西莉亚在心里说。社工用一副过大的墨镜将波利的头发推到脑后，好像她所处的是一场沙滩派对，而不是夜晚六点的医院。塞西莉亚不会原谅自己为她戴上这轻浮的太阳镜的决定。

当然了，她不会知道耶稣受难日是她孩子有生以来最痛苦的时光，不得不忍受难以承受的身体创伤。耶稣受难日算得上是最不适宜的时间。复活节假期人们用不着工作，因此塞西莉亚能缓上几天再和波利“复健小组”的成员见面，包括理疗学家、职业理疗师、心理学家、义肢专家。知道这些后续步骤让塞西莉亚感到既安慰又恐惧。这些人带着文件袋和“最佳建议”走在一条已被众多父母践踏过的小路上。每当有人用不带情感色彩的权威语调向塞西莉亚提到前方即将来临的困难时，她总有一瞬间难以跟上他们的节奏，总会因为震惊而无法协调。医院里没有人因为发生在波利身上的惨剧感到“惊讶”。没有一个医生或护士拉着塞西莉亚的胳膊说：“上帝啊，真不敢相信，谁能相信这种事？”这话也许会让人感到不安，然而就某种程度而言，他们不这样做同样也让人不安。

这也是手机里传来家人和朋友的慰问短信能给塞西莉亚带来些许

安慰的原因。塞西莉亚安慰地听到她妹妹布里奇特因震惊而语无伦次，听见一向镇定冷静的马哈里亚声音沙哑，听见校长，亲爱的特鲁迪·阿普比小姐泪流到不能自已，说过抱歉后再次打电话来却仍控制不住自己（她母亲说，学校的妈妈们已经送来了不少于十四盘炖菜，这些年塞西莉亚送出去的菜可算回了家）。

“妈妈。”波利再次喃喃地说。她的眼睛是闭上的，像在说梦话。波利颤抖了一下，脑袋猛地摇晃着，或许因痛苦或恐惧所致。塞西莉亚把手放在呼叫按钮上，可波利的脸很快平静下来。

塞西莉亚松了口气，她没意识到自己一直在屏着呼吸。她总是忘了呼吸，得记得才行。

塞西莉亚坐回椅子上，想着鲍约翰此刻在家和大女儿们做些什么。在毫无预兆的情况下，塞西莉亚的身体因为仇恨产生了一阵痉挛。她恨极了鲍约翰，恨他对多年前珍妮·克劳利犯下的罪行。他要为瑞秋·克劳利踩在油门上的脚负责。恨意像强力毒药一样瞬间充斥着她的整个身体。她真想用拳头砸他，用脚踹他，想要杀死他。亲爱的上帝。塞西莉亚无法容忍再和他共处一室。她断断续续地吸着气，想要找些东西砸碎。“现在不是时候，”塞西莉亚对自己说，“这帮不了波利。”

他已经很自责了，塞西莉亚提醒自己。鲍约翰受罪的样子让塞西莉亚稍微好过了些，之前的恨意也恢复到可以控制的范围。她知道，每当波利步入另一轮痛苦，这恨意还会席卷而来，她总会找一个除自己之外的人来责怪。这便是塞西莉亚恨意的根源：知晓她自己的责任。她决意牺牲瑞秋·克劳利来保全自己的家庭，正是这个决定将她领进了这间病房。

塞西莉亚知道自己的婚姻因为此事受到了重创，也知道他们可以看在波利的面子上，如受伤的战士一般一瘸一拐地搀扶着前行。她学会了如何在恨里生存。这将成为她的秘密，成为她令人憎恶的秘密。

等到恨意的浪潮离去，爱依然存在。那不同于她是个红毯上的新娘，走在这严肃英俊的男人身旁时心中满是纯粹无私的爱慕。然而，塞西莉亚明白，无论自己多么恨他，她也会依然爱着他。爱仍然在那儿，像是深陷心底的黄金矿脉。永远都在那儿。

“想想别的。”塞西莉亚拿出手机订立计划。今日的复活节大餐已取消，但波利七岁生日的派对还要继续。他们能不能在医院里举办海盗派对？当然可以。这将是最神奇有趣的派对。她会请求护士戴上眼罩。

“妈妈？”波利睁开了眼睛。

“你好呀，波利公主，”这回塞西莉亚准备好了，像个准备迈上舞台的演员，“猜猜昨天晚上是谁给你留下了这些？”她从波利的枕头底下变出一只彩蛋，那是一只金色锡纸包裹的彩带，中间系着红色天鹅绒缎带。

波利微笑着说：“复活节兔子？”

“比这还好。是怀特比先生。”

波利想要伸手去拿彩蛋，她漂亮的小脸蛋上闪过一丝困惑。她皱着眉头，等待母亲的说法。

塞西莉亚清清嗓子，微笑着紧握住波利的左手。

“亲爱的。”塞西莉亚说。

终于要开始了。

尾记

每个人的生命中都有着众多永远无从知晓的秘密。

瑞秋·克劳利永远不会知道她的丈夫在珍妮遇害那天，并不像他声称的那样在阿德莱德见客户。那天他在上网球课，他希望密集的网球训练能教会他如何打败托比·墨菲。艾德没有事先告诉瑞秋是因为他为自己的动机而尴尬（他见到过托比如何打量自己的老婆，以及瑞秋望回去的样子）。事后他也不会告诉瑞秋，因为他陷入了深深的自责与羞愧——他居然没有陪在珍妮身旁。自那以后，艾德再也没有拾起过球拍，带着他愚蠢的小秘密，直至坟墓。

说到网球，波利·费兹帕特里克永远不会知道，如果那天她没有把车骑到瑞秋·克劳利的车轮下，布里奇特阿姨送给她的七岁生日礼物将会是一副球拍。两周之后，她将会参加第一次网球训练。二十分钟后，她的教练将在上司耳边悄悄说："快来看看这孩子的正拍。"波利挥舞的球拍，就像她扭动脚踏车的车把去追怀特比先生一样，会迅速改变她的人生。

波利同样不会知道，那个可怕的耶稣受难日，怀特比先生明明听见了她的喊声，仅仅是假装听不见。那天他只想早早回家，把那荒唐的鱼形风筝放进壁橱。一同放进壁橱的还有他试图和前女友苔丝·奥利瑞发展一段恋情的荒唐妄想。波利的事故给康纳带来的负罪感会让他一直看心理医生，直到医生的女儿读完九年级，在此之后，他才敢抬头正视心理诊所旁印度餐厅的漂亮女老板。

苔丝·奥利瑞永远不知道威尔是不是她第二个孩子的生父，这次意外怀孕显然始于在悉尼的一周。避孕药只有真正吃到肚里才有用，而苔丝将那些药片留在了墨尔本。苔丝绝不会提起这件事，尽管她女儿在一次圣诞节晚餐时提到自己想要做一名体育老师。她的外祖母听闻后被一嘴火鸡肉噎到，而她母亲的表妹杯里的香槟都流到了她俊俏的法国丈夫的大腿上。

鲍约翰·费兹帕特里克永远不会知道，1984年那天，如果珍妮记起她约了医生，在听完她的描述、观察过她细长的躯体后，她会被暂时诊断为马尔方式综合征。这是一种不可治愈的与结缔组织相关的遗传疾病。人们推断亚伯拉罕·林肯也曾患此病，具体表现为过长的四肢，手指和心血管并发症，其他症状包括疲劳、气促、心悸和血液循环不足造成的手脚冰凉。以上症状在珍妮临死的那天都出现过。同样的遗传性疾病也出现在瑞秋的姨妈佩拉身上，她早在二十岁那年便已离世。多亏了一位专横霸道的母亲，那位医术高超的家庭医生会为珍妮预约一次紧急检查。超声波检查将证实医生的猜测，救下珍妮的性命。

鲍约翰永远不会知道真正害死珍妮的是主动脉瘤，而不是创伤性窒息。如果替珍妮尸检的法医那天没有患上重感冒，他将不会默许克劳利家不完全解剖的要求。如果换了另一位法医，一定会完成解剖，会清楚地看到主动脉剥离才是珍妮真正的死因。

如果那天在公园里的不是珍妮而是另一个女孩，她会大口喘气，而鲍约翰发现自己做了什么事情之前，就会松开手。他本来就不会掐住她的脖子七到十四秒——那是一般男子掐死一般女子需要用的时间。而这女孩将奔逃、哭喊，不顾鲍约翰在身后喊出的抱歉。换作其他女孩一定会向警察告发鲍约翰，让他因为袭击罪被捕，把他的人生送往截然相反的方向。

鲍约翰永远不会知道，如果珍妮那天下午去看了医生，那天晚上她便会被安排紧急手术。待她在医院养病时，她会给鲍约翰打电话，在电话里伤他的心。她在太小的年纪就会嫁给康纳·怀特比，而在第二个结婚纪念日后不过十天便会和他离婚。

六个月之内，珍妮会在一个乔迁派对上与鲍约翰·费兹帕特里克重遇，就在塞西莉亚·贝尔进门的几秒钟之前。

没人能知道生命中那么多的可能性，也不知道生命中将拥有什么，或被夺走什么。这也许没关系。有些秘密注定永远是秘密。问问潘多拉就知道了。

图书在版编目（CIP）数据

他的秘密/(澳) 莉安·莫里亚蒂著; 刘昭远译. –北京: 北京联合出版公司, 2020.1

ISBN 978-7-5596-3346-0

Ⅰ.①他… Ⅱ.①莉…②刘… Ⅲ.①长篇小说–澳大利亚–现代Ⅳ.①I611.45

中国版本图书馆CIP数据核字(2019)第112789号

北京市版权局著作权合同登记图字：01–2019–7667号

他的秘密

作　　者：〔澳〕莉安·莫里亚蒂
译　　者：刘昭远
责任编辑：牛炜征
产品经理：魏　凡
特约编辑：苏　格

北京联合出版公司出版
（北京市西城区德外大街83号楼9层　100088）
三河市冀华印务有限公司印刷　新华书店经销
字数297千字　880毫米×1230毫米　1/32　印张12
2020年1月第1版　2020年1月第1次印刷
ISBN 978-7-5596-3346-0
定价：49.80元